JN066520

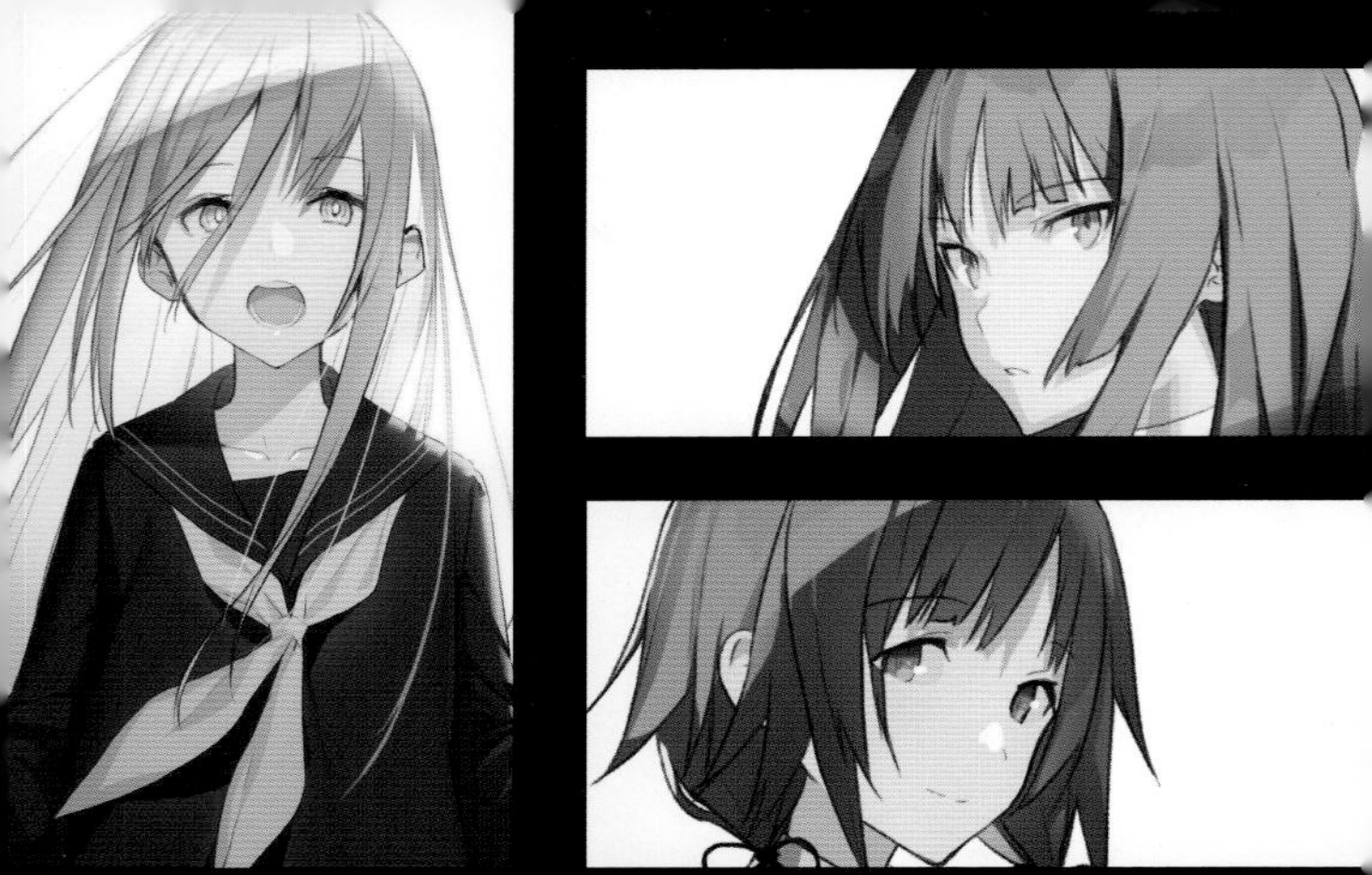

Paradise NoiSe

CONTENTS

デザイン／鈴木 亨

華園 美沙緒
Misao Hanazo
「きみがやったんだよ。
あたしはちゃんと知ってるよ」
村瀬 真琴
Makoto Murase
「……僕がやったんじゃないですよ。
いつもだれかに頼って――」

「遠慮なくお二人の大切な
放課後の時間を邪魔しにきました！」
宮藤
Akane Kudou
朱音
「みんなよく学校なんて行けるなあって思うよ」
「来てくれ、いてくれ、って言われたわけでもないのにさ。
あんな大勢で一緒になにかしてる場所にさ」

冴島凛子
Rinko Saejima
「怒ってないけれど」
「あなたが死ねばいいのにとは思ってる」
百合坂詩月
Shizuki Yurisaka

そして荒《あ》れた空の下に横たわりつぶやく
陽は沈《しず》んでしまってもまた昇《のぼ》るのだから
これがきっと楽園というものなんだろう

"Paradise" Coldplay

Paradise NoiSe
Rinko Saejima

1　骨色の魔法《まほう》

ピアノの白鍵《はっけん》は、純白ではなくかすかに黄みを帯びている。あれは骨の色なのだという。とある高名なピアニストがそう書いているのを読んだことがある。

骨をじかに指で叩《たた》いているのだから、弾《ひ》けば自分も痛いしピアノも痛い。

彼《かれ》はその後に、痛くないピアノに価値などない——と続けていて、つまり悪い意味の話ではなかったのだけれど、僕《ぼく》の記憶《きおく》には痛いという言葉だけが突《つ》き刺《さ》さって残った。

だから、凛子《りんこ》のピアノをはじめて聴《き》いたとき、まず思い出したのもその言葉だった。

＊

ところで最初にはっきりさせておきたいのだけれど、僕《ぼく》が女装したのは純粋《じゅんすい》に演奏動画の再生数を稼《かせ》ぐためであって特殊《とくしゅ》な趣味《しゅみ》があるわけではない。断じてない。

こちとらアマチュア中学生である。ギターもキーボードも大した腕前《うでまえ》ではなく、僕《ぼく》より巧《うま》いやつなんてネット上だけを見回してもごまんといる。おまけに僕《ぼく》が演《や》っていたのはオリジナル曲ばかり、しかも歌が入っていない器楽オンリー、となると動画サイトで人気が取れる要素は皆無《かいむ》だった。再生数が四桁《けた》に達すれば万々歳《ばんばんざい》、というレベルだ。趣味《しゅみ》でやってることだし、べつに再生数が多いのが良演奏ってわけでもないし……と自分を慰《なぐさ》めつつも、内心けっこう悔《くや》しい思いがあった。

そんな僕《ぼく》を見透《みす》かしたのか、ある日いきなり姉がこんなことを言ってきた。

「女装して演《や》れば食いつきいいんじゃないの？　あんた細いし体毛薄《うす》いしムダ毛処理して首から下だけ映せばいけるっしょ。私の昔の制服貸してあげるよ」

「いやいや、そんな恥《は》ずかしいことしたって大して数字伸《の》びないって。ほら、僕《ぼく》が演《や》ってんのはエレクトロニカとかアシッドハウスとかそもそもマニアックなやつだから」

「知らないって。みんなどうせ音楽とかどうでもいいんだよ、女子高生の太ももが見られれば大喜びなんだから」

おまえ視聴者《しちょうしゃ》をなんだと思ってんだよ？

とはいえ僕《ぼく》は姉に有形無形の借りがたくさんあったので、押《お》し切《き》られる形で一度だけ女装動画を録《と》ってみることになった。

完成品を観《み》た僕《ぼく》は唖然《あぜん》とするばかりだった。

「おー、いいできじゃん。女の子にしか見えないよ。さすが私のコーディネイト」

隣《となり》で鑑賞《かんしょう》していた姉はご満悦《まんえつ》の様子だった。

たしかに女にしか見えない。顔は画面外だし、歌のない曲だから声も入っていないし、体格的に男の特徴《とくちょう》が出やすそうな肩《かた》と腰《こし》はそれぞれセーラー服の襟《えり》とギターのボディとでしっかり遮《さえぎ》られているし。

複雑な気持ちでアップロードしてみたところ、即日《そくじつ》で再生数が五桁《けた》を突破《とっぱ》し、次の日には六桁《けた》をあっさりと達成していた。それ以前の僕《ぼく》の動画すべての再生数を合計しても一万そこそこだったのに、これまでの僕《ぼく》の努力はいったいなんだったんだ？　しかも動画につけられた視《し》聴者《ちょうしゃ》コメントは太ももと鎖骨《さこつ》に関するものばかりで曲や演奏への言及《げんきゅう》はほとんどなく、僕《ぼく》は真剣《しんけん》にこの国の音楽の将来に絶望しかけた。

そんな僕《ぼく》を見て姉は言う。

「なんでマコは嫌《いや》そうなの？　私はめっちゃ嬉《うれ》しいけど？　絶賛の嵐《あらし》じゃん。遺伝子はだいたい私と同じだし制服は私のだし実質的に私が絶賛されてるようなもんだね」

「じゃあもう姉貴が動画に出れば？　顔も出せばさらに絶賛じゃないの……」

くたびれきった僕《ぼく》はなげやりに提案してみたけれど、ばかじゃないの？　と一蹴《いっしゅう》された。

さて、これで話は終わらなかった。

成功体験は麻薬《まやく》である。

姉は制服を僕《ぼく》の部屋に残していったし、動画再生数は日がたってもまだじりじり伸《の》び続けていた。チャンネル登録者数も百倍以上にふくれあがっていた。

期待されている。僕《ぼく》の動画を待ってくれている人が大勢いる。

さんざんためらったが、けっきょく僕《ぼく》はもう一度セーラー服に袖《そで》を通した。

うおおおおおおおおふとももももももも、というコメントで埋《う》め尽《つ》くされた自分の二本目の女装動画をむなしくも清々《すがすが》しい気持ちで眺《なが》めていると、今さらやめるわけにはいかないのではという強迫《きょうはく》感がこみ上げてきた。視聴者《しちょうしゃ》十万人だ。大多数が身体《からだ》目当てだとしても、僕《ぼく》の音楽を聴《き》きたがってくれている奇特《きとく》な人々も女装する前よりはいくらか増えているだろう。

もう三本ほどアップロードしたあたりで、なんか露骨《ろこつ》に性的なメッセージが僕《ぼく》のアカウントに何本も飛んでくるようになって身の危険を感じたので、男です、とプロフィール欄《らん》にでかでかと書くことにした。ついでにプレイヤーネームを『Ｍｕｓａ男』に変えた。過剰《かじょう》なまでにむさ苦しく男性アピールをしつつギリシャ神話の音楽の女神《めがみ》であるムーサにも引っかけてあるという我ながら見事なネーミングだったが特に効果はないどころか「男だからなおよい」といったメッセージやコメントが乱れ飛ぶようになり世も末だなと思った。

視聴者《しちょうしゃ》がこうも急増すると、昔アップした曲がだんだん恥《は》ずかしくなってきた。まだ経験が浅かった頃《ころ》の作品なのであちこち拙《つたな》い。あんな初心者丸出しの音源を十万人に聴《き》かれるのかと思うといたたまれなくなり、僕《ぼく》は女装する以前の十数曲をすべて削除《さくじょ》してしまった。

すると――当たり前だけれど――チャンネルの動画リストに並ぶのは制服＆太もものサムネイルばかりになる。

これはこれで恥《は》ずかしい。

嫌《いや》なら女装なんてやめればいいのにやめられなかったのは、現実を見せつけられるのが怖《こわ》かったからだ。太もも抜《ぬ》きで僕《ぼく》の音楽を純粋《じゅんすい》に求めている人間の数なんて、千人にも満たない、という。

まあ、べつに本名を出しているわけでもないし、動画サイト以外の場所で音楽活動をするつもりもないし、僕《ぼく》がＭｕｓａ男であるという秘密は姉以外だれも知りようがないので、気にしなくてもいいか……。そう自分に言い聞かせ、動画作成を続けた。

僕《ぼく》は甘《あま》く見《み》ていた。世間の広さと狭《せま》さを、だ。

＊

高校に入学してすぐのことだった。芸術選択《せんたく》授業で当然のごとく音楽を選択《せんたく》した僕《ぼく》は、音楽室でグランドピアノに生まれてはじめて触《さわ》る機会を得た。小学校も中学校も音楽室が狭《せま》くてアップライトピアノしか置いていなかったのだ。

弾《ひ》いてみたい衝動《しょうどう》を抑《おさ》えきれず、授業が終わって昼休みになり、クラスメイトたちがぞろぞろ音楽室から出ていってしまうのを待ってからそうっとピアノの椅子《いす》に座《すわ》った。

あらためて目の前にすると、でかい楽器だ。

僕《ぼく》の持っている鍵盤楽器《けんばん》はKORGのKRONOS LSとYAMAHAのEOS B500、どちらも肩《かた》に担《かつ》げるくらいのサイズで、弾《ひ》いている最中も鍵盤《けんばん》の向こうに見えているのは部屋の壁《かべ》だ。ところがグランドピアノは黒い光沢《こうたく》を持つ巨体《きょたい》が視界をふさいでしまう。その圧迫《あっぱく》感にまずどきどきする。油断したら喰《く》われてしまいそうだ。

しかも鍵盤《けんばん》がめちゃくちゃ重たい。すごいな、ピアニストってこんなのを平気で弾《ひ》きこなしているのか。

なんの気なしに、弾《ひ》いてみた。自分のオリジナル曲をワンフレーズ――

「……あれ？　村瀬《むらせ》君、それって」

いきなり後ろから声がかけられ、僕《ぼく》は跳《は》ねるようにして立ち上がり、危《あや》うくピアノの蓋《ふた》に指を挟《はさ》みかけた。

振《ふ》り向《む》くと音楽教師の華園《はなぞの》先生が立っていた。

「あ、す、すみません、勝手に触《さわ》って」

「いやべつにそれはいいんだけど、今の曲って」

僕《ぼく》はぎくりとして、そのまま後ずさって音楽室から逃《に》げだそうとした。華園《はなぞの》先生が僕《ぼく》のブレザーの袖《そで》をつかんで引き留める。

「ムサオのロココ調スラッシュの中間部だよね？」

ピアノの下に潜《もぐ》り込《こ》んで頭を抱《かか》えたくなった。

知られてた——。

待て、落ち着け。僕《ぼく》の正体が露見《ろけん》したわけじゃない。Musa男を知っていた、ってだけだ。Musa男がネットミュージシャンとしてそれだけ有名になったってことだ。だから偶然《ぐうぜん》こんなところに視聴者《しちょうしゃ》がいたっておかしくないし、僕《ぼく》も視聴者《しちょうしゃ》のふりをすればいいだけだ。

「え、ええ、先生も知ってたんですか。動画で見たんですけど、けっこういい曲ですよね」

精一杯《せいいっぱい》さりげなく言った。ところが先生はさらっと言う。

「きみがムサオでしょ？」

僕《ぼく》の人生は終わった。

「……は？　いや、あの、ええと、ネットで観《み》ただけで」

僕《ぼく》は往生際《おうじょうぎわ》悪く言い訳する。

「あたしもあそこのピアノ耳コピしようとしたけどなんかうまくいかなくてさ。でもさっきのは完璧《かんぺき》だったし。よく見ると体つきもムサオそっくりだしなによりこの鎖骨《さこつ》のラインが」

「なぞらないでくださいっ」

いきなりワイシャツの襟首《えりくび》に指を差《さ》し込《こ》んでくるものだから僕《ぼく》は後ずさって黒板に後頭部をぶつけてしまった。

「いやあ、ほんとに男の子だったんだねえムサオ。まさかあたしの教え子とはね」

華園《はなぞの》先生は僕《ぼく》の全身をしげしげと観察する。

　こういう状況下《じょうきょうか》でしらを切り続けられるほど根性《こんじょう》が据《す》わっていないので、僕《ぼく》はけっきょく認めざるを得なかった。

「あ、あの、先生、このことは黙《だま》っててくれますよね……」

「あの動画が学校に広まったら大人気だねえムサオ。文化祭で女装コンテストもあるし期待の星だよ」

「お、お、お願いですから」

「あたしも鬼《おに》じゃないから秘密にしておいてあげてもいい」

「ありがとうございますっ」

「でも条件がある」

　残念ながら華園《はなぞの》先生は鬼《おに》だった。

　黙《だま》っておく代わりに僕《ぼく》に課されたのは、授業中のピアノ伴奏《ばんそう》をすべて担当すること。

　一年生の音楽授業ではまず校歌を習うのだけれど、この伴奏《ばんそう》の楽譜《がくふ》がすさまじい音数で五線譜《ごせんふ》がほとんど真っ黒。

「なんですかこのシーケンサ憶《おぼ》えたての中学生が作ったみたいな楽譜《がくふ》」三年前の僕《ぼく》かよ。

「何年か前に校歌を混声四部合唱にアレンジしようっていう話になってね、ここの卒業生で音大に通っているやつに安いギャラで発注したところ、嫌《いや》がらせのようなピアノ譜《ふ》がついてきたというわけなんだよ」

「ひでえ話もあったもんですね……。だれなんですかそいつ。文句言ってやりたい」

「華園美沙緒《はなぞのみさお》っていう女なんだけどね」

「あんたかよ！　ええとその」

「文句があるそうだから聞いてあげるよ」

「色々すみません、はい、文句などめっそうもない」

「まあ実際作ったあたしもこんな面倒《めんどう》な伴奏弾《ばんそうひ》きたくないからね。まさか母校にしか就職口が見つからないとは思ってなくてさ。てことで練習しといて」

ほんとうにひでえ先生なのである。その後も『河口』だの『信じる』だのといった、伴奏《ばんそう》がクソ難しい合唱曲ばっかりチョイスしてくるので僕《ぼく》は泣きそうになる。

それに、グランドピアノの鍵盤《けんばん》の重さに慣れなくてはいけなかったので、家での練習だけでは足りず、放課後は音楽室に日参することになった。

「たった一週間でわりと弾《ひ》けるようになってるじゃないムサオ♂　さすが」

脅《おど》されて押《お》しつけられた仕事をほめられてもびたいち嬉《うれ》しくない。

「あと先生、ムサオって呼ぶのやめてくれませんか。他の人がいるところでもうっかりその名前で呼ばれてバレたりしそうで……」

「村瀬真琴《むらせまこと》を略してムサオじゃないの？」

「『む』しか合ってねーでしょうが！」

「それでね、ムラオサ」

「どこの村の村長だよ？　人の話聞かない村ですかっ？」

「来週の授業でハイドンの四季をアカペラでやろうと思ってるんだけどね」と先生は人の話を聞かずに楽譜《がくふ》を取り出してきて言った。「四部合唱に編曲しといて」

このまま要求がどんどんエスカレートしていくのではないか？　高校卒業する頃《ころ》にはオペラを一本書けとか気軽に言われるようになってるのでは？　と僕《ぼく》は青ざめた。

＊

「村瀬《むらせ》さあ、放課後いつも音楽室だよな」

「華《はな》ちゃん先生がつきっきりでピアノ教えてくれてんだろ？　いいなあ」

「並んで密着して二人で弾《ひ》いたりしてんの？」

クラスメイト男子にはめちゃくちゃ羨《うらや》まれた。

華園《はなぞの》先生は新任四年目の若さで名前も見た目も性格もとにかく華《はな》があるため全校的にたいへんな人気教師であり、こうして入学直後の新入生たちのハートもさっそく鷲《わし》づかみにしているわけだが、心ではなく首根っこを鷲《わし》づかみにされている僕《ぼく》としては「じゃあおまえら代わってくれよ」と言いたくてしょうがなかった。

「べつに教えてもらってるわけじゃないよ」と僕《ぼく》はおおむね正直に言った。「自主練してるだけ。その間先生は隣《となり》の準備室で他の仕事してる」

実際は仕事ではなく漫画《まんが》を読んでいることがほとんどなのだけれど、そこは一応ごまかしておいた。

「偶数《ぐうすう》組の伴奏《ばんそう》担当とも一緒《いっしょ》に練習してんの？」

ふとクラスメイトの一人が言った。

「あ、すげえ可愛《かわい》いんだよな。俺《おれ》も話だけ聞いた」

「何組の女子？」

「4組だっけ」

「音楽選択恵《せんたくめぐ》まれすぎじゃね？　美術なんてやめときゃよかったわ」

食いつきっぷりが加速するけれど、僕《ぼく》はその話題に出された人物を知らなかった。

「えっと、偶数《ぐうすう》組にも僕《ぼく》みたいに伴奏押《ばんそうお》しつけられてるかわいそうな子がいるわけ？」

「そうそう」

「押《お》しつけられてるってなんだ。もっと喜べよ」

「まさか華《はな》ちゃん先生にもっと別のものを押《お》しつけられてるんじゃねえだろうな」

「てめえふざけんなよ代われ！」

話がわけのわからない逸《そ》れ方をしかけたが、情報を総合するとこういうことだった。

うちの高校は1学年が8クラスある。芸術選択《せんたく》授業は音楽・美術・書道の三択《さんたく》なので、普通《ふつう》の授業と同様に1クラス単位でやっていたのでは人数が少なすぎて非効率的、ということで4クラスによる合同の授業になっていた。つまり芸術科目だけに限って見ると1学年が2学級に分かれているようなものだ。この分け方が1・3・5・7組と2・4・6・8組なので、それぞれ奇数《きすう》組と偶数《ぐうすう》組と呼ばれている。

そして、奇数《きすう》組で僕《ぼく》がピアノ伴奏《ばんそう》役をやらされているのと同様、偶数《ぐうすう》組でもその苦役《くえき》に就《つ》かされている女の子がいる、という話だった。

「見たことないけど」と僕《ぼく》は言った。「僕《ぼく》は家にピアノがないから学校で練習してるわけで、その子は家でやってんでしょ」

「なんだよ。つまんねえな」

「ていうか俺《おれ》も偶数《ぐうすう》組がよかったなあ。その子の伴奏《ばんそう》なら合唱もやる気出るのに」

「村瀬《むらせ》じゃなあ」

僕《ぼく》だって好きでやってるわけじゃないんだが？

＊

くだんの女の子とは、意外にも早く遭遇《そうぐう》した。

四月の最終週、華園《はなぞの》先生に頼《たの》まれていた『カルミナ・ブラーナ』のオーケストラのピアノアレンジを仕上げた僕《ぼく》は、放課後に楽譜《がくふ》を持って音楽室に行った。

この楽譜《がくふ》には華園《はなぞの》先生へのささやかな復讐《ふくしゅう》を狙《ねら》ったちょっとした仕掛《しか》けがあった。独奏用ではなく連弾《れんだん》用として書いたのだ。だって『カルミナ・ブラーナ』ですよ？　あの重厚《じゅうこう》なオーケストラ譜《ふ》を二本の手だけで再現できるわけないじゃないですか。手が四本でようやくですよ。ということで先生も手伝ってくださいね？　といって、めちゃくちゃ難しく書いた低音パートを任せるつもりだったのだ。あの女をどうしても一回あわてさせてやりたかった。

しかし音楽室は無人だった。

僕《ぼく》は持ってきた楽譜《がくふ》をピアノの譜面《ふめん》台に広げてしばらく待ってみた。

窓の外では野球部やハンドボール部のジョギングのかけ声が聞こえた。学校の向かいの工場からパンの焼き上がりを報《しら》せる牧歌的なチャイムが響《ひび》いてきた。雲ひとつなく晴れ上がった、のどかな午後だった。

いっこうに華園《はなぞの》先生が現れる気配がないので、僕《ぼく》は音楽室の左手奥《おく》にある音楽準備室のドアをノックしてみた。反応はない。そうっと開いてみると、中にはだれもいない。

なんだあの女、放課後すぐ持ってこいって言っといて留守なのか。

しかたない、待たせてもらおう。

僕《ぼく》は準備室に身を滑《すべ》り込《こ》ませた。普通《ふつう》教室の半分のスペースで、無骨なビジネスデスクと小さな電子ピアノが部屋の中央にくっつけて置いてあり、まわりはスティールラックが取り囲んでいる。なぜか水道もあり冷蔵庫と湯沸《ゆわ》かしポットも完備、しかも横山光輝《よこやまみつてる》の三国志《さんごくし》と水滸伝《すいこでん》が全巻そろっていて時間つぶしには最適の場所だった。

椅子《いす》に腰《こし》を下ろして三国志《さんごくし》の26巻を開いた。

赤壁《せきへき》の戦いの息詰《いきづ》まる展開に没頭《ぼっとう》していたせいで、隣《となり》の音楽室にだれか入ってきたことにすぐには気づかなかった。我に返ったのはピアノの音のせいだった。

上下数オクターヴに渡《わた》る重厚《じゅうこう》な和音がドアを突《つ》き破《やぶ》る勢いで聞こえてきて、僕《ぼく》は漫画《まんが》を落っことしそうになった。

僕《ぼく》の編曲した『カルミナ・ブラーナ』だ。間違《まちが》いない。

だれかやってきたのかな。先生かな？　初見であんなに完璧《かんぺき》に弾《ひ》けるもんなのか。くそ、もっともっと難しくしとけばよかった。

いや、ちょっと待て。あれは連弾《れんだん》用だぞ？　先生の他にだれかもう一人いるのか？

僕《ぼく》はそうっと立ち上がり、ドアを押《お》し開《ひら》いて音楽室の様子をうかがった。

ピアノの前に、制服姿の女の子の後ろ姿がひとつだけあった。彼女《かのじょ》の細い二本の腕《うで》が鍵盤《けんばん》の上で揺《ゆ》らめいている。僕《ぼく》は息を呑《の》んだ。

ひとりで弾《ひ》いている。

落ち着いてよくよく聴《き》いてみれば、たしかに僕《ぼく》の書いたアレンジから音符《おんぷ》をいくつも省略している。しかし、僕《ぼく》が家でシーケンサに打《う》ち込《こ》んで鳴らしてみたフル演奏とはまったく比べものにならないくらい重たく激しく煮《に》えたぎるような演奏だった。

信じられない思いで、僕《ぼく》は彼女《かのじょ》のピアノにしばらく聴《き》き入《い》っていた。運命の女神《めがみ》を畏《おそ》れ奉《たてまつ》る何千人もの讃歌《さんか》が頭の中で響《ひび》いた。実際に歌い出しそうにさえなった。

けれど演奏は唐突《とうとつ》にぶっつり途切《とぎ》れた。

彼女《かのじょ》が手を止めてこちらを振《ふ》り向《む》いていた。僕《ぼく》と目が合う。

まわりじゅうの音がいきなりなにも聞こえなくなるくらい印象的な目だった。割れた流氷の下にのぞく冬の海みたいな底知れない透明《とうめい》さを湛《たた》えている。

「……ずっとそこで黙《だま》って聴《き》いてたの？」

彼女《かのじょ》は眉根《まゆね》を寄せて訊《き》いてきた。

「え……いや、うん、……まあ。連弾《れんだん》用に書いた楽譜《がくふ》なのに全然そんなふうに聞こえなかったから、びっくりして、つい」

「この性格の悪い譜面《ふめん》、あなたが書いたの？」

彼女《かのじょ》は目を見張った。それから少し声を落として続ける。

「華園《はなぞの》先生が言ってた7組のムササビくんって、あなた？」

「ムサ……」あの女、ひとの名前をなんだと思ってんだ？「村瀬《むらせ》だよ。ええと、そう、奇数《きすう》組で伴奏《ばんそう》とか編曲とかやらされてて。……そっちが偶数《ぐうすう》組の？」

僕《ぼく》が訊《たず》ねると彼女《かのじょ》はつまらなそうにうなずいた。

「次に演《や》らされるのはこれなわけ？」と彼女《かのじょ》は譜面《ふめん》台を指さす。「こんなに悪意たっぷりの楽《がく》譜《ふ》なんてはじめて見る。エリック・サティが百二十歳《さい》まで生きててもこれよりはまだ素直《すなお》な楽《がく》譜《ふ》を書くと思う」

僕《ぼく》もそんな悪意たっぷりの楽曲評なんてはじめて聞くんだが？

「特に最低音部の跳躍《ちようやく》進行とかトレモロは嫌《いや》がらせ目的で難しくするためだけに難しくしている感があって最悪。編曲者のいやらしい意図が音符《おんぷ》の間からにじみ出てる」

「ひどすぎる。もっと他に言い方あるだろ？　全部事実だけどさ」

「事実なの？　ほんと最悪……」

「あー、いや、そのぅ」

そのとき音楽室のドアが開いた。気まずくなっていたので助かった——と思いきや、入ってきたのは華園《はなぞの》先生だったので事態はまるで好転していなかった。

「やっほぅ。二人とも来てたんだ、仲良くしてた？」

この空気で仲良くしてたように見えるのか？　頭にユニセフ募金《ぼきん》でも詰《つ》まってるのかよ？

「お、カルミナ・ブラーナできてたの？　凛子《りんこ》ちゃん弾《ひ》いてみた？　どうだった？」

「編曲者本人が目の前にいるからはっきりとは言わないでおきますけれど」と彼女《かのじょ》は僕《ぼく》を指さして前置きした。「これを聴《き》かせた牛は牛乳の代わりにガソリンを垂れ流すと思います」

「はっきり言ってくれた方がましだよ！」意味わからんけど悪口だってことだけはわかる。ていうかさっきまで目の前ではっきり最悪とか言ってましたよね？

「凛子《りんこ》ちゃんにそこまで言わせるとは大したもんだねえ」

「なんで褒《ほ》められたみたいに話を持っていこうとしてんですか。べつにいいですよフォローしなくても。自分でもゴミみたいなひどい編曲だってわかってますよ」

「わたしはそこまで言ってない。わたしが本気になったらあなたがこれまで犯《おか》してきた痴漢《ちかん》や盗撮《とうさつ》の罪を残らず自白するくらい徹底的《てっていてき》に追《お》い込《こ》むから」

「犯《おか》してねえよ！　どっから出てきたのその犯罪者扱《あつか》いっ？」

「こんないやらしい楽譜《がくふ》書く人だからそれくらいやってると思って」

「いやらしいの意味がすり替《か》わってますけどっ？」

「じゃあわたしは帰るから。いやらしい人と同じ部屋にいたくないし、用事も済んだし」

彼女《かのじょ》はそう言って音楽室のドアに足を向けた。

「ちょっと待って凛子《りんこ》ちゃん、楽譜《がくふ》持ってってよ」と華園《はなぞの》先生がピアノの譜面《ふめん》台に置いてある僕《ぼく》の『カルミナ・ブラーナ』アレンジ譜《ふ》を指さして言った。「いまコピーするから」

「要《い》りません」と彼女《かのじょ》はにべもなく言った。「もう憶《おぼ》えました」

「……憶《おぼ》えた、って……」

通して五分足らずの曲とはいえ、さっきはじめて見てちょっと弾《ひ》いただけだろ？　さすがに無理のあるはったりだろうに。

僕《ぼく》の疑わしげな視線に気づいたのか、彼女《かのじょ》はものすごく不機嫌《ふきげん》な顔になって戻《もど》ってくると、譜面《ふめん》台に置いたままの楽譜《がくふ》を床《ゆか》に払《はら》い落《お》とし、乱暴に両手を鍵盤《けんばん》に叩《たた》きつけた。

はったりではなかった。たしかに彼女は完璧に暗譜していた。しかも（たぶん時間が惜《お》しかったのだろう）三倍くらいの速さで最後まで彼女《かのじょ》は完璧《かんぺき》に暗譜《あんぷ》していた。

演奏を終えると椅子《いす》をがたつかせて立ち上がり、唖然《あぜん》とする僕《ぼく》の前を通り過ぎて音楽室を出ていってしまう。

彼女《かのじょ》の後ろ姿がドアの向こうに消えると、ようやく僕《ぼく》は息をつくことができた。

「あんだけ憶《おぼ》えがいいとほんと助かるなあ。さすが凛子《りんこ》ちゃん」

華園《はなぞの》先生はのんきにそう言って、床《ゆか》に散らばった楽譜《がくふ》を拾い上げる。

「……あれ、何者なんですか……」

自分でも驚《おどろ》くくらい疲《つか》れ切《き》った声で僕《ぼく》は訊《き》いた。

「クラシック畑じゃちょっとした有名人だったんだけどね、冴島凛子《さえじまりんこ》ちゃん。ムサオはそっち方面じゃないから知らないか」

「えっと……？　プロのピアニストなんですか？　めっちゃ巧《うま》かったですけど」

「ううん。いずれプロになるだろうなって言われてはいたけどね。あれだよ、元神童ってやつ。小学生の頃《ころ》からコンクール総なめで」

「へえ……」

僕《ぼく》はぴったりと閉じたドアを見やる。神童――か。あの腕前《うでまえ》ならうなずける。

「でもなんでそんなやつがうちみたいな普通《ふつう》高校に来てんですか。音大附属《ふぞく》とかに行けばいいのに」

「まあ、色々あんのよ。色々とね」先生は意味深に微笑《ほほえ》んだ。「その色々につけ込《こ》んで伴奏役《ばんそう》をやってもらってるんだけどね」

「あんたほんとのほんとに最低だな！」

「でもまあもったいないよね。腕《うで》が落ちたわけじゃないのに。こんなこけおどし満載《まんさい》の譜面《ふめん》も平然と初見で――」と楽譜《がくふ》に目をやった先生はすぐに気づく。「って、これ連弾《れんだん》用じゃん」

「あ、はあ、その」

凛子《りんこ》とのやりとりですっかり毒気を抜《ぬ》かれていた僕《ぼく》は、先生を困らせてやろうという当初の目的がかなりどうでもよくなっていた。

「カール・オルフの激烈《げきれつ》でプリミティブなオーケストレーションを再現するには独奏じゃ足りないかなって思って……」

それっぽい言葉を並べて言い訳する。

「ふうん。難しい方のパートをあたしに演《や》らせようってこと？」

「え、ええ、まあ……僕《ぼく》より先生の方が巧《うま》いし……」

やばい、意図を見抜《みぬ》かれたか。

「じゃ、弾《ひ》いてみようか」と華園《はなぞの》先生は言って、僕《ぼく》をピアノの椅子《いす》に座《すわ》らせた。先生自身はなぜか僕《ぼく》の背後に立つ。

「あの、先生の椅子《いす》は？」

「あたしは立って弾《ひ》くよ。だって」と先生は楽譜《がくふ》を指さす。「難しい方があたしのパートなんでしょ？」

「はい、だから低音部の方を」

「いちばん難しいのが低音部の左手で次が高音部の右手でしょ？　それをあたしが弾《ひ》くとなるとこうするしかないでしょ」

え？　いや、あの？

先生は僕《ぼく》の背中にのしかかるようにして鍵盤《けんばん》の左端《ひだりはし》（最低音部）と右端《みぎはし》（最高音部）に向かって両手を広げた。僕《ぼく》が中声域——低音パートの右手と高音パートの左手を担当しろってこと？　そりゃあ、そんな変な分担ならこうするしかないですけど、普通《ふつう》に並んで座《すわ》ってそれぞれのパートを普通《ふつう》に分担すれば——

「はい1、2、3」

先生はカウントをとって弾《ひ》き始めた。僕《ぼく》もあわてて合わせる。

しかし演奏どころではない。僕《ぼく》の肩《かた》に先生のあごが乗っかっているし、吐息《といき》が耳の裏にかかるし、ちょっと音域が狭《せば》まると先生の腕《うで》が僕《ぼく》の首に巻きつくし、あとなんか柔《やわ》らかい感触《かんしょく》が肩《けん》胛骨《こうこつ》にしょっちゅう押《お》しつけられて僕《ぼく》はもう音符《おんぷ》を追うどころではなくなっていた。

ドアが開いた。

僕《ぼく》はびっくりして手を止めてしまい、先生だけが弾《ひ》き続けたせいで中声域のすっぽり消えた間抜《まぬ》けな演奏がむなしく進行していく。部屋に入ってきた凛子《りんこ》は僕《ぼく》らを見てかすかに顔をしかめ、けれど無言でピアノまで近づいてくると、どうやら置き忘れたらしいスマホを回収し、踵《きびす》を返《かえ》してドアに向かった。

部屋を出しなに冷たい軽蔑《けいべつ》の視線を肩越《かたご》しに僕《ぼく》へと向けてくる。

「そういうやらしいことするために連弾《れんだん》アレンジにしたわけ？　ほんとに最低」

「……い、いや、これはちがっ――」

僕《ぼく》に言い訳するひまを与《あた》えずドアは叩《たた》きつけられるように閉じた。

「ちょっとムサオ、立ち上がろうとしないでよ。弾《ひ》きづらいよ」

「なんでこんな事態でもまだ弾《ひ》いてんですか！」

「どんなにつらく哀《かな》しいことがあっても音楽を止めてはいけないんだよ。ノーミュージック・ノーライフ」

「僕《ぼく》はとっくにノーライフですけど社会的にっ！　ポエムなこと言ってる場合ですか、めっちゃ誤解されたじゃないですかっ」

「誤解じゃなくない？　ムサオがいやらしい変態なのは事実でしょ」

「どこがっ」

「女装」

「ああ、いやあのそれは」

事実なので強く否定できないが、しかし。

「やってるのは事実ですけどやりたくてやってるわけではなく見てもらいたいからで、あ、あの、見てもらいたいってのは動画をって意味で」

「だから女装動画を見てもらいたくて女装してんでしょ」

「ち、ちがッ、……ちがわなくもなくもないですけどっ、そういう動機じゃなく純粋《じゅんすい》に」

「純粋《じゅんすい》な自己顕示《けんじ》欲のために女装してんだよね？」

「言い方ッ」

これ以上この方向で話を続けていてもいじくられるだけなので僕《ぼく》はあきらめた。

「だいたい学校でその話をしないでくださいよ、バラさないからっていう約束で授業を手伝ってるんじゃないですか。ムサオって呼ぶのもやめてくれって何度も」

「えええー」

先生は不満そうに口を尖《とが》らせた。

「ムサオって呼びやすくていいのに。じゃあ他の活用形にする？」

「なんですか活用形って」

「虫けら」

「五段活用かよ。しかもなんのひねりもなく悪口じゃないですか」

「むすっとしてる」

「当たり前だろ！　だれのせいですか！」

「無節操」

「ちょっ、なにが？　これまで十五年間慎《つつし》み深《ぶか》く生きてきましたよ！」

「ムソルグスキー」

「だれが禿山《はげやま》の一夜だ！　うちの家系はみんなふっさふさだよッ」

「あれぇ、ムソルグスキーは悪口のつもりで言ったんじゃないんだけど、村瀬《むらせ》くんちょっとひどすぎない？」

「え、あっ……そ、そうですよね。失礼な発言でした。ムソルグスキーに謝《あやま》ります」

「あたしは『一生女に縁《えん》がない上にアル中』って意味で言ったんだけど」

「ど直球で悪口じゃねえか！　あんたがムソルグスキーに謝《あやま》れよ！」

「どう？　あたしの言いっぷりに比べれば凜子《りんこ》ちゃんの口の悪さなんてなんともないでしょ。だから仲良くしてあげてね」

「どんな話のつなぎ方ですか」

華園《はなぞの》先生に比べればたいがいの人間がましに見えるだろうに。

「だいたい、仲良くったって、とくに接点ないですよ。クラスはちがうし音楽の授業だってべつべつなんだし」

「あたしっていう接点があるでしょ」と先生は自分の胸を指さした。「弱みを握《にぎ》られてこき使われてる者どうし共感し合えるんじゃない？」

「こき使ってる当人がよくもまあ平然とそんなこと言えるもんですね……」

あなたたちのためを思って言ってるんだよ、みたいな顔されるの真剣《しんけん》に腹立たしいんで自重していただけませんかね？

とはいえ、僕《ぼく》としても凛子《りんこ》とはもう一度だけ接点を持ちたかった。

譜面《ふめん》台にだらしなく広げられた楽譜《がくふ》を見やる。

あれだけのピアニストに、こんな虚飾《きょしょく》だらけの譜面《ふめん》を押《お》しつけておしまいにしたくなかった。村瀬真琴《むらせまこと》がこういうクソ編曲しかできないやつだと思われたままにしたくなかったのだ。

＊

徹夜《てつや》で伴奏譜《ばんそうふ》を独奏用に書き直すと、翌日、放課後を待ってすぐに音楽室に足を向けた。華《は》園《ぞの》先生に頼《たの》んで、凛子《りんこ》に放課後また来てくれるように伝えておいてもらったのだ。

けれど、どうやら呼び出し人が僕《ぼく》であることは伝えられていなかったらしく、音楽室に入ってきた凛子《りんこ》は待っていた僕《ぼく》を見るとかすかに目を見張り、それからため息をついた。

「あなたの用事だったの？　今日はなに？　先生だけじゃ飽《あ》き足《た》らずわたしにもいやらしく密着して連弾《れんだん》したいという話ならお断りだけれど、あなたは生まれてこのかた女性にまったく縁《えん》がないみじめな人生を送ってきたという話だし、これ以上性犯罪を重ねられても困るし、ニモのぬいぐるみでよければ貸してもいい」

どこからつっこんでいいのかわからん。

「……なんでニモなの？」

「訊《き》くのはそこなの？　他は認めたってこと？」

「ちげーわ！　当《あ》たり障《さわ》りのなさそうなとこから訊《き》いてんの！」

「ニモはクマノミでしょ。クマノミは雄《おす》が雌《めす》に性転換《てんかん》するらしいから、女装して自分を慰《なぐさ》めているあなたにはぴったりだと思って」

「当《あ》たり障《さわ》りしかなかった！　え、ちょ、ちょっと待って、なんで知ってんの？」

背中を冷《ひ》や汗《あせ》が伝い落ちた。まさか華園《はなぞの》先生か？　あの女、黙《だま》ってるって約束しといてさっそくぺらぺら喋《しゃべ》りやがったのかッ？

でも凛子《りんこ》は肩《かた》をすくめて言う。

「Ｍｕｓａ男は一時期ピアノコンクール界隈《かいわい》で有名だったから。どう見ても中高生くらいなのにブーレーズとかリゲティとかマニアックな作曲家をサンプリングした変態的なオリジナル曲なんて発表してて、あれはきっとコンクール常連のだれかだろうって言われてて。とはいってもピアノはものすごく下手くそだったけれどきっと正体を隠《かく》すためにわざと下手に弾《ひ》いてるんだろうって」

「……そりゃまた身に余る評価ありがとうございます……」

ほんとうに下手なだけなんですけど。

「けっきょくわたしの周囲でもMusa男がだれなのかは謎《なぞ》のままだったのだけれど、昨日あの楽譜《がくふ》を見て確信した。アレンジの癖《くせ》がMusa男そっくり。動画を見直してみたら体つきもあなたに間違《まちが》いなかったし」

もういやだ。なんなんだよ音楽業界の狭《せま》さ……。

「性癖《せいへき》も音楽の趣味《しゅみ》も変態なんて生きていてつらくないの？　マイナスとマイナスを掛《か》け合《あ》わせるとプラスになるとかそういうこと？」

「マイナスって言うな！　好きでやってんだよ！　あ、いやその好きってのは女装じゃなくて音楽の方の話だからそういう顔すんのやめてください」

「それで今日わたしを呼び出したのはまた変態趣味《しゅみ》を強要しようというわけ？　まさかわたしにも女装させようっていうんじゃ」

「おまえはもともと女だろうが！　ああもう、話がちっとも進まないよ！」

楽譜《がくふ》を差し出すと、凛子《りんこ》は怪訝《けげん》そうに受け取る。

「昨日のカルミナ・ブラーナ？　わざわざ独奏用に書き直したの？　べつにそんなことしてもらわなくても、わたしはてきとうに自分でアレンジして弾《ひ》けるし」

「てきとうにやってもらいたくないから書き直したんだよ」

僕《ぼく》は遮《さえぎ》って言った。凛子《りんこ》は目をしばたたき、それからもう一度譜面《ふめん》に目を落とした。視線が音符《おんぷ》を走査するのがわかった。

やがて彼女《かのじょ》はピアノの椅子《いす》に座《すわ》ると、譜面《ふめん》台に僕《ぼく》の楽譜《がくふ》を広げて置いた。鍵盤《けんばん》の骨の色に、冷え冷えと白く細い指先が交錯《こうさく》する。

なぜこうも僕《ぼく》の奏《かな》でるピアノとちがうのだろう、と思う。鍵盤《けんばん》を叩《たた》く前からわかる。特別な空気が張《は》り詰《つ》めている。音楽にとって休符《きゅうふ》が音符《おんぷ》と同等に重要なのだとしたら、曲が始まる前の帯電した静寂《せいじゃく》もまた音楽の一部だ。

凛子《りんこ》の指が鍵盤《けんばん》に触《ふ》れる。

なんて静かな強打《フォルテシモ》だろう。これこそが『カルミナ・ブラーナ』の第一音に必要な、矛盾《むじゅん》に充《み》ち満ちたエネルギーだ。続くオーケストラと合唱の不協和なせめぎ合い。音と音がぶつかり合う間から熱狂《ねっきょう》が泡《あわ》になってあふれだし、弾《はじ》けて大気を焦《こ》がす。ピアノという楽器にこれほどの表現力が詰《つ》め込《こ》まれていたことを僕《ぼく》はそのときまで知らなかった。黒光りする巨体《きょたい》にもなお余りあるイメージの奔流《ほんりゅう》が、はち切れそうなほど昂《たか》ぶって漏《も》れ出《で》てきそうだ。いったい何百人、何千人、何万人分の骨がこの楽器を組み上げるためにかき集められたのだろう。供犠《くぎ》となった死者たちの痛ましい歌声が吹《ふ》きすさぶ。

第二曲の終結までの間、僕《ぼく》はほとんど呼吸することも許されないまま凛子《りんこ》のピアノに巻《ま》き込《こ》まれ、ただ聴《き》き入《い》っていた。最後の和音の残響《ざんきょう》を圧《お》し潰《つぶ》すようにして、ごとり、と重たい軋《きし》みが響《ひび》いた。まるで絞首台《こうしゅだい》の床《ゆか》が開くときのような音に聞こえたけれど、現実に戻《もど》ってよく見てみればどうやら凛子《りんこ》がピアノの鍵盤《けんばん》のふたを閉めた音のようだった。

彼女《かのじょ》は楽譜《がくふ》を重ねて端《はし》をそろえ、僕《ぼく》を見て言った。

「……じゃあ、これはもらっていっていいの？」

僕《ぼく》はまぶたを何度も強く閉じては開いて、違和《いわ》感《かん》の残る現実に意識をなじませようとした。ピアノの余韻《よいん》がまだ金属の削《けず》り屑《くず》のようにあたりに漂《ただよ》っていて肌《はだ》をちくちく刺激《しげき》した。

「……あ、ああ、うん。持ってっていいけど」

間抜《まぬ》けな返事だけでは気まずいままなので、なにか付け加えなければ、と思った僕《ぼく》は思いついたことをそのまま口にした。

「昨日のよりは簡単な譜面《ふめん》にしたつもりだけど、……憶《おぼ》えられなかった？」

「なに言ってるの？」凛子《りんこ》は非難がましく眉《まゆ》を寄せて言った。「ちゃんとした曲なら、暗譜《あんぷ》してそれでおしまいじゃないでしょう？」

彼女《かのじょ》の言葉の意味を僕《ぼく》が理解できたのは、彼女《かのじょ》が出ていってドアが閉まった後だった。だから一言も返せなかった。彼女《かのじょ》は今度こそ僕《ぼく》の編曲をちゃんとした曲だと認めてくれたのだ。楽《がく》譜《ふ》を持ち帰ってもう一度読《よ》み込《こ》む価値はあると言ってくれたのだ。

安堵《あんど》してピアノの椅子《いす》に腰《こし》を下ろす。

凛子《りんこ》の体温がまだ残っている気がする。それからピアノの余響《よきょう》も。

ふたを開き、鍵盤《けんばん》に指をそっと置いてみる。でも、あんな演奏を聴《き》かされた後ではなにも弾《ひ》く気になれない。

あれほどのピアニストが僕《ぼく》の編曲を評価してくれたのだ。今はそれだけを素直《すなお》に喜んでおこう。どうせ僕《ぼく》もそのうち授業でこの伴奏《ばんそう》を弾《ひ》かされるわけだし、きっと華園《はなぞの》先生は凛子《りんこ》の演奏と比べて容赦《ようしゃ》なくこき下ろすだろうけれど、今は考えないようにしよう。

それから、ふと思う。

冴島凛子《さえじまりんこ》は、間違《まちが》いなく一流だ。僕《ぼく》程度の人間でもわかる。彼女《かのじょ》の演奏は技術の高さだけではない、なにか特別なものが感じられる。こんな東京の片隅《かたすみ》のありふれた普通《ふつう》高校の音楽室で浪費《ろうひ》されていくべき音楽じゃない。

なにがあったのだろう。

どうして彼女《かのじょ》はこんな場所に囚《とら》われているのだろう？

2　十一月のよく晴れた朝に

　ネットというのは恐《おそ》ろしくも便利なもので、「冴島凛子《さえじまりんこ》　ピアノ」で検索《けんさく》してみたら彼女《かのじょ》のコンクールの動画がすぐに出てきた。どうやらコンクールの他の参加者の親が勝手にアップロードしたものらしい。その界隈《かいわい》では有名人だったという華園《はなぞの》先生の言葉は嘘《うそ》ではなく、凛子《りんこ》の動画は何十本も見つかったし、再生数も軒並《のきな》み一万超《ちょう》だった。

　とはいえ動画につけられたコメントの三分の一くらいは凛子《りんこ》のルックスに関してのものであり、ストレートに性的欲望を表明している者も少なからずおり、身につまされた。まったくネット住民は度しがたい。

　ヘッドフォンをかぶって目を閉じ、演奏にだけ集中した。

　課題曲はショパンのエチュード『エオリアン・ハープ』。両手の流麗《りゅうれい》なアルペッジョが最後までそよぎ続け、その中に旋律《せんりつ》が訥々《とつとつ》とつぶやかれる。ため息しか出てこなかった。僕《ぼく》ごときが書いた合唱曲の伴奏《ばんそう》ですらあれだけの熱量だったのだ。コンクールのために奏されるショパンともなれば彼女《かのじょ》が込《こ》めたエネルギーは桁違《けたちが》いだった。

　関連動画に出てくるサムネイルをクリックしまくり、凛子《りんこ》の演奏を立て続けに聴《き》いた。

たいへん充実《じゅうじつ》した幸せな時間ではあったけれど、ちょっと休憩《きゅうけい》しようと思ってヘッドフォンを外した僕《ぼく》は髪《かみ》がじっとり汗《あせ》ばんでいることに気づいた。しかも椅子《いす》から立ち上がろうとしても腰《こし》に力が入らない。

聴《き》いていて疲《つか》れる演奏なのだ。

しかも、聴《き》いている最中に体力と気力が吸い取られていることを自覚できない。演奏に熱中してしまうためだ。麻薬《まやく》的なピアノである。

なぜ彼女《かのじょ》はこのまま音楽の道を進まなかったのだろう、という疑問がいっそう強くなる。

それとも僕《ぼく》が楽壇《がくだん》を甘《あま》く見《み》ているだけで、プロを目指すにはこの程度の演奏でも足りないのだろうか。

＊

二日後の放課後、また音楽室で凛子《りんこ》に逢《あ》う機会があったので、直接訊《き》いてみた。

「なんでうちの高校来たの？　音楽科のある学校行けばよかったのに。プロ目指そうとか考えなかった？」

凛子《りんこ》はむすっとしてつぶやいた。

「そういう詮索《せんさく》されるのが嫌《いや》だから、伴奏《ばんそう》なんてやりたくなかったのに。目立たないようにもっとわざと下手に弾《ひ》いておけばよかった」

　わざと下手に弾《ひ》く……？

「いや、無理だろ？」

　僕《ぼく》は思わず即座《そくざ》に指摘《してき》していた。

「……なにが」と凛子《りんこ》は目をしばたたく。

「わざと下手に弾《ひ》くなんてできないだろ。僕《ぼく》も多少は楽器かじってるからわかるけど——いや僕《ぼく》ごときが言うのもおこがましいかもしれないけどさ、つまり、その……」

　うまく言葉を選べず、僕《ぼく》はしばらく口ごもって言い方を考える。

「ある程度以上になったら、下手に弾《ひ》けなくなるよね。そういう身体《からだ》になっちゃってるっていうか、やろうとしても身体《からだ》が拒否《きよひ》するっていうか」

　途中《とちゅう》で、なにかものすごく恥《は》ずかしくて的外れなことを言っているのではないか、と怖《こわ》くなって僕《ぼく》は口をつぐみ、おそるおそる凛子《りんこ》の顔をうかがった。

　彼女《かのじょ》の顔には不思議な表情が浮《う》かんでいた。

　うまく表現するのは難しいのだけれど、たとえていうなら、失《な》くしてあきらめていた大切な写真が毎日踏《ふ》みつけていたトイレマットの下から見つかったときみたいな、そんな顔だ。

　凛子《りんこ》はふうっと息をついて、ピアノの椅子《いす》に腰《こし》を下ろした。

「あなたのこと、ただの性犯罪者だと思っていたけれど、評価をあらためる」

「そりゃどうも。……どのくらいあらためてもらったのかな」

最初がひどいマイナスだったけどちょいプラスくらいにはなってるだろうか……。

「ただ者ではない性犯罪者」

「変わってねーよ！　むしろなんか悪くなってるよ！」

「村瀬《むらせ》くんぐらい音楽のことをわかってる性犯罪者ってなかなかいないと思うからもっと喜んでほしかった」

「僕《ぼく》の言ってることももっと理解してほしかった……」

「ベートーヴェンは《楽聖》だから《楽性犯罪者》というのはどう？　尊くない？」

「もっと他の部分でベートーヴェンになぞらえてほしかった！」

「生涯結婚《しょうがいけっこん》できなかったところとか？」

「いいかげんそこから離《はな》れろよ！」

凛子《りんこ》は椅子《いす》から立ち上がって三メートルくらい向こうへ行ってしまった。

「そういう意味じゃねえよ！　知らん人が外から見てたらまるで僕《ぼく》が奇声《きせい》をあげて襲《おそ》いかかろうとして逃《に》げられたみたいに見えるからやめて！」

「だいたいあってるじゃない。村瀬《むらせ》くんは奇声《きせい》を発してわたしは逃《に》げた。事実の通り」

たしかにその通りだった。誤解されたくないなら僕《ぼく》が落ち着くべきだ。そもそもなんの話をしてたんだっけ。

「たぶん村瀬《むらせ》くんは」

凛子《りんこ》は椅子《いす》に戻り、声を落としてつぶやいた。

「目の前でグランドピアノのそれなりの生演奏を聴《き》いたことがなかったから、はじめての体験でちょっとびっくりしているだけだと思う。わたしのピアノは、そんな大したものじゃない」

「……え？」

「言っていることわからない？　じゃああなたにもわかりやすく性的に言い直すと、童貞《どうてい》が初体験でびっくりしているだけだと思う」

「かえってわからんわ！」

「そうか。童貞《どうてい》だと経験がないからびっくりするかどうかさえわからない」

「いやそんな話もしてませんよ？　いちいち性的な方に引っぱるのやめてもらえる？　ていうか最初の言い方でちゃんとわかったから！　たしかに僕《ぼく》はクラシックのコンサートとか聴《き》きにいったことはないよ、でも——」

僕《ぼく》はいったん言葉を切って、言い方を探《さぐ》った。でも、気の利《き》いたスマートな表現は僕《ぼく》の中のどこにも見つからなかった。彼女《かのじょ》の言う通り、はじめての体験だったからだ。

「きみのピアノはやっぱり大したものだと思う。きみになら金払《はら》ってもいいと思った」

凛子《りんこ》がしばらく黙《だま》ってじっとりと僕《ぼく》をにらんできたので、あわてて付け加えた。

「あ、あの、金払《はら》ってもいいっていうのはプロのピアニストと比べても遜色《そんしょく》ないって意味であって、決して性風俗《ふうぞく》的な意味じゃなくて」

「そんなのわかってる」凛子《りんこ》は嫌悪《けんお》感もあらわに言った。「わたしがなにも言っていないのにそういう補足を入れてくるっていうのは性犯罪者の自覚があるということ」

「んぐっ……」

今のは僕《ぼく》の完全な勇み足だったので言い返したらさらに辛辣《しんらつ》に責め立てられるのは火を見るよりも明らかだった。ここは黙《だま》って批難を甘受《かんじゅ》すべきだろう。

「真剣《しんけん》な話をしているのにそうやってセクハラ発言を混ぜるのはやめた方がいい」

「世界中のだれよりおまえに言われたくねーわ！」

黙《だま》って甘受《かんじゅ》していられなかった！

「とにかくわたしは、そんなのじゃないの」

凛子《りんこ》はそう言ってピアノの椅子《いす》から立ち上がった。

「プロを目指そうとかそんなレベルじゃない。わたしよりも達者に弾《ひ》ける人間はごろごろいるから」

彼女《かのじょ》が音楽室を出ていってしまった後も、僕《ぼく》はピアノの巨体《きよたい》の側面をじっと見つめながら思《し》惟《い》に沈《しず》んでいた。黒く淀《よど》んだ鏡面に自分の顔が歪《ゆが》んで映り込《こ》んでいた。

勘違《かんちが》いか？　無知ゆえの過大評価なのか？

曲がった黒い鏡の中の自分に問いかける。

いや、と圧《お》し潰《つぶ》された顔の僕《ぼく》が答える。

僕《ぼく》はたしかにクラシックピアノにはさして詳《くわ》しくない。でも、自分の耳に、心の震《ふる》えに、嘘《うそ》はつけない。あのピアノが特別じゃないというなら僕《ぼく》の頭蓋骨《ずがいこつ》に詰《つ》まっているものはマヨネーズかなにかだ。

あれをもっと聴《き》きたい。

＊

動画作成者としてある程度名が売れてくると、横のつながりもできる。

僕《ぼく》はＭｕｓａ男としてのＳＮＳのアカウントを持っており、動画サイトを通じて知り合った同業者たちが何人もフォロワーにいた。彼《かれ》ら彼女《かのじょ》らとはリアルでのつきあいは一切《いっさい》ないし顔も知らないことがほとんどだけれど、お互《たが》いに音楽歴と音楽の趣味《しゅみ》だけはよく知っていた。

その中の一人、《グレ子》さんという人は現役《げんえき》の音大生で、アップロードする曲のアレンジもクラシック色が強かった。たぶんあちらの世界に詳《くわ》しいのではないかと思い、彼女《かのじょ》にＳＮＳのダイレクトメッセージで訊《き》いてみる。

『冴島凛子《さえじまりんこ》って知ってますか？　ちょっと前まで中学生のピアノコンクールでけっこう良《い》いところまでいってたやつらしいんですけど』

すぐに返信があった。

『知ってるよ。コンクール荒《あ》らしで有名だったから。すっごい遠くの地方の大会にも遠征《えんせい》したりして、どこでも出るたびに一位とるから嫌《きら》われてたよ』

それって嫌《きら》われるものなのか。コンクール荒《あ》らしっていったって、べつに暴力的な意味で荒《あ》らすわけじゃなくて出場しまくって優勝しまくるだけなのだから正当な実力の結果だろうに。ただのやっかみじゃないか。それでクラシック音楽の世界がいやになってピアニストの夢をあきらめたんだろうか。

『冴島凛子《さえじまりんこ》がどうしたの？』とグレ子さんは訊《き》いてきた。

一瞬《いっしゅん》、正直に打ち明けてしまおうかと思った。同じ高校に通ってるんですよ、と。面と向かっての会話だったら言ってしまっていたかもしれない。文章でのやりとりだったので思いとどまることができた。個人特定につながる情報はネット上ではなるべくやりとりしないように心がけないと。

『コンクールの動画たまたま見つけて気に入ったんですけど今どうしてるのかなって思って』

僕《ぼく》はそう返した。嘘《うそ》ではないが完全に正直でもないのでちょっと申し訳ない。

『ぱったり名前聞かなくなったね。ピアノやめたのかも』

グレ子さんはそう書き送ってきた。

『たしか何回か一位を逃《のが》したんだよね。スランプかな。それでやめちゃったのかも。めんどくさい世界だからね、全部投げ出しちゃいたい気持ちになることはあるよ。私も経験ある』

めんどくさい世界。

うん、まあ、めんどくさいのだろうな。ピアノに人生のほとんどを捧《ささ》げてきたやつが何十人も集まって、よくわからん基準で順位付けされるのだ。親や教師の期待が指一本一本にまでみっしりからみついていて、ワンフレーズ弾《ひ》くだけでくたびれてしまうだろう。

どうもありがとうございました、とグレ子さんに返信してスマホを伏《ふ》せて置き、ベッドにごろりと仰向《あおむ》けになる。

そのめんどくさい世界で勝ち続けてきた彼女《かのじょ》。

積み重ねられた順位の《1》は細い木の幹のように虚空《こくう》へ向かって伸《の》び続け、けれどあるときぽっきり折れ、そのまま朽《く》ちてしまった——のだろうか。

もったいないな、と正直思う。

要《い》らないならその才能を僕《ぼく》にくれよ。そしたら女装に頼《たよ》らなくても再生数5000くらいは稼《かせ》げるんじゃないか。

ブックマークをクリックし、動画サイトの冴島凜子《さえじまりんこ》コンクール動画をまた再生する。動画投《とう》稿《こう》者は他の情報を特に記載《きさい》していないので、この演奏が優勝したときのものなのか、それともグレ子さんが言っていた一位を逃《のが》したときのものなのかはわからない。でも中学生の演奏なのだ。同年代でこれよりすごいピアノを弾《ひ》けるやつが、二人も三人もいるなんて信じられない。

日本各地のコンクールを荒《あ》らし回ったという話だから、同等以上の実力の持ち主とぶつかる可能性もそれだけ大きくなったというだけのことなのだろうか。

でも。

音楽に順位をつけるなんて、そもそもが馬鹿馬鹿《ばかばか》しい。色んな人が言っているし僕《ぼく》も心底同意するけれど、音楽には二種類しかないからだ。もう一度聴《き》きたい音楽と、そうでない音楽、それだけだ。

そうして僕《ぼく》は起き上がり、PCの前に座《すわ》ってブラウザを開く。関連動画リンクをたどり、また凛子《りんこ》のピアノを漁《あさ》り始める。

その夜に新しく見つけた中でいちばんのお気に入りは、シューベルトのピアノソナタ第二十一番だった。

僕《ぼく》はそれまでシューベルトという作曲家とちゃんと向き合ったことがなかった。小さい頃《ころ》にちょろっと耳にした未完成交響曲《こうきょうきょく》は良さが全然わからなかったし、音楽の授業で出てくる『野ばら』とか『魔王《まおう》』といった有名な歌曲もさっぱり興味が持てないままだった。

だから凛子《りんこ》の弾《ひ》く二十一番の第一楽章は衝撃《しょうげき》的だった。

微笑《ほほえ》みを絶やさない穏《おだ》やかな青年の、けれど病《や》んだ弱々しい心臓が途切《とぎ》れ途切《とぎ》れに脈動を続けているような、そして時折の重たい痛みに声を殺して耐《た》えているような、そんな切々とした曲だ。どう考えてもコンクール向きの曲じゃない。テクニックを披露《ひろう》するためのわかりやすい聴《き》かせどころが全然ない。しかも、たぶん地味に難しい。おまけに長い。第一楽章だけで二十分くらいある。よくこんな曲を選んだな。

関連動画に、同じコンクールのものらしき別の女の子が弾《ひ》いているモーツァルトの第八番があり、こちらの動画説明に「優勝した」と書いてあった。

すると凜子《りんこ》のシューベルトは負けたわけだ。

何度聴《き》き比べてみても、敗因はわからなかった。凜子《りんこ》の方が百倍良《い》い。選曲が中学生らしくないから？　演奏が情熱的すぎて聴《き》いてて疲《つか》れるから？　どちらも、むしろ美点だ。

そういえば、と僕《ぼく》は鞄《かばん》から楽譜《がくふ》を取り出す。

華園《はなぞの》先生に押《お》しつけられた次の合唱曲、たしかシューベルトだったっけ。

『サルヴェ・レジーナ』。

聖母マリアを讃《たた》える四部合唱だ。例によって、ピアノ伴奏《ばんそう》をつけるようにと言われている。

この曲、ピアノソナタ第二十一番と同じく変ロ長調じゃないか。これなら、第一楽章のモルト・モデラートの穏《おだ》やかな主題を伴奏《ばんそう》にそのまま組《く》み込《こ》めそうだ。

シーケンサに打《う》ち込《こ》んで鳴らしてみる。もうこの時点で震《ふる》えるほど美しい。自分が天才だと勘違《かんちが》いしそうになるが天才なのは作曲者だ。ピアノソナタ第二十一番だけではなく、『サルヴェ・レジーナ』の方も掛《か》け値《ね》無しの名曲だった。シューベルト先生ほんとうに今までごめんなさい。これからは正座して聴《き》きます。

徹夜《てつや》で編曲した伴奏譜《ばんそうふ》をプリンタで出力した僕《ぼく》は、ぼんやりしたまぶたをこすりながら学校に向かった。

＊

その伴奏譜《ばんそうふ》を目にした凜子《りんこ》の反応たるや、すさまじかった。いきなり両手をピアノの鍵盤《けんばん》に叩《たた》きつけたのだ。世界中のマグカップがいっぺんに砕《くだ》けたみたいな、不協和でどこか滑稽《こっけい》な音がふたりきりの音楽室に響《ひび》いた。

「……Dマイナー11thオンA」と僕《ぼく》はおそるおそる言った。

「和音当てクイズなんてしてない」凜子《りんこ》はにべもなかった。

「……ええと、なんでそんなに怒《おこ》ってんの」

「怒《おこ》ってるように見えるの？」

「ううん、まあ」

凜子《りんこ》はいつもの、ちょっと微熱《びねつ》を帯びた無表情だ。出てくる言葉が毒気どっぷりなのも毎度のことだ。怒《おこ》ってなくてもこの調子だろう。

でも――やっぱりそのときは怒《おこ》って見えた。

「怒《おこ》ってないけれど」と凜子《りんこ》は唇《くちびる》を尖《とが》らせた。「あなたが死ねばいいのにとは思ってる」

「怒《おこ》ってんじゃん……」

「シューベルトの四倍くらい長生きしてだれも面会に来ない老人ホームの片隅《かたすみ》で毎日毎日シーケンサにマイナーコードだけでできた曲を打《う》ち込《こ》みながら孤独《こどく》に暮らして十一月のよく晴れた朝にふと我に返ったみたいな顔で心不全起こして死ねばいいと思ってる」

微妙《びみよう》に幸せそうな死に様だったので反撃《はんげき》の言葉がすぐに出てこなかった。ちなみにシューベルトは三十一歳《さい》で死んでいる。凛子《りんこ》は糾弾《きゆうだん》を続けた。

「それで、どういうつもりで伴奏《ばんそう》にシューベルトのソナタなんて使ったわけ」

「あー、わかる？　やっぱり」

「当たり前でしょう。二十一番はもう何百時間かけたかわからないくらい苦労した曲だし」

「そりゃそうか。コンクール用の勝負曲だもんな」

凛子《りんこ》は眉《まゆ》をつり上げた。

「コンクールの曲だって知ってて使ったわけ？　なんで知ってるの？」

「動画で観《み》たんだよ。だれかがネットにあげてて」

ふうぅ、とわざとらしい彼女《かのじよ》のため息が鍵盤《けんばん》の上を掃《は》いた。

「みんな消えちゃえばいいのに」

動画について言ったのだろうけれど、もっと広い意味のように聞こえて僕《ぼく》はぞわりとさせられた。

「いや、でも、動画のおかげで僕《ぼく》もシューベルトの良さがわかったし。あんなすごい曲書いてたなんて知らなかった。ありがとう」

「あなたのために弾《ひ》いたんじゃないし動画をわたしがあげたわけでもない」

「そりゃそうなんだけど……」

「あなたのためならベートーヴェンの十二番とかショパンの二番を弾《ひ》いてあげる」

どちらも葬送《そうそう》行進曲つきのピアノソナタである。ありがたくて泣けてくる。

どうせとっくに疎《うと》ましく思われているのだ。もうこの際だから自分のもやもやを解消するためにもストレートに訊《き》いてしまおう。

「なんであんだけ弾《ひ》けるのにピアノやめちゃったの？」

彼女《かのじょ》は目をしばたたき、それからまつげを伏《ふ》せて鍵盤《けんばん》の蓋《ふた》を閉じた。

「やめてないでしょ」

自分の指先を見つめて素っ気なく言う。

「ああ、うん」僕《ぼく》はしばらく言葉を口の中で転がした。「つまり、コンクールに出たりとかそういう本気のピアノを——って意味で」

「そんなにコンクールが大事なの？　うちの親みたいなことを、なんで赤の他人のあなたにも言われなきゃいけないの」

視線も返答も痛かった。親にも言われてたのか。そりゃそうか。僕《ぼく》は首をすくめる。

なんで赤の他人に――。

まったくの正論だった。だいたい僕《ぼく》だって音楽に順位付けなんて馬鹿馬鹿《ばかばか》しいとか考えてたじゃないか。コンクールなんてどうでもいいはずじゃなかったのか。

ちら、と目を上げる。

ピアノの黒く澄《す》み渡《わた》った蓋《ふた》の上に置かれた、凛子《りんこ》の指先が目に入る。もったいない。理由はそれだけだ。翼《つばさ》があるなら飛ぶべきだ。地面に這《は》いつくばって空を憧《あこが》れの目で仰《あお》ぐことしかできない人間にとって、それは自然な感情だろう?

凛子《りんこ》はぽつりと言う。

「前にも言ったでしょ。村瀬《むらせ》くんはピアノに詳《くわ》しくないから買いかぶってるだけ。わたしのピアノは大したものじゃない。よく指が回ってミスが少ないだけ。せいぜい都道府県主催《しゅさい》レベルのコンクールで優勝できるかできないかくらいの」

彼女《かのじょ》は僕《ぼく》の方を見ていなかった。足下《あしもと》にある弱音ペダルに向かって語り続けていた。だから僕《ぼく》が首を振《ふ》って否定してもなんの意味もなかった。

「よく言われた。わたしの演奏には優雅《ゆうが》さがないんだって。品がない。音色が汚《きたな》い。雑音が多い。響《ひび》きが貧相《ひんそう》。……わたしも自分でそう思う」

「……音色?」

僕《ぼく》は思わず口を挟《はさ》んでいた。

「ピアノの音色？　……それって、あの、ピアノ次第《しだい》じゃないの？　弾《ひ》いてる人は関係ないんじゃ……だって鍵盤《けんばん》叩《たた》けば音が出るんだし……雑音ってどういうこと？」

ようやく凛子《りんこ》は顔を上げた。その口元に浮《う》かんだ笑《え》みはひどく酷薄《こくはく》そうに見えて僕《ぼく》はぞっとした。

それから彼女《かのじょ》は立ち上がり、白々しい虚空《こくう》に向かってつぶやく。

「べつにいいじゃない。叩《たた》けば音が出る程度の演奏でも、合唱の伴奏《ばんそう》には困らないんだから。それ以上わたしになにをさせたいわけ？」

凛子《りんこ》が音楽室を出ていってしまった後も、僕《ぼく》はピアノ前の机にべったりと突《つ》っ伏《ぶ》し、彼女《かのじょ》の言葉を反芻《はんすう》していた。

なにをさせたいって？

きまってるだろ。もっと弾《ひ》いてほしいんだよ。聴《き》かせてほしいんだ。

だいたい、さっき自分で「やめてない」って言ってたよな？　あそこでさらに訊《き》いてやればよかった。なんでやめてないんだ？　って。技術も全然落ちてないってことは未《いま》だに家で毎日かなり練習してるってことだろ？　厳しいコンクール巡《めぐ》りからドロップアウトしたのにどうしてまだ続けてるんだ？

僕《ぼく》は身を起こし、弱々しく手を伸《の》ばし、グランドピアノの側面をなでる。黒の中に映り込《こ》んだ僕《ぼく》の姿はゆるやかな曲面によってみじめに細く圧《お》し潰《つぶ》されている。

この中に、まだ心を置き忘れているからじゃないのか。

十五分後くらいに音楽室にやってきた華園《はなぞの》先生に、訊《き》いてみた。

ピアノの音色って弾《ひ》く人によって変わるのか、と。

「およ。ムサオはあんだけクラシックの曲を引用しまくってるのに、ピアノには全然詳《くわ》しくないんだね」

「ええ、まあ……ちょっと聴《き》いてかっこいいなって思ったのをパクってるだけで」

あと、クラシックなら著作権的にどうこうっていう面倒《めんどう》がないのも理由のひとつだった。正式な音楽教育を受けた経験もない、つまみ食いばかりの半端《はんぱ》者なのだ。

「ピアノだって、高校に入るまではエレキしか弾《ひ》いたことなかったし。あれはほら、だれがどう鍵盤《けんばん》を叩《たた》いても音色は変わらないじゃないですか。本物のピアノだとちがうんでしょうか」

「電子ピアノも弾《ひ》き方で音色変えられるよ？」

先生が言うので僕《ぼく》はびっくりする。

音楽準備室にある電子ピアノで、実演してくれた。スカルラッティのソナタを、最初は優《やさ》しくきらきらした弾《ひ》き方で、次はやたらと硬質《こうしつ》な響《ひび》きで。

「ね？」と先生は僕《ぼく》を振《ふ》り返《かえ》る。「ちがうでしょ」

「……そりゃまあちがいますけど」と僕《ぼく》は唇《くちびる》を尖《とが》らせた。「弾《ひ》き方がちがうだけじゃないですか。柔《やわ》らかく弾《ひ》いたのと硬《かた》く弾《ひ》いたのと。鳴ってる音源は同じですよね」

「音の硬《かた》さがちがって聞こえたんだよね？　それは音色のちがいじゃないの？」

僕《ぼく》は腕組《うでぐ》みして考《かんが》え込《こ》んでしまう。

「ううん……でも実際にちがうのは音の強さとか重ね方とか……」

「どう聞こえたかがすべてじゃないのかな？　音楽ってそういうもんだよね？」

先生はにやにや笑いながら僕《ぼく》を追《お》い詰《つ》めていく。

「グランドピアノならもっと差が出るよ。ダイナミックレンジも広いし弦《げん》どうしが共鳴するからね」

ダイナミックレンジというのは音の強弱の幅《はば》のことで、本物のグランドピアノであれば天地が崩《くず》れるほどのフォルテッシモから降り積もる粉雪のようなピアニッシモまで表現できる。そして巨体《きょたい》の中にびっしりと張られた二百本以上もの弦《げん》が複雑に共鳴するので、音をひとつずつサンプリングしたに過ぎない電子ピアノでは絶対に真似《まね》できない芳醇《ほうじゅん》な倍音が生まれ得る。

「あと、箱がでかいからねえ、雑音もそのぶん大きく響《ひび》いちゃうね」

「雑音ってのはなんですか。ミスタッチのことですか？　凛子《りんこ》のピアノはミスが全然なかったと思うんですけど」

「ミスなく弾《ひ》いても雑音は出るよ」

そう言って先生は電子ピアノの電源を落とした。黙《だま》り込《こ》んだ機械の鍵盤《けんばん》を素早《すばや》いパッセージで打鍵《だけん》してみせる。もちろん音は鳴らない——楽の音は、だ。代わりにはっきり聞こえるのは、こすっ、こづっ、ごすっ、という乾《かわ》いてくぐもった軋《きし》りだ。

鍵盤《けんばん》そのものが鳴る音。

「ただ打鍵《だけん》するだけでも色んな雑音が出るんだよ。一つ目は指が鍵盤《けんばん》にぶつかる音。二つ目は鍵盤《けんばん》がいちばん下まで押《お》し込《こ》まれて本体にぶつかる音。それから凹《へこ》んだ鍵盤《けんばん》が戻《もど》るときの摩擦《まさつ》音《おん》。これがけっこううるさいんだ。弦《げん》の音にも潰《つぶ》されずに響《ひび》くから音が濁《にご》る」

「へえ……全然気にしたことありませんでした。ていうかそんな音、弾《ひ》いてたら絶対に出ちゃうんじゃないですか。とくに強い音出すときなんか」

「それをできる限り減らすようにピアニストは日夜努力してんのさ」と先生は笑う。

その程度のことも知らなかったのだから、凛子《りんこ》に馬鹿《ばか》にされるわけだ。今になって彼女《かのじょ》との会話がずいぶん恥《は》ずかしく思えてくる。

「ただ雑音っていっても感じ方は人それぞれでね。鍵盤《けんばん》が本体にぶつかる音は派手でパーカッシブだから、絶対なくした方がいいって人もいるし、強烈《きょうれつ》なフォルテを弾《ひ》くときは音の輪郭《りんかく》がはっきりするから鳴らした方がいいって人もいるし。リヒテルとかホロヴィッツとかはピアノがぶっ壊《こわ》れるんじゃないかってくらいものすごい雑音出すからね。あたしはあれ大好きだな。爆音大時代に真似《まね》して弾《ひ》いてみて、でもあんな爆音《ばくおん》ぜんぜん出せなくて、しかたないから肘《ひじ》で思いっきりぶちかましてみたら教授にめっちゃ怒《おこ》られてさ、ていうかなんの話だっけ?」

「……弾《ひ》き方で音色が変わるかどうかの話です……」

この人よく音大卒業できたな。色々信じられないよ。

＊

その夜も、凛子《りんこ》のピアノを動画サイトでローテーションした。

ヘッドフォンをかぶってベッドに寝転《ねころ》がり、目を閉じて、闇《やみ》の中へと生まれては砕《くだ》けて解けていく響《ひび》きに意識を浮《う》かべる。彼女《かのじょ》の弾《ひ》くシューベルトは、ショパンは、ラヴェルは、はじめて聴《き》いたときとまったく同じように僕《ぼく》を揺《ゆ》さぶった。

大切なのはその事実だけだ。

起き上がってヘッドフォンをむしり取る。音楽は唐突《とうとつ》に消《き》え失《う》せて、窓の外の首都高を走るバイクの威嚇《いかく》的な排気《はいき》音がカーテン越《ご》しに聞こえてくる。

ヘッドフォンのブリッジを握《にぎ》りしめた自分の手を、じっと見つめる。

引《い》きずり出してやる。算段もある。僕《ぼく》だって十代前半のみずみずしい年月を閉めきった暗い部屋でDTMソフトの画面とにらめっこして浪費《ろうひ》してきたんだ。もう譜面《ふめん》の構想も頭の中に組み上がりつつある。

PCの前に座《すわ》り、ヘッドフォンをかぶり直した。

＊

凛子《りんこ》が僕《ぼく》のクラスである1年7組にやってきたのは、四日後の昼休みのことだった。僕《ぼく》は連日の徹夜《てつや》作業で脳みそが液化するほど疲《つか》れていたので、四時限目の終わりのチャイムを聞いた瞬間《しゅんかん》に机に突《つ》っ伏《ぷ》して気を失っていて、だれかに肩《かた》を強く揺《ゆ》すぶられてようやく目を醒《さ》まし、わけもわからず身体《からだ》を痙攣《けいれん》させて危《あや》うく椅子《いす》から転げ落ちかけた。

「――ん、ふぁっ？」

変な声が出た。顔を上げると目の前に凛子《りんこ》が立っていた。

寝起《ねお》きの頭では状況《じょうきょう》をすぐに呑《の》み込《こ》めず、そこが自分のクラスだということも、まわりでクラスメイトたちが好奇《こうき》心たっぷりの視線で取り巻いているということも、間抜《まぬ》けに何度もきょろきょろ見回してようやく把握《はあく》した。

しかし頭が冷えてきたところで、凛子《りんこ》がいきなり僕《ぼく》の額に手をあてたりまぶたを指で広げたり手首の脈拍《みゃくはく》を測ってきたりしたので、僕《ぼく》は再び椅子《いす》から転げ落ちそうなほどうろたえる。

「な、なんだよっ？」

僕《ぼく》が手を振《ふ》り払《はら》うと凛子《りんこ》はものすごく心外そうな顔をした。

「毎日放課後は音楽室に足繁《あししげ》く通っていたあなたがここ四日間まったく姿を見せなかったから病気にでもなったのかと思って」

「それは、ええと、どうもご心配をおかけしまして」

凛子《りんこ》の言葉よりも周囲のクラスメイトたちの反応が僕《ぼく》の狼狽《ろうばい》を膨《ふく》れ上《あ》がらせた。みんな不審《ふしん》そうに、なおかつ好奇《こうき》心むき出しの目で見ている。ひそひそ声も聞こえてくる。

「あの子4組の」「村瀬《むらせ》と?」「ほら音楽の授業で伴奏《ばんそう》をさ」「毎日二人で?」「音楽選択《せんたく》ってそんなイベントあんの」「美術から乗《の》り換《か》えようかな」「いや村瀬《むらせ》だけだよ」なんかよくわからんけど話が広がってるぞ?

「毎日顔を合わせるたびに卑猥《ひわい》な話をしてくる村瀬《むらせ》くんでも四日連続で現れないとなるとさみしく思えてくるからこうして様子を見にきたの」

凛子《りんこ》がとんでもねえことを言い出すのでクラスメイトたちはいきり立つ。

「村瀬《むらせ》おまえ音楽室でなにしてんのッ?」「生活指導!」「警察!」

「ま、待ってってば! そんな話してないよ!」僕《ぼく》は必死に反論し、凛子《りんこ》をにらむ。「変な嘘《うそ》やめてくれないかなっ?」

「ごめんなさい」と凛子《りんこ》はしれっとした顔で言った。「卑猥《ひわい》な話ではなくピアノの話だった。べつに村瀬《むらせ》くんを陥《おとし》れたかったわけじゃなく単純に言い間違《まちが》い」

「そんな言い間違《まちが》いしねえよ! 陥《おとし》れる気満々だっただろ!」

「ほんとうに？」と凛子《りんこ》はとても心外そうに眉《まゆ》をひそめる。「じゃあ『卑猥《ひわい》なピアノ』って早口で十回言ってみて」

「なんで僕《ぼく》がそんなこと」

「言い間違《まちが》わないんでしょ？」

「くっ……」

こんな形で反撃《はんげき》されるとは思ってもみなかった。しかし自分の言葉には責任を持たねば。

「……ひわいなぴあの、ひわいなぴあの、ひわいなぴあの、ひあいなぴあの、ひわいなひあの、ひわいなひゃいの、あ、あれ」

「ほら、間違《まちが》いやすいでしょ」

「いやそうかもしれないけど！」

「村瀬《むらせ》、女子の前でよくそれだけ何度も卑猥《ひわい》なんて言えるな」「マジで卑猥《ひわい》な話してるじゃん」

根も葉もない噂《うわさ》に根と葉がにょきにょき生えつつあるのを感じて肝《きも》を冷やした僕《ぼく》は凛子《りんこ》の腕《うで》をつかんで強引《ごういん》に教室の外に連れ出した。

「なにしにきたんだよっ？」人気のない階段の踊《おど》り場《ば》で凛子《りんこ》に噛《か》みつく。

「心配で見にきたって言ったでしょ。そんなに信じられないの？　わたしがこれまでに嘘《うそ》ついたことあった？」

「何度もあったよ！　最新の例はほんの二分前だよ！」

「そこは見解の相違《そうい》ということにしておいてあげる」

僕《ぼく》の学校生活が終わりかけたレベルの濡《ぬ》れ衣《ぎぬ》なのに見解の相違《そうい》で済ませないでほしかった。

「とにかく心配で来たのはほんとうだから。なにかあったの？」

さて、どうやって切り出してやろうか。素直《すなお》に話すのも芸がない気がして、僕《ぼく》はわざとらしくニヒルな笑《え》みを浮《う》かべて額に手をあて、首を振《ふ》ってつぶやいてみせた。

「おまえを倒《たお》す準備をしていた……って言ったら信じるか？」

「わりと信じる。村瀬《むらせ》くんなら四日間真っ暗な部屋に閉じこもってそれくらいやりそう」

「閉じこもってねえよ、学校は来てたよ！　ていうかあっさり信じてもらえるとかえって反応に困るんですけどっ？」

「じゃあ変なポーズつけて変な口調で訊《き》かなければいいのに」

おっしゃる通りですね！　泣きたくなってきたよ！

「ええと、うんまあとにかく」僕《ぼく》は咳払《せきばら》いを四回もした後で続けた。「今日の放課後、顔貸してくれ」

凛子《りんこ》は不思議そうに目をしばたたいた。

3　楽園ノイズ

その日の放課後、僕《ぼく》は北校舎屋上に続く階段の踊《おど》り場《ば》で凛子《りんこ》と待ち合わせた。普段《ふだん》だれも通らない場所なので埃《ほこり》っぽく、黴臭《かびくさ》く、薄暗《うすぐら》い。僕《ぼく》よりも早く到着《とうちゃく》して待っていた凛子《りんこ》はかなり不機嫌《ふきげん》そうな顔をしていた。

「どうしてこんな場所なの」

「華園《はなぞの》先生に音楽室使っていいですかって訊《き》いたら、くだらん勝負なんてするなら屋上でも使えって言われたんだよ」

「……勝負？」

僕《ぼく》はうなずき、彼女《かのじょ》の横を通《とお》り抜《ぬ》けて階段をのぼった。

屋上に続くドアの鍵《かぎ》を外し、ノブを回す。暗がりに光の縦筋が入り、広がり、かすかに草のにおいの混じった風が流《なが》れ込《こ》んでくる。

屋上は吹《ふ》きさらしのコンクリート床《ゆか》で、継《つ》ぎ目《め》に沿って名も知れぬ草が肩《かた》を寄せ合いながら生え、くすんだ緑色の格子《こうし》模様を描《えが》いていた。その真ん中にぽつんと置いてあるのは、簡素な四本脚《あし》の金属製スタンドに載《の》せられた一台のシンセサイザーだった。

他にはなにもない。手すりの向こうに五月の透明《とうめい》な空がどこまでも広がっているばかりだ。ドア枠《わく》に足をかけたまま立《た》ち尽《つ》くす凛子《りんこ》の目も、シンセサイザーにじっと注がれていた。僕《ぼく》は四階のコンセントから引っぱってきた延長コードを楽器につなぎ、スイッチを入れた。細長い緑色の液晶《えきしょう》画面に素朴《そぼく》な粗《あら》い黒ドットの集合体が躍《おど》る。

「なにそれ」

近寄ってきた凛子《りんこ》が訊《たず》ねる。

「EOSっていう大昔のシンセだよ」

「スピーカーがついてる。珍《めずら》しい」

凛子《りんこ》は楽器の両肩《りょうかた》部に取りつけられた大きな黒い円盤《えんばん》部分を指でなぞる。

普通《ふつう》、シンセサイザーには自前で発音する機能がついていない。アンプとスピーカーをべつに用意して出力させる必要がある。でもこのYAMAHA EOSという機種は一台でシンセを楽しんでもらおうというコンセプトで開発された楽器であり、発音機構が内蔵されている。本体のみでもけっこうでかい音が出るのだ。代わりに並のシンセよりもはるかに重たい。自宅から学校まで持ってくるのは一苦労だった。

「それで、これをどうするの？　さっき勝負がどうとか言っていたけれど」

凛子《りんこ》が言うので、僕《ぼく》はバッグから楽譜《がくふ》を取り出して渡《わた》した。

見開き一枚に収まる短いピアノ曲だ。演奏時間は三分ちょいだろう。彼女《かのじょ》の視線が五線譜《ごせんふ》の上を走るのを感じて僕《ぼく》はわずかに緊張《きんちょう》する。

「ええと、これはウクライナの作曲家イゴール・メドヴェージェフの前奏曲集第六番イ短調で、彼《かれ》がロシア革命で非業《ひごう》の死を遂《と》げる一ヶ月前に書かれた――」

「村瀬《むらせ》くんの作った曲でしょ？」

即座《そくざ》に嘘《うそ》を看破されたので僕《ぼく》は眼球を反時計回りに三回転くらいさせてから控《ひか》えめな咳払《せきばら》いでごまかした。

「いやだからウクライナの作曲家のね」

「ここ最近ずっと村瀬《むらせ》くんの書いたピアノ譜《ふ》ばかり読ませられてきたわたしが一目で見抜《みぬ》けないとでも思ったの？　そのでまかせにはなんの意味があるの？」

「……すみませんでした」そんな作曲家存在しません。全部捏造《ねつぞう》です。

「それでこの、いつもみたいに虚飾《きょしょく》まみれの曲を弾《ひ》いてみろというわけ？」

「弾《ひ》ける？」

「これくらいは初見で――」そう言って凛子《りんこ》は譜面《ふめん》に視線を走らせた。その目が用紙の右下あたりで止まる。「……なにこのコーダのひどいトレモロ」

僕《ぼく》はしたり顔でうなずく。

「そこがいちばんの聴《き》かせどころだから」

「このテンポでオクターヴを押《お》さえて四度のトレモロなんて弾《ひ》けるわけないでしょう？　また

シーケンサにてきとうに打《う》ち込《こ》んで人間に弾《ひ》けない曲作って喜んでるの?」

「僕《ぼく》は弾《ひ》けるけど?」

凛子《りんこ》の目がかすかに見開かれ、それから疑わしげに細められた。そりゃそうだ。右手をいっぱいに広げなければ押《お》さえられないA−E−Aの和音と、その鍵盤《けんばん》四つ上のD−A−Dの和音を、鈴《すず》でも振《ふ》るように交互《こうご》にちらちらと鳴らすのだ。多分ショパンやリストやラフマニノフが生きていたとしても絶対に弾《ひ》けないパッセージだろう。でも僕《ぼく》には弾《ひ》ける。

「うそでしょ」

「ほんとだってば。そっちが弾《ひ》けなくて僕《ぼく》がノーミスで弾《ひ》けたら僕《ぼく》の勝ちってことでいい?」

「勝負ってそういうこと? なんの意味があるの」

僕《ぼく》は凛子《りんこ》の顔をうかがいながら慎重《しんちょう》に答えた。

「前にも言ったけど、そのピアノの腕《うで》は授業の伴奏《ばんそう》役なんかで無駄遣《むだづか》いして終わるにはもったいないから、僕《ぼく》が勝ったら一度だけ100パーセント本気で僕《ぼく》のリクエストを弾《ひ》いてよ。この場で、このシンセで、さ」

彼女《かのじょ》はまつげを伏《ふ》せて物憂《ものう》げに息をついた。

「なんでわたしがそんな勝負に乗らなきゃいけないの」

「そっちが勝ったら今後の学校イベントでの校歌伴奏《ばんそう》を僕《ぼく》が全部代わりにやる」

凛子《りんこ》の顔色がはっきり変わった。

うちの学校は始業式と終業式にそれぞれ校歌斉唱《せいしょう》がある。他にも入学式に卒業式、それから合唱コンクールなど、全校レベルの集会で校歌が奏される機会は数多い。そして華園《はなぞの》先生はピアノ伴奏《ばんそう》を面倒《めんどう》がり、凛子《りんこ》に任せると明言していた。彼女《かのじょ》にとってはさぞかし嫌《いや》な仕事になるだろう。

肩代《かたが》わりしてもらえるとなれば、勝負の賭《か》け金《きん》としては悪くない——はずだ。

しばらくして凛子《りんこ》は言った。

「勝敗の条件がいまいちよくわからないのだけれど、わたしが弾《ひ》けなくて村瀬《むらせ》くんが弾《ひ》けたら村瀬《むらせ》くんの勝ちで、他は全部わたしの勝ち？　でいいの？」

「それでいいよ」

つまり、二人とも弾《ひ》けた、あるいは二人とも弾《ひ》けなかった、の結果も僕《ぼく》の負けだ。かなり凛《りん》子《こ》に有利な条件といっていいだろう。

「わざわざ自分のシンセ持ってきたってことはシーケンサに打《う》ち込《こ》んであるのを流して『ノーミスで弾《ひ》けた』なんて言い張るつもりじゃないの？」

「自動演奏は絶対に使わないよ。全部手で弾《ひ》く」

凛子《りんこ》は再び譜面《ふめん》にじっと目を注いだ。頭の中で試《ため》し弾《び》きをしているのだろう。でも僕《ぼく》に聞こえるのは遠く足下《あしもと》を通り過ぎていく野球部のジョギングのかけ声と、吹奏楽《すいそうがく》部のテューバが個人練習する眠《ねむ》たげな呻《うな》りと、校門の向かいの工場から響《ひび》いてくるぎくしゃくしたロボットアームの稼働音《かどう》だけだった。

やがて凛子《りんこ》は楽譜《がくふ》を僕《ぼく》に突《つ》っ返《かえ》してきた。やっぱりこんな馬鹿《ばか》な話は断るにきまってるか、と僕《ぼく》が絶望しかけたところにこう言ってくる。

「譜面台《ふめん》ないんでしょ。見えるように持ってて」

僕《ぼく》は喜び勇んでキーボードの向こう側に回り、見やすいように楽譜《がくふ》を広げて持った。

ほんの四小節ほどで、僕《ぼく》の頭からは勝負のことが消し飛びかけていた。まるで自分の曲には聞こえなかった。ほんとうにロシア革命で刑死《けいし》した音楽家の白鳥の歌であるように思えてきた。ちらちらと躍《おど》る高音部の分散和音は雪に散る血のしぶき、ときおり重たく響《ひび》く低音は皇女たちの骨を穿《うが》つ銃声《じゅうせい》。恨《うら》むでもなく憐《あわ》れむでもなく訥々《とつとつ》と悲劇を歌い上げていく。

だから、激しく盛り上がる中間部を過ぎて再び主部に戻《もど》ってきたところで凛子《りんこ》がぴたりと手を止めてしまったとき、僕《ぼく》は絶望のあまり楽譜《がくふ》を落っことしそうになってしまった。そうなるように自分が書いた曲が目論見《もくろみ》通りそうなった結果だというのに。

凛子《りんこ》はまつげを伏《ふ》せて首を振《ふ》る。

「……無理。やっぱりこれは弾《ひ》けない。……普通《ふつう》のピアノよりは鍵盤《けんばん》がずっと軽いからグリッサンドみたいにして指を左右に滑《すべ》らせるのかと思ったけれど、間の余計な音がどうしても鳴ってしまうし……」

僕《ぼく》はふうっと息をついた。

「じゃ、僕《ぼく》が弾《ひ》いてみせるよ。ノーミスなら僕《ぼく》の勝ち。いいよね？」

「暗譜《あんぷ》してる？」と彼女《かのじょ》が訊《き》いてくるので僕《ぼく》は訝《いぶか》りながらもうなずく。楽譜《がくふ》を全部記憶《きおく》していてそらで弾《ひ》けるのか、という質問だ。

「そりゃ自分の書いた曲だし、短いし」

「じゃあ楽譜《がくふ》わたしに貸して。ほんとうにミスがないかどうかチェックするから」

凛子《りんこ》は僕《ぼく》の手から楽譜《がくふ》を奪《うば》い取《と》ると、ブレザーのポケットからボールペンを取り出した。僕《ぼく》は緊張《きんちょう》をまぎらわすために乾《かわ》いた口の中で舌を転がして無理矢理に唾《つば》を飲《の》み込《こ》む。

大丈夫《だいじょうぶ》。大丈夫《だいじょうぶ》だ。ここ何日もずっと練習してきただろ。それに自分の作った曲だぞ。けれど最初の主題提示部から僕《ぼく》は再びの絶望を味わう。凛子《りんこ》の演奏が空の星なら僕《ぼく》のは豆電球だ。同じ楽器、同じ譜面《ふめん》から生まれる音なのにどうしてここまでの差が出るのだろう。ほんとうに音色さえちがう。華園《はなぞの》先生の言っていた通りだ。

でも自分の拙《つたな》さに恥《は》じ入《い》りながら縮こまってひたすらミスだけしないように主題展開を進めていくうちに、逆説的な喜びさえ湧《わ》いてきた。

やっぱり凛子《りんこ》は本物だ。こんな二昔前くらいのホビーシンセの音でも、あんなにも特別な音を鳴らせてしまうのだ。徹夜《てつや》して準備した甲斐《かい》があった。まずはノーミスで弾《ひ》ききること。それから多少の無理を押《お》し通《とお》してでも彼女《かのじょ》に負けを認めさせること。

僕《ぼく》の目の前でもう一度、本気で弾《ひ》いてもらう。

藻《も》だらけの沼《ぬま》のようなもどかしい中間部を抜《ぬ》け、旋律《せんりつ》が晴れ上がる。寄せては返し、寄せては返しながら主題がオクターヴの断層をのぼっていく。やがて僕《ぼく》はたどり着く。凜子《りんこ》の演奏が途《と》絶《だ》えた場所。どんなに卓越《たくえつ》したピアニストであろうとも立ちすくむ断崖《だんがい》。

凜子《りんこ》、きみは半分まで正解にたどり着いていた。この鍵盤《けんばん》はグランドピアノのそれよりもずっと柔《やわ》らかく浅い。だから指を鍵盤《けんばん》にこすりつけるグリッサンド奏法がとても軽《かろ》やかに高速で行える。でもきみに思いつけるのはそこまでだ。きみがピアニストだからだ。ピアノであれば、特定の鍵盤《けんばん》はハンマー機構によって特定の音階の弦《げん》に結びつけられている。ラの一つ上は必ずシで、そのもう一つ上は必ずドだ。ラからレの鍵盤《けんばん》まで指をスライドさせれば間にあるシとドがどうしても鳴ってしまう。当たり前だろうって？

それはピアノの当たり前だ。

こいつはピアノじゃない。シンセサイザーだ。

それぞれの鍵盤《けんばん》を叩《たた》いたときに鳴る音は音色データによってひとつひとつ設定されているに過ぎない。ドの鍵盤《けんばん》にドの音を割《わ》り振《ふ》ってある理由は弾《ひ》くのに便利だから以外にない。

だったら、並《なら》べ替《か》えてしまえばいい。

トレモロの箇所《かしょ》に差しかかる直前、僕《ぼく》は左手をパネルに走らせ、音色をシフトさせた。サンプリングした楽器はそこまでの演奏とまったく同じピアノだ。ただ、最高音部の音階配列が変えてある。鍵盤《けんばん》四つ分もの長い距離《きょり》を往復する必要もない。間にある余計な音を鳴らしてしまう心配もない。ラの隣《となり》にレを置くだけでいいのだ。

鈴《すず》を掻《か》き鳴《な》らしながら左手のオクターヴを激しく躍動《やくどう》させる。何度も何度も身体《からだ》に染《し》みこませたパッセージだ。だから凛子《りんこ》の顔をちらとうかがう余裕《よゆう》さえある。彼女《かのじょ》の無表情がほのかな茜《あかね》に色づいている。勝負のことが意識から消し飛びそうになる。僕《ぼく》の奏《かな》でる音が彼女《かのじょ》の中のなにか熱く脈打つ場所にまで届いて揺《ゆ》さぶっているのだ。この瞬間《しゅんかん》のためだけに僕《ぼく》らは音楽をやっている。これ以上の悦《よろこ》びはどんな楽園にだって存在しないだろう。

息を切らせ、汗《あせ》をまつげに散らして終結部《コーダ》の上昇音型《じょうしょう》を駆《か》け抜《ぬ》けた僕《ぼく》は、四オクターヴにわたる終止音を力の限りに叩《たた》き鳴《な》らした。内臓が凍《こお》った。最後の最後でほんのわずかなミスタッチがあったのだ。気づいただろうか。余韻《よいん》に浸《ひた》りたい気持ちと早く演奏を終わらせてミスをごまかしたい気持ちとが僕《ぼく》の中で戦い、鍵盤《けんばん》に粘《ねば》り着《つ》いた指先が震《ふる》えた。

けっきょく指を持ち上げることができたのは残響《ざんきょう》がすっかり消えてしまってからだった。

額の汗《あせ》を手《て》の甲《こう》で押《お》しつぶし、凛子《りんこ》の顔をそうっと見る。

彼女《かのじょ》の唇《くちびる》が動く気配があったので、僕《ぼく》はそれを遮《さえぎ》るように口を開いた。

「……あ、あの、ええと、これは特殊《とくしゅ》な配列の音階をプリセットしてあるだけであって切り替《か》えたのも手動だしトレモロも手で弾《ひ》いてるし機械演奏じゃないからね？」

必死に言い訳を並べたのは自分でも少々苦しい筋だとわかっていたせいでもあり、最後のミスから目をそらさせたいという意図でもあった。

「鍵盤《けんばん》だけを操作とは一言もいってないしシンセで演《や》る時点でこういうのも織《お》り込《こ》み済みだって考えてくれると――」

見苦しい僕《ぼく》を一瞥《いちべつ》した凛子《りんこ》は、手にした楽譜《がくふ》に目を落とし、ボールペンでなにか書き付け、ぱたんと閉じてさらに四つに折《お》り畳《たた》み、足下《あしもと》のキーボードバッグに押《お》し込《こ》んだ。

「いいよ。わたしの負け」

「だから負けを認めたくない気持ちはあるかもしれないけど僕《ぼく》は不正はしてな――え？」

「わたしの負けでいいって言ってるの」

僕《ぼく》は言葉を呑《の》み込《こ》み、彼女《かのじょ》の顔をまじまじと見た。薄《うす》い雲の向こうに浮《う》かぶ月みたいな白々とした表情だ。なにを思っているのかよくわからない。

「……え、ええと」

「今ここでリクエストを弾《ひ》けばいいんでしょ？　早くして」

「あ、う、うん」

いいのか？　こんな無理筋をあっさり認めるのか。最後のミスタッチにも気づかなかったのだろうか。

もやもやしていてもしょうがない。気が変わらないうちに賭《か》け金《きん》を受け取ってしまおう。僕《ぼく》はキーボードスタンドの端《はし》に引っかけてあったヘッドフォンを楽器につなぐと、凛子《りんこ》に向かって差し出した。

彼女《かのじょ》は目を細めて首をほんの少しだけ傾《かたむ》ける。

「ヘッドフォン？　それじゃあなたが聴《き》けないでしょ」

「聴《き》きたいとは言ってないよ。弾《ひ》いてくれって言ったんだ」

意味がわからないようだった。当然だろう。僕《ぼく》は続けた。

「雑音が多いとか響《ひび》きが貧相《ひんそう》とか自分で言ってただろ。それを解決するサウンドを作ってきたんだ。なんの曲でもいいから弾《ひ》いてみてよ。なるべく激しい曲がいいかな」

凛子《りんこ》はまだ訝《いぶか》しげに唇《くちびる》をすぼめていたけれど、僕《ぼく》の手からヘッドフォンを受け取り、耳にかぶせた。豊かな黒髪《くろかみ》がヘッドフォンで押《お》さえつけられてできるシルエットにはなにか根源的な憧憬《しょうけい》をかきたてる特別なものがあると僕《ぼく》は思う。見とれていたせいで、凛子《りんこ》が鍵盤《けんばん》に手を置いたのを見過ごしそうになってしまった。いけない、せっかく作った音源にまだ切《き》り替《か》えていない。あわててパネルのそばのボタンを操作する。

凛子《りんこ》はひとまずハ長調の主和音を最低音部から最高音部までまるでハープを掻《か》き鳴《な》らすような派手なアルペッジョで弾《ひ》いた。違和感《いわかん》に目をしばたたき、今度は同じ音型を弱奏で、そして三度目は激烈《げきれつ》な速さと強さで指を走らせる。

「……なにこれ」

彼女《かのじょ》の戸惑《とまど》いの目と声が僕《ぼく》に向けられる。

「無雑音ピアノ」と僕《ぼく》は答えた。「特別に作ったんだ。普通《ふつう》に録音してサンプリングするんじやなくて、ピアノの音響《おんきょう》を物理計算してシミュレートするソフトがあってね、全音程のあらゆるヴェロシティで計算どおりの音を出すことが可能で、それを使って、ええとつまり」

凛子《りんこ》の顔がこわばったのを見た僕《ぼく》は続きの言葉を口の中で転がし、言い直す。

「ものすごく優しく弾いた音を、ものすごい大音量で出せるんだ」

一瞬《いっしゅん》、彼女《かのじょ》の無表情に亀裂《きれつ》が走ったように見えた。彼女《かのじょ》の両手が鍵盤《けんばん》に叩《たた》きつけられ、スタンドの脚《あし》が軋《きし》む。もう一度。さらにもう一度。ヘッドフォンで遮《さえぎ》られていてさえ、四オクターヴにわたるイ短調の分厚い和音が僕《ぼく》の耳にもわずかに聞こえてくる。

凛子《りんこ》の顔に様々な表情がよぎる。困惑《こんわく》、安堵《あんど》、それから——もどかしげな期待。

彼女《かのじょ》の指が鍵盤《けんばん》から離《はな》れるのを待って、僕《ぼく》は言った。

「お望みの音だろ?」

皮肉に聞こえてしまったかもしれない。実際に皮肉なのだ。こう続ける。

「だからヘッドフォンで聴《き》かなきゃいけないんだ。せっかく混じりっけなしの音にしたのに外界の雑音が入っちゃったら意味ないからね。曲はなんでもいいよ。それこそてきとうに鍵盤《けんばん》を叩《たた》きまくってるだけでもいい」

凛子《りんこ》は息を止め、鍵盤《けんばん》に目を落とした。楽器を挟《はさ》んで反対側から僕《ぼく》はその姿を見つめる。弾《ひ》いている姿を真正面から見ることができる——というのもグランドピアノにはない美点ではないかと、ふと僕《ぼく》はそんなことを考えてしまう。伏《ふ》せられたまつげが下まぶたの肌《はだ》に落とす葉影《かげ》も、ブレザーの肩《かた》から滑《すべ》り落《お》ちた黒蜜《くろみつ》のような髪《かみ》の流れも、骨色の鍵盤《けんばん》に切《き》り込《こ》んでいく細い指先も、時間が止まったのではと錯覚《さっかく》するほどに美しかった。

　でもやがて時間は流れ始める。凛子《りんこ》の左手が動き出したのだ。Gのオクターヴを、まるで母親が赤《あか》ん坊《ぼう》の背を叩《たた》いてあやすように、優《やさ》しくリズミカルに刻み始める。

　これは——なんの曲だ？

　ヘッドフォンのせいで演奏は凛子《りんこ》にしか聞こえていない。僕《ぼく》は彼女《かのじょ》の指が紡《つむ》ぎ出す静寂《せいじゃく》の踊《おど》りをじっと見つめて音符《おんぷ》の流れを拾おうとする。右手が旋律《せんりつ》を途《と》切《ぎ》れ途《と》切《ぎ》れにたどり始める。でもわからない。息を詰《つ》め、耳に意識を集中させ、イヤーパッドと肌《はだ》の隙間《すきま》からわずかに漏《も》れ出てくる響《ひび》きをすくい取ろうとする。

　ようやく聞こえた。

　信じられないことにそれはクラシックの曲ではなく、ジャズのスタンダードナンバーだった。ビリー・ホリデイの『ゴッド・ブレス・ザ・チャイルド』。異端《いたん》の天才ピアニスト、キース・ジャレットがゲイリー・ピーコックとジャック・ディジョネットのリズム隊の上に築きあげた限りなく透明《とうめい》で歌心にあふれたアレンジ。これまでコンクールに明け暮れていてクラシック漬《づ》けだったはずの凛子《りんこ》がこんな曲を選ぶなんて思ってもみなかった。聴《き》きたい。今すぐヘッドフォンのジャックを引《ひ》き抜《ぬ》いて彼女《かのじょ》の音を身体《からだ》じゅうに浴びたい。爪《つめ》を手のひらに食《く》い込《こ》ませて欲求を押《お》し殺《ころ》す。僕《ぼく》が聴《き》きたくてセッティングした勝負じゃないぞ。彼女自身《かのじょじしん》に聴《き》かせるためだ。感情の流れのままにいくらでもアドリブを続けられるジャズナンバーは好都合だ。いくらでも弾《ひ》いてくれ。弦《げん》を打つ音だけの混じりっけ無しのピアノを好きなだけ味わうといい。

そのうちにきみは気づく。

純度100パーセントに限りなく近い蒸留水が不味《まず》いのと同じように、このノイズフリーピアノの響《ひび》きがとても貧しいことに。

そうしたら僕《ぼく》はこの手をパネルに伸《の》ばす。EOS B500の全力を傾《かたむ》けて、今きみを浸《ひた》している音を歪《ゆが》ませ、ねじ曲げ、渦《うず》巻《ま》かせ、火をつけ、黒《くろ》焦《こ》げにしてやる。トーンを極彩色《ごくさいしき》に塗《ぬ》り立《た》ててエフェクターをたっぷりカクテルして酔《よ》わせてやる。

でもそんな瞬間《しゅんかん》は訪《おとず》れなかった。

彼女《かのじょ》の純度100パーセントに限りなく近い無表情に、不満の色が表れることはついになかった。代わりに彼女《かのじょ》は自分でヘッドフォンを外した。左手のGオクターヴのオスティナートを小止《こや》みなく打ち鳴らし続けながら、長い和音の合間に自由になった右手でイヤーパッドをつかんでむしり取ったのだ。そのままコードを引《ひ》っこ抜《ぬ》く。

ピアノの響《ひび》きが宙に解き放たれる。

軽《かろ》やかに躍《おど》るリズムで空気の粒子《りゅうし》のひとつひとつまでも息づいているのが見えるような気がした。湿《しめ》ったコンクリートと草のにおいが急にはっきりと嗅《か》ぎ取《と》れるようになった。空の青が目にしみて涙《なみだ》がにじんだ。

凛子《りんこ》の右手が再び鍵盤《けんばん》に打《う》ち込《こ》まれ、力強く『ゴッド・ブレス・ザ・チャイルド』の歌を形づくる。祈《いの》りの詩を口ずさむその唇《くちびる》にかすかな笑《え》みさえも浮《う》かぶ。

やがて凛子《りんこ》は息をつき、しばし旋律《せんりつ》のアドリブを穏《おだ》やかなものに切《き》り替《か》える。心音にも似たバスのGオクターヴがくっきりと足下《あしもと》から響《ひび》いてくる。音楽を取り巻く風の音や鳥のさえずりや中庭の木立の葉擦《はず》れも鮮《あざ》やかに色づいて聞こえる。

「……こんなに色んな音が鳴ってたんだ」

ふと凛子《りんこ》がつぶやいた。演奏を止めないまま、空を仰《あお》ぎ、目を閉じている。

「知らなかった。全然気づいてなかった。あなたが作ってくれたこの退屈《たいくつ》な音源のおかげ」

いつものような棘《とげ》だらけの言い方のはずだったけれど、腹は立たなかった。だって、たしかにそれに気づいてもらうために僕《ぼく》はこのノイズフリーピアノを仕上げたのだ。

「雑音なんて音はなかったんだね」

凛子《りんこ》の言葉はすでに歌の一部みたいになっていて、僕《ぼく》の胸の深くにまで染《し》み通る。

彼女《かのじょ》の指が再び熱を帯びて柔《やわ》らかい鍵盤《けんばん》の上を滑《すべ》り、蕩《とろ》かし、燃え立たせる。どれだけの激情を叩《たた》きつけようとも、プラスチックでできた偽物《にせもの》の骨はそれを素知らぬ顔で吸い取ってデジタル処理された音に変えてしまう。でもシンセサイザーにできるのはそこまでだ。音を受け取る僕《ぼく》らの耳を、心を、魂《たましい》を漂白《ひょうはく》してしまうことはどんな機械にだってできない。僕《ぼく》らが生きて呼吸と鼓動《こどう》を続けている限り、ありとあらゆる音が僕《ぼく》らを取り巻いて響《ひび》き合っている。生徒たちの笑い声と足音、通りを走るトラックのエンジン音、寺を囲む雑木林に群れるキジバトたちの眠《ねむ》たげな声、遠くの踏切《ふみきり》の警報をひきつぶして走っていく列車の音。こんな無骨なコンクリートばかりの狭《せま》い屋上にも、息が詰《つ》まるほどの生命が満ちている。雑草なんて名前の草はなくて、ブロックの切れ目に芽吹《めぶ》いてささやかな花を咲《さ》かせている草たちにもみんな名前があり、生命があり、それを燃やして生きているのだ。そう感じられたならどんな場所だって楽園で、そこでは雑音なんて音は存在せず、耳にするすべては楽の音だ。

涼《すず》やかで心地《ここち》よくさえある疎外《そがい》感を僕《ぼく》はおぼえる。凛子《りんこ》と、彼女《かのじょ》が生み出す音楽と、それを包《つつ》み込《こ》む完璧《かんぺき》な世界。これを聴《き》きたくてあれこれ手を尽《つ》くしてきたはずなのに、たどり着いた今、足下《あしもと》の名も知れぬ草たちと同じようにただふらふらと風に揺《ゆ》られていることしかできないのがさみしい。

いや——。

この場所にいるなら、僕《ぼく》だってこの楽園の一部なのだ。

ぼうっと突《つ》っ立《た》っているだけでいいのか？　鳥だって虫だって線路だって自分の声で歌っているというのに、おまえは楽器を運んできた後の荷車の役回りで満足なのか。しかも鳴っているのは『ゴッド・ブレス・ザ・チャイルド』だぞ。こんなグルーヴたっぷりの曲を安っぽいシンセピアノだけに任せておけるのか。

飛《と》び込《こ》んでやる。

目を閉じ、凛子《りんこ》の演奏のテンポを探《さぐ》る。72bpmくらいか。フレーズの切れ目を見つけて素早《すばや》くパネルに指を這《は》わせ、ドラムスの自動演奏ループを勘《かん》で選び出し、そっと凛子《りんこ》のピアノの足下《あしもと》に滑《すべ》り込《こ》ませる。ビートが走り始めるとメロディの輪郭《りんかく》がくっきりとクリアになり、地表から軽《かろ》やかに浮《う》かび上《あ》がる。僕《ぼく》は凛子《りんこ》の顔をちらとうかがう。視線が合ったのでどきりとして目をそらしてしまう。

驚《おどろ》いてはいない。怒《おこ》ってもいない。……まだ少し笑っているだろうか。

それなら。

演奏の途中《とちゅう》だったけれど、かまわずにサウンドを切《き》り替《か》える。フェイザーをめいっぱいかけたエレクトリック・グランドの目眩《めまい》を誘《さそ》う音色が凛子《りんこ》の指先から紡《つむ》ぎ出され、彼女《かのじょ》は目を見開く。サウンドの変化に気を取られている間に鍵盤《けんばん》の最低音部にアコースティックベースの音色を割《わ》り振《ふ》る。ドラムスだけじゃビートは締《し》まらない。やっぱりこれがないと。

だれが弾《ひ》く？

凛子《りんこ》の腕《うで》は二本しかない。だから、決まってる。僕《ぼく》だ。

鍵盤《けんばん》に手を伸《の》ばす。楽器を挟《はさ》んで凛子《りんこ》と向かい合っている僕《ぼく》から見れば、さかさまの鍵盤《けんばん》に。でも問題ないはずだ。単音だしテンポもゆるやかだから、弾《ひ》ける。

機械が繰《く》り返《かえ》す単調なリズムパターンと凛子《りんこ》の歌心たっぷりの複雑に揺《ゆ》れるメロディとの間に、ベースをそっと沿わせる。最初はシンプルに、彼女《かのじょ》の歩調を探《さぐ》りながら。息づかいがそろってきたのを感じて、徐々《じょじょ》にコードから逸脱《いつだつ》するそぶりをみせ、すぐに戻《もど》る。凛子《りんこ》も僕《ぼく》のやり方に気づく。大胆《だいたん》な係留音やテンションコードが増えていく。ほんの少しバランスを崩《くず》しただけで演奏が壊《こわ》れてしまいかねない危険なラインぎりぎりをあえて二人競《きそ》って攻《せ》めていく。高く張られたロープの上で踊《おど》っているかのようだ。二人が同時に踏《ふ》み外《はず》したら真っ逆さまに転落する。だから呼吸を重ね、踏《ふ》みとどまる役とその手をつかんで跳《は》ね回《まわ》る役とを目まぐるしく受《う》け渡《わた》していく。

そんなことを繰《く》り返《かえ》していて、平静でいられるわけがない。

心臓が、指が、全身の細胞《さいぼう》が、音符《おんぷ》一つ刻むたびに昂《たか》ぶっていく。こらえきれなかった。僕《ぼく》は再びパネルをまさぐり、音色を切《き》り替《か》えた。弾《はじ》けて割れそうなほど歪《ゆが》ませたローズピアノと輪郭《りんかく》を強調したグランドピアノの複合音源。高音域にいくにしたがってほとんど弦楽器《げんがっき》のようなタイトで神経質な音になる。凛子《りんこ》の指が自在に編みあげる旋律《せんりつ》の上に、ときにユニゾンで、ときにはオブリガートで僕《ぼく》の旋律《せんりつ》をからませる。僕《ぼく》は逆側から鍵盤《けんばん》に向かっているので、即《そっ》興《きょう》で組み上げたフレーズを瞬時《しゅんじ》に頭の中で左右反転させなければいけないし、打鍵《だけん》もすさまじく難しい。でもそれを言い訳にしていられない。凛子《りんこ》がこの場所まで連れてきてくれたのだ。なにがあっても一緒《いっしょ》に走りきる。そのときの僕《ぼく》ら二人にはEOS B500の五オクターヴの音域は狭《せま》すぎたし、同時発音数二十四は少なすぎた。音を奪《うば》い合《あ》い、僕《ぼく》と凛子《りんこ》の指は鍵盤《けんばん》の上で何度も錯綜《さくそう》してぶつかりあい、からみあった。

YAMAHA

そうして百回を超《こ》えるリフレインの果てに、奇蹟《きせき》が訪《おとず》れる。凛子《りんこ》が髪《かみ》を振《ふ》り乱《みだ》して鍵盤《けんばん》を掻《か》きむしりながら最高音部へと駆《か》け上《あ》がる。そこで僕《ぼく》の耳に突《つ》き刺《さ》さるのは、よく知っているはずなのに聴《き》いたことのない旋律《せんりつ》だ。

思わず目を上げる。凛子《りんこ》が悦《えつ》に入《い》った笑《え》みをみせる。ようやく思い至る。僕《ぼく》がこの勝負のためだけに作曲した前奏曲イ短調の主題だ。そっくりそのまま『ゴッド・ブレス・ザ・チャイルド』のコード進行に組《く》み込《こ》まれている。まったく違和感《いわかん》がないのが信じられない。しかも高まるアドリブの頂点で凛子《りんこ》は両手をわずかにずらして重ね、あの悪魔《あくま》のオクターヴ・トレモロをこともなげに打ち鳴らし始める。僕《ぼく》は息を詰《つ》めて中声域を厚い和音で埋《う》める。

弾《ひ》けないはずのパッセージを弾《ひ》く方法。

答えは簡単だった。音の並びを入《い》れ替《か》えた音源なんぞをわざわざ用意するまでもなかった。二人で弾《ひ》けばよかったのだ。打ちのめされて焼《や》き尽《つ》くされて完膚《かんぷ》なきまでに負けた気分だった。すがすがしくさえあった。そう思うと指がふと軽くなる。

このまま凛子《りんこ》の演奏に、何時間でもついていけそうな気がした。

実際、僕《ぼく》らがどれだけ弾《ひ》き続けていたのかよくわからない。にわか雨が降ってこなければ夜中まで没頭《ぼっとう》していたかもしれない。

ぱたたっ、と水滴《すいてき》が音をたててEOS B500の機体を濡《ぬ》らした。手《て》の甲《こう》や首筋に冷たい粒《つぶ》が触《ふ》れ、どちらからともなく演奏を止めて空を仰《あお》いだ。

「楽器濡《ぬ》れちゃう！」と凛子《りんこ》が小さく叫《さけ》んだ。僕《ぼく》はあわててシンセサイザーの電源を切り、バッグに押《お》し込《こ》んで肩《かた》に担《かつ》いでドアに走った。凛子《りんこ》もキーボードスタンドを持ってきてくれる。屋内に入って荷物を下ろし、階段にしゃがみ込《こ》んで一息ついたとたん、雨が強まって背後でドアを打つ。

幸い、キーボードバッグに緩衝《かんしょう》材がわりのバスタオルが詰《つ》めてあったので、凛子《りんこ》に渡《わた》した。女の子が雨で濡《ぬ》れた髪《かみ》を拭《ふ》くところというのはなぜか直視してはいけない気がして僕《ぼく》はわざとらしく彼女《かのじょ》に背を向け楽器を片付ける。

くくっ、という音が聞こえた。

肩越《かたご》しにちらとうかがうと、タオルを頭にかぶったままの凛子《りんこ》が、身体《からだ》を小さく揺《ゆ》らして笑っていた。彼女《かのじょ》が声をたてて笑うところを見たのはそのときがはじめてだった。色んなものがいちどきにほぐれて、身体《からだ》じゅうの力が抜《ぬ》けて、気づけば僕《ぼく》も笑い出していた。

ひとしきり笑った後で凛子《りんこ》は立ち上がってタオルを投げてきた。それからスカートの乱れを直し、もう笑っていない目を僕《ぼく》に向けてくる。

「……満足した？」

一瞬《いっしゅん》、なにを訊《き》かれたのかよくわからなかった。満足ってなんだ？　僕《ぼく》を満足させるために弾《ひ》いてたのか？　二人ともただ演《や》りたいから演《や》ってただけで——

そこではたと思い出す。

そうだ、勝負で勝ったらリクエストを弾《ひ》いてくれ、っていう話だったのだ。今の今まですっかり忘れていた。

「……ああ、うん」

勝負なんてどうでもよくなっていた。今はただ、あのひとときの楽園が雨であっという間に洗い流されて消えてしまったことが残念でしかたがなかった。

「わたしは全然」

凛子《りんこ》がそう言うので僕《ぼく》ははっとして彼女《かのじょ》の顔を見る。いつもの、人を冷ややかに観察しているような無表情の中に、ほのかな残り火がある。

「村瀬《むらせ》くんはあいかわらず下手だったし。音も安っぽかったし。特にドラムス。次はもう少しましな音を用意しておいて」

僕《ぼく》は落胆《らくたん》して、階段を下りていく凛子《りんこ》の背中を黙《だま》って見送るしかなかった。彼女《かのじょ》の足音が踊《おど》り場《ば》のずっと下へと消えてしまうと、聞こえてくるのは雨音だけになる。

傍《かたわ》らでぐったりと僕《ぼく》にもたれかかったキーボードバッグに目を落とし、開いたジッパーの口から見えるEOS B500におつかれさまと声をかける。けっきょくあまりうまくいかなかったみたいだ。おまえが悪いんじゃないよ。おまえは良《い》い楽器だ。説得力のある音色を用意できなかった僕《ぼく》の落ち度だ。うまく誘《さそ》い込《こ》んでセッションまでできたのにな。

凛子《りんこ》のピアノは――

音が汚《きたな》いわけでも、技術が足りないわけでもない。

ただ彼女《かのじょ》が自分の音を愛せなかっただけだと思う。だから知ってほしかった。あんなにも僕《ぼく》を夢中にさせる音楽を作り出せるのだということ。

でも僕《ぼく》ごときじゃ全然足りなかった。だいたいあの勝負にしたってだいぶ無理があったし、凛子《りんこ》が負けを認めたのもたまたま最後のミスタッチに気づかなかったからだし。

ふと僕《ぼく》は気づいた。

足下《あしもと》のキーボードバッグからのぞく白い鍵盤《けんばん》の並びは、まるで歯を見せて笑っているようだ。口《くち》の端《はし》から一枚の紙がはみ出している。勝負に使った前奏曲の楽譜《がくふ》だ。さっき凛子《りんこ》が突《つ》っ込《こ》んだやつだ。引っぱり出し、広げてしわを伸《の》ばす。

息が詰《つ》まる。

譜面《ふめん》の右下、終結部《コーダ》の激しい上昇《じょうしょう》音型の三十二分《さんじゅうにぶ》音符《おんぷ》ひとつに×印がつけられている。凛子《りんこ》が書いたのだろう。僕《ぼく》にミスがないかどうか確認《かくにん》するといって演奏中ずっとペンを片手に楽譜《がくふ》をチェックしていた。

ミスに気づいていたのだ。

どうして見逃《みのが》してくれたのだろう。凛子《りんこ》の勝ちだったのに。

「……あれ？　ムサオだけ？　凛子《りんこ》ちゃんはどうしたの」

声がして、驚《おどろ》いた僕《ぼく》はわけもわからず楽譜《がくふ》をどこかに隠《かく》そうとうろたえた。でも踊《おど》り場《ば》に姿を現したのは華園《はなぞの》先生だった。

「勝負、勝ったんでしょ？　のりまくりのセッションしてたけどあれムサオのリクエストだったんだよね？」

「あ……聞こえてましたか」

キーボード内蔵スピーカーの控《ひか》えめな音量であっても、真下の音楽準備室にいれば聞こえてしまうのは当然か。

「なんで浮《う》かない顔なの。勝ったからって調子に乗ってやらしいリクエストして凛子《りんこ》ちゃんにぶん殴《なぐ》られたとか？」

「せっかくのセッションの余韻《よいん》をぶち壊《こわ》すような言いがかりはやめてもらえませんか……」

「そうそう。良《い》いセッションだったじゃん。あれ二人で弾《ひ》いてたんでしょ？　なら大成功じゃん、もうちょい嬉《うれ》しそうにしたら？」

「ああ、いや、成功……ってわけじゃ……」

僕《ぼく》は先生に、凛子《りんこ》が不満げだったことや僕《ぼく》の演奏のミスに気づいていたことを話した。先生は楽譜《がくふ》につけられた×印を見て肩《かた》をすくめた。

「こんなの、わざと見逃《みのが》したにきまってるじゃん」

「……え？」

僕《ぼく》は先生の顔を見つめて目をしばたたいた。先生はあきれた目つきで続ける。

「あんたのために弾《ひ》いてやりたいと思ったから負けたことにしたんでしょ。なんでそれくらいわからないかなあ？」

「……ええ？　……いや、そんな」

「だいたいね、ムサオ。あんたもミュージシャンの端《はし》くれでしょうが。演奏がうまくいったかどうかなんて、自分で聴《き》いてわかるでしょ？　言葉とか態度なんてどうでもいいでしょ」

華園《はなぞの》先生の言葉は長い時間をかけて僕《ぼく》の中に染《し》みこんでいった。

そうだ。どうして忘れていたんだろう。音楽には二種類しかないのだ。もう一度求められるだけの価値があるか、ないか。それだけ。

そして凛子《りんこ》は言っていたじゃないか。

次はもう少しましな音を——と。

次があると言ってくれたのだ。

僕《ぼく》は華園《はなぞの》先生の目の前であることも忘れて埃《ほこり》っぽい床《ゆか》に仰《あお》向けになり、天井《てんじょう》に向かって間延びした息を吐《は》き出《だ》した。百点満点とはいかなかったけれど、徹夜《てつや》して曲と音源を作った甲斐《かい》はあった。

ところが華園《はなぞの》先生が言う。

「それでムサオ、まったりしてるところ悪いんだけど、教頭先生がもうすぐここに来るよ」

僕《ぼく》は驚《おどろ》いて身を起こした。

「は？　なんで」

「あんたらの演奏が職員室まで聞こえてさ。あたしが弾《ひ》いてんのかって思われたらしくて教頭がさっき音楽準備室まで訊《き》きにきたんだよね。しらばっくれたんだけど、『屋上かな？』とか言ってたんで多分職員室に鍵《かぎ》を取りに戻《もど》ったんだと思う」

「もうすぐ来ちゃうじゃないですかっ！」

「だからそう言ってんじゃん」

「え、あ、あの、屋上使えって言ったのは先生ですよね、なんかこう根回しして許可もらってたわけじゃないんですか？」

「なんでそんな面倒《めんどう》なことを。あたしはこっそり鍵《かぎ》持ってきて開けただけだよ」

「あんたそれでも教師かよっ？」

「んじゃ、あたしは逃《に》げるけど教頭に捕《つか》まってもあたしの名前は出さないように」

「ほんとにあんたそれでも教師かよッ？」

「教え子なら教師を死んでも守れ！」

「ふつう逆だろ！」

僕《ぼく》を守る気などさらさらない華園《はなぞの》先生はさっさと階下に消えてしまった。僕《ぼく》もあわててバッグを右肩《みぎかた》に担《かつ》ぎ、折《お》り畳《たた》んだキーボードスタンドを左肩《ひだりかた》に引っかけ、転げ落ちるようにして階段を駆《か》け下りた。三階の廊下《ろうか》で向こうからやってくる教頭先生の姿がちらと見えたので、トイレに逃《に》げ込《こ》んでやり過ごした。危なかった……。

＊

重たいものを担《かつ》いで階段をダッシュするという無理がたたって、その夜は肩《かた》と腰《こし》がめちゃくちゃ痛かったけれど、またも徹夜《てつや》して楽譜《がくふ》をいじり回した。

翌日の放課後、音楽室に行くと、凛子《りんこ》も来てくれていた。なにも言わずに楽譜《がくふ》を渡《わた》してみる。受け取って一瞥《いちべつ》した彼女《かのじょ》は小さく鼻を鳴らした。

「こんなに原形もとどめないくらい書き直すなら新しい曲書けばいいのに」

原形もとどめていないのになんの曲かわかってくれたのが嬉《うれ》しかった。昨日の勝負で使った前奏曲イ短調だ。

「うん、まあ、ろくでもない曲だったし、あとウクライナの作曲家だって嘘《うそ》つくために無駄《むだ》にそれっぽい作風にして無理が出てたからね。ちゃんと自分の曲として作り直したくて」

「ふうん」

それで？　と言いたげに凛子《りんこ》は僕《ぼく》を見つめてくる。僕《ぼく》は気《き》後《おく》れして目をそらし、しばらく口の中で言葉を転がし、意を決して凛子《りんこ》に目を戻《もど》して言った。

「もらってくれないかな、その曲。難しくしすぎて、自分じゃもう弾《ひ》けないし」

凛子《りんこ》の視線が譜面《ふめん》と僕《ぼく》の顔の間をいったりきたりした。それから彼女《かのじょ》はピアノの椅子《いす》に腰掛《こしか》けて譜面《ふめん》台に僕《ぼく》の楽譜《がくふ》を広げた。

細い指が骨色の鍵盤《けんばん》に振《ふ》り下ろされる。

心地《ここち》よい痛みにも似たスタッカートが僕《ぼく》の肌《はだ》に突《つ》き刺《さ》さる。ああ、これだ、と僕《ぼく》は陶然《とうぜん》として思う。凛子《りんこ》のピアノはほんとうに痛い。舌を焼く火酒、目を欺《あざむ》く怪画、心掻《か》きむしる悲劇、そして骨を徹《てっ》して心臓にまで届く楽の音。受け手を深く傷つけるのはそのアートが本物である証拠《しょうこ》だ。

もっと長い曲にすればよかった、と僕《ぼく》は悔《く》やむ。再現部の省略なんてするんじゃなかった。終結部《コーダ》ももっと全素材を使い切ってたっぷり書くべきだった。しびれるようなひとときは、朝陽《あさひ》に裂《さ》かれる夜霧《よぎり》のような高音のトリルの中に吸《す》い込《こ》まれて終わってしまう。

演奏が終わってからも僕《ぼく》はしばらくなにも言えず、ピアノのすぐ前の机に腰掛《こしか》けたまま凛子《りんこ》の手《て》の甲《こう》をじっと見つめていることしかできなかった。彼女《かのじょ》は居心地悪《いごこちわる》そうに楽譜《がくふ》を閉じて自分の鞄《かばん》にしまった。

「前よりましになってる」

まし、というのは彼女《かのじょ》としては最大級の賛辞なのではないか、と思い始めた。

「ちゃんとひとりで弾《ひ》けるように直してあるのが意外だった。例のトレモロのところ」

「意外？　なんで。弾《ひ》いてもらうために書き直したんだから、そりゃひとりで弾《ひ》けるようにするにきまってるよ」

「そう？」と凛子《りんこ》はさして意外でもなさそうに小首をかしげる。「あなたのことだから連弾《れんだん》用にでも直したのかと思った」

「なんで」

「一緒《いっしょ》に弾《ひ》くふりして身体《からだ》密着させて性犯罪できるでしょ」

「しねーよ！　なにその唐突《とうとつ》な名誉《めいよ》毀損《きそん》っ」

「華園《はなぞの》先生にはしてたじゃない」

「あれは先生の方からしてきたの！　濡《ぬ》れ衣《ぎぬ》だよ！　だいたいほら、昨日僕《ぼく》が演奏に混ざったときもキーボードの反対側からだっただろ、そっち側に行ったりしなかっただろ？」

「そう。あれはちょっと信じられなかった。あの村瀬《むらせ》くんが」

「どの村瀬《むらせ》くんですかっ？　なんでこんなときちょっと残念そうなんだよ！」いつも無表情なくせして！

「とにかく、逮捕《たいほ》されても困るし、今後わたし以外に性犯罪はしないこと」

「だから、しないって――」

言いかけた言葉を呑《の》み込《こ》む。

わたし以外に？　ちょっと待って、凛子《りんこ》には性犯罪してもいいってこと？　いやあの犯罪ですからするつもりはありませんけれど、でも相手がしてもいいって認めてたらそれは犯罪ではないわけだし、だからってやりたいかというと別にそういう気持ちもない——こともなくて、ええと、僕《ぼく》なに言ってんだろうね頭の中で？

あわてふためく僕《ぼく》を無視して、凛子《りんこ》は自分の鞄《かばん》から取り出した楽譜《がくふ》を譜面《ふめん》台に広げた。

「じゃあシューベルトの二十一番から」

「……え？」

「今日のプログラム。長丁場になるからトイレに行くなら今のうち。曲目はシューベルトの二十一番、リストのエステ荘《そう》の噴水《ふんすい》、ショパンのポロネーズ一番、ベートーヴェン二十八番」

それ全部弾《ひ》くの？　今からここで？　たしかに長丁場だけど、いったいどうして。

すぐに思い至る。

「……それ、……コンクールで、その……」

「そう。どれも、優勝できなかった曲。どうせあなたのことだからネットでだいたい聴《き》いたんでしょ」

はい、全部聴《き》かせていただきました。すみません。

「負けた演奏を聴《き》かれたままなのも癪《しゃく》だし、負けたのを気にしてると思われてるのも癪《しゃく》だから、ここで全部弾《ひ》きなおす。絶対に今のわたしの方が上手《うま》い」

僕《ぼく》は思わず笑い出しそうになり、それから姿勢を正して座《すわ》り直した。

ちょっと迷ってから、小さく拍手《はくしゅ》する。

凛子《りんこ》はつんと澄《す》ました顔で鍵盤《けんばん》に向き直った。指先が鍵盤《けんばん》にそっと沈《しず》み込《こ》む。波紋《はもん》が広がるようにして訥々《とつとつ》と第一主題が語られ始める。

祈《いの》り、という言葉が浮《う》かんだ。凛子《りんこ》にずっとからみついていた亡霊《ぼうれい》のような音符《おんぷ》たちがひとつひとつ、浄化《じょうか》されて穏《おだ》やかな午後の陽だまりの中へ溶《と》け込《こ》んでいく。

このささやかな儀式《ぎしき》に立ち会えたことを嬉《うれ》しく思う。凛子《りんこ》が新しい音を求めてまた歩き出すために、一度すべて手放すことが必要なのだ。消えてしまうわけではない。同じ空のどこかで響《ひび》き続ける。いつかまた巡《めぐ》り逢《あ》うだろう。頬《ほお》を濡《ぬ》らす春の雨として、つがいを呼ぶ鳥の声として、萌《も》え出《で》る新芽が雪を割る軋《きし》みとして。そのときにもこうして隣《となり》にいて聴《き》き届《とど》けられるようにと、僕《ぼく》も祈《いの》り、凛子《りんこ》のピアノに耳を澄《す》ませた。

Paradise NoiSe
Shizuki Yurisaka

4　閉《と》じ込《こ》められた花

うちの高校の玄関《げんかん》口正面に置かれた大きなガラスケースの中には、いつも大造りの生け花が飾《かざ》ってある。

さして花に興味のない僕《ぼく》はいつも素通《すどお》りだったけれど、その五月はじめの月曜日は例外だった。朝登校してきて上履《うわば》きに履《は》き替《か》え、階段に向かおうとして、ガラスケースの前でふと足を止めた。

動けなかった。目をそらすことさえできなかった。

細やかな花弁の密集した赤い花が大胆《だいたん》に盛られたその籠《かご》からは、凶暴《きようぼう》な気品とでも言うようなものが溢《あふ》れ出《で》てガラスケースを内側から突《つ》き破《やぶ》りそうだった。何人もの生徒が背後を通り過ぎるとき怪訝《けげん》そうに僕《ぼく》をちらと見ていった。

予鈴《よれい》が鳴った。

ようやく我に返った僕《ぼく》は、後《うし》ろ髪《がみ》引かれつつも階段へと足を向けた。最後にもう一度だけ見ておきたくて振《ふ》り返《かえ》ったとき、ガラスケースの隅《すみ》にぽつんと置かれたネームプレートにようやく気づいた。

1年3組、百合坂詩月《ゆりさかしづき》。

生け花の作者名――だろうか。

その隣《となり》に二年生の女子の名前も連名で書かれていたけれど、そちらはまったく記憶《きおく》にない。

詩月《しづき》、という字面《じづら》の静謐《せいひつ》さだけが僕《ぼく》の中に染《し》み通って残った。

＊

その日の夕方、玄関《げんかん》口のガラスケース前を通りかかると、四人の女子生徒が花を前にしてなにか言い合っているところを目にした。

「先輩《せんぱい》の作品なんだし、私の名前を出すのは変だと思います……」

「そうは言っても」「ほとんど百合坂《ゆりさか》さんのみたいなものでしょ」「あたしは百合坂《ゆりさか》さんのアドバイス通りにやっただけだから」「先生もびっくりしちゃって、百合坂《ゆりさか》さんのこと話すしかなかったんだよ」「こんなプロ並みにすごいの、うちらだけで立てられるわけないもんね」

「でも……私は部員でもないわけですから……こんなふうに出しゃばるのは……」

「そんなのだれも気にしないって」「ていうか百合坂《ゆりさか》さん、華道《かどう》部入ってくれる気ないの？」

「お母さんが家元なんでしょ」「入ってくれたらウチらすっごいレベル上がるのに」

百合坂《ゆりさか》、という名前が聞こえたので、どうやらなにか困っている感じの一人があの生け花の作者なのだろう。僕《ぼく》には背を向けている位置なので顔は見えない。そしてまわりの三人が華道《かどう》部員のようだった。会話の内容からして百合坂詩月《ゆりさかしづき》は華道《かどう》部員ではなく、アドバイザーとして演出を手伝っただけらしい。

あの鮮烈《せんれつ》な一鉢《はち》の、実質的な制作者。

どんな人物なのだろう。顔を見てみたかった。わざとゆっくり歩いて四人のそばを通り過ぎる。でも、百合坂詩月《ゆりさかしづき》の顔が見える位置に行こうとするとどうしても不自然なルートになってしまう。

まあいいか。不審《ふしん》人物だと思われても困るし。僕《ぼく》はあきらめて足を速めた。

そのとき、あっ、という小さな声が背中に聞こえた。振《ふ》り向《む》くと、彼女《かのじょ》と目が合った。百合《ゆり》坂詩月《さかしづき》と、だ。ちょうど彼女《かのじょ》の肩越《かたご》し、厚いガラスの中に咲《さ》き乱《みだ》れる薄紅《うすべに》色の花が黒髪《くろかみ》に重なって、なんだか彼女自身《かのじょじしん》も生け花の一部にさえ見えた。目が合っている間、僕《ぼく》らのまわりだけ季節が加速して夏が訪《おとず》れ秋が過ぎ冬が去り再びの春が巡《めぐ》ってきたような気がした。

「……あ、あの——」

百合坂詩月《ゆりさかしづき》が僕《ぼく》を小さく指さしてなにか言おうとした。僕《ぼく》はどぎまぎした。なんだ、僕《ぼく》を知っているのか？　初対面のはずだけど？

「百合坂《ゆりさか》さん？　どうしたの」

華道《かどう》部の人が心配そうに言った。詩月《しづき》の視線が僕《ぼく》から外れた。彼女《かのじょ》は華道《かどう》部員たちに囲まれながら廊下《ろうか》の方へと歩き去った。なぜだか僕《ぼく》は腹の底から安堵《あんど》した。それから華園《はなぞの》先生に呼びつけられていた用事のことを思い出し、階段へと足を向けた。

呼び出し場所は北校舎四階の楽器倉庫だった。音楽準備室の隣《となり》の部屋だ。

倉庫の入り口で僕《ぼく》を待っていた華園《はなぞの》先生は、戸を開けて僕《ぼく》を中に招き入れながら言う。

「楽譜《がくふ》と資料、全部仕分けして棚《たな》に戻《もど》して、楽器類も整理しといて」

僕《ぼく》は汚れた天井《てんじょう》を仰《あお》ぎ、あらためて倉庫を見渡《みわた》した。楽譜《がくふ》やら楽器ケースやらパイプ椅子《いす》やら脚立《きゃたつ》やらが床《ゆか》にぐしゃぐしゃに積み重ねられていて、震災《しんさい》の直後みたいな惨状《さんじょう》だった。

「どうやったらこんなにぐちゃぐちゃになるんですか。猿《さる》の群れでも飼ってたんですか？」

「あたしが散らかしたって決めつけないでよ」華園《はなぞの》先生は心外そうに唇《くちびる》を尖《とが》らせた。「あたしが赴任《ふにん》してきたときにはすでにこんなだったよ」

「あ……すみません、てっきり」

「あたしはここで昼寝《ひるね》したりゲームしたりレアアイテムが出たら転げ回って喜んだりしてただけだよ」

「あんたも散らかしたんじゃねえか！」

「で、あたしの３ＤＳをここで失《な》くしちゃってさ、ついでに探してくれる？」

たぶん3DSの方が本命の用事で倉庫の片付けがついでなんだろうな……。

「オーケストラ譜《ふ》もたくさんあるから、ムサオのためにもなるでしょ」

「はあ？　なんで僕《ぼく》のためになるんですか？　仕事押《お》しつけたいからっててきとうなこと言わないで――」

「ええとね、あたしはほら、ムサオの熱心なリスナーだから全作品聴《き》き込《こ》んでるわけで、そんで前々から感じてたんだけど、特に初期作品は前期ロマン派風のアレンジが合うと思うんだなあ、だからそのへんを勉強するのに交響曲《こうきょうきょく》のスコアがそろってると便利でしょ」

なんか知ったようなことをべらべら喋《しゃべ》り始めたぞ。目が泳いでるけど。

「へえ、僕《ぼく》の初期作品そんなに聴《き》き込《こ》んでるんですか。じゃあちょっと弾《ひ》いてみてください」

倉庫の隅《すみ》にあった小型のオルガンを指さして言うと先生の白々しい笑顔《えがお》が引きつる。

「いやそんないきなり弾《ひ》けって言われても困るみたいな？　鍵盤《けんばん》一個でできる曲じゃないしアレンジしないとね？」

「弾《ひ》けないんですよね。ていうか聴《き》き込《こ》んでたとか嘘《うそ》でしょ、昔の曲はだいぶ前に消したんだから」

「げっ。消しちゃったの」

「ほらやっぱり知らなかった」

「いやいやほんとに聴《き》き込《こ》んでたから！　アレンジができたら弾《ひ》いてみせるよ、約束する」

「そんな約束は要《い》らないので倉庫の整理は先生が自分でやってくれませんかね……」

「あたしは仕事があんの！　じゃ、よろしく！」

そう言って華園《はなぞの》先生はそそくさと倉庫を逃《に》げ出《だ》した。ほんとうに仕事かどうか疑わしいものだった。漫画《まんが》読むかスマホゲーするかじゃないの？


しかし倉庫の片付けは意外にも楽しい作業だった。なにしろ宝の山である。前々からちゃんと読みたいと思っていたブルックナーやマーラーやショスタコーヴィチの交響曲《こうきょうきょく》の総譜《そうふ》がざくざく出てくるし、テナーリコーダーやスライド式ハーモニカといったちょっと珍《めずら》しい楽器が未開封《かいふう》のまま転がっているし、極《きわ》めつけの掘《ほ》り出《だ》し物《もの》（文字通りの意味で！）は崩《くず》れかけの段ボール箱をかぶせてあったドラムセットだ。バス、スネア、タム四つ、ハイハット、シンバルもバリエーションたっぷり取りそろえてある。僕《ぼく》はドラムには詳《くわ》しくないので断言はできないけれど、ちょっとスネアを叩《たた》いてみた感じ安くない品に思える。少なくとも吹奏楽《すいそうがく》部が普段《ふだん》使っているやつより断然良《い》い。

片付けがおおかた済んで床《ゆか》にスペースができたので、調子に乗ってドラムセットを本格的に配置してみた。タムタムは左側の一個のみ、シンバルもハイハット、クラッシュ、ライドの三点だけのシンプル構成。それ以上増やしてもどうせ手が回らない。

スティックと椅子《いす》も無事に倉庫の隅《すみ》から発掘《はっくつ》し、準備万端《ばんたん》。まず簡単な8ビート、それからシャッフルビート、ついでにいくつかフィルも叩《たた》いてみる。でもすぐにやめてしまった。予想をはるかに超《こ》えて自分が下手くそだったからだ。

ドラムスって——なんというか、腕《うで》の良《よ》し悪《あ》しが音にダイレクトに反映されてしまう。たぶん、叩《たた》いた場所がそのまま音の発生する場所だからだろう。思《おも》い描《えが》いている音とは全然ちがう音が出てくる。普段《ふだん》シーケンサで打《う》ち込《こ》みのリズムパターンばかり鳴らしている身としては現実とのギャップに耐《た》えきれなかった。

あきらめて楽譜《がくふ》の整理をしていると、倉庫の戸がいきなり開いた。

振《ふ》り向《む》くと、廊下《ろうか》に立っていたその人物と目が合う。僕《ぼく》も彼女《かのじょ》も口を半開きにして固まってしまった。玄関《げんかん》口の生け花の前で見かけたあの女子生徒だった。

百合坂詩月《ゆりさかしづき》。

さっきはちらと見ただけだったので気づかなかったけれど、こうして対面してみると、目を合わせているのが申し訳なくなってくるくらい品の良《い》い女の子だ。和装に身を包み、たおやかな手つきで四季折々の花を入れているさまがありありと想像できる。

そんな華道《かどう》少女が、楽器倉庫なんかになんの用だろう。

「あ、あの」彼女《かのじょ》は困惑《こんわく》気味に言った。「華園《はなぞの》先生に言われて、片付けにきたんですけど」

「え？　あ、はあ」

「ひょっとしてもう終わっちゃってますか」

僕《ぼく》は倉庫内を見回し、彼女《かのじょ》の顔に目を戻《もど》した。

「うん、まあ、だいたい」

華園《はなぞの》先生に言われてきた？

つまり僕《ぼく》一人をこき使うのは忍《しの》びないからもう一人手伝いを手配してくれていたということか。そんな気遣《きづか》いができる人だとは思っていなかった。

「すみません、来るのが遅《おく》れちゃって」と彼女《かのじょ》は恐縮《きょうしゅく》する。

「いや、べつに、大丈夫《だいじょうぶ》だったから」申し訳なさそうにされるとこちらとしても少々返答に困ってしまう。

それにしても、いったいどういうつながりで華園《はなぞの》先生に片付けなんて頼《たの》まれたんだろう。この娘《こ》は音楽選択《せんたく》ではないはずだし（もし音楽選択《せんたく》だったら奇数《きすう》組だから僕《ぼく》と一緒《いっしょ》に授業を受けているはずなのだ）、華園《はなぞの》先生はクラス担任もしていないし。それにさっき玄関《げんかん》口で、僕《ぼく》を見知っているようなそぶりをみせていたけれど……。

色々と疑問は湧《わ》いたけれど、知らなきゃ困ることでもないので僕《ぼく》は黙《だま》って楽譜《がくふ》整理を続けながら彼女《かのじょ》の方をちらちらとうかがった。奇妙《きみょう》なことに、もう用事は終わっているのに百合坂《ゆりさか》詩月《づき》は倉庫の戸口に立ったままもじもじしていた。そこでようやく僕《ぼく》は、彼女《かのじょ》の視線がさっきから僕《ぼく》ではなくドラムセットにじっと注がれていることに気づいた。

なんだろう。そんなに珍《めずら》しいだろうか。音楽にあまり縁《えん》がない人間なら本物のドラムセットを見るのははじめてかもしれない。

食い入るように見つめる彼女《かのじょ》の視線があまりにも真剣《しんけん》そうだったので、僕《ぼく》は言ってみた。

「……叩《たた》いてみる？」

「いいんですかっ？」

彼女《かのじょ》はぱあっと顔を輝《かがや》かせ、倉庫内に入ってきた。

花鋏《はなばさみ》よりも重いものなど持ったこともなさそうな箱《はこ》入《い》り娘《むすめ》オーラの持ち主だったので、座《すわ》り方やペダル操作など基本的なことから教えてあげなきゃだめかな……と思っていたら、いきなり椅子《いす》の高さの調節を始めたので僕《ぼく》はびっくりする。腰《こし》を下ろした彼女《かのじょ》は手首の柔軟《じゅうなん》運動を軽くこなした後で、ぴんと背筋を伸《の》ばしてハイハットとキックのペダルに両足を置いた。スティックを握《にぎ》った両手がふうわりと持ち上がる。

倉庫内の空気が息苦しいほど濃密《のうみつ》になった。

百合坂詩月《ゆりさかしづき》の所作は——ある意味では僕《ぼく》の想像通りでありながら、その延長線上はるか先を行くものだった。花器の剣山《けんざん》に最初の一輪を立てるときのような繊麗《せんれい》かつ大胆《だいたん》な手つきで、ハイハットシンバルに一撃《いちげき》を打《う》ち込《こ》む。そこから花開いていくのは、ゴーストノートをふんだんにちりばめたきらびやかなシャッフルビートだ。

僕《ぼく》は目眩《めまい》をおぼえてふらりと後ずさり、楽譜《がくふ》棚《だな》に背中を預けた。

彼女《かのじょ》のほっそりした手に握《にぎ》られたスティックは、シンバルからタムへ、またシンバルへ、と蜜《みつ》を求める蝶《ちょう》のように柔《やわ》らかな動きで飛び回る。それでいて弾《はじ》き出《だ》されるサウンドは骨にまで響《ひび》く強さがある。

息を詰《つ》めて聴《き》き入《い》った。

テンポは変わらないのに、加速しているという感覚が僕《ぼく》をとらえた。この部屋だけが外界の時間の流れから切《き》り離《はな》され、押《お》し流《なが》され、ドアのすぐ向こうでは現実が静かに凍《こお》りつきつつあるような——

「……あっ」

彼女《かのじょ》はそう声を漏《も》らして手を止めてしまった。グルーヴが唐突《とうとつ》に消え、僕《ぼく》は崖《がけ》から放り出されたような気分を味わう。

「ごめんなさい、夢中になっちゃって」

申し訳なさそうに腰《こし》を浮《う》かせる彼女《かのじょ》に僕《ぼく》はあわてて言った。

「いや、べつにそんなの気にしなくていいよ。だれも使ってなかったドラムセットだし、巧《うま》い人に叩《たた》いてもらった方が楽器も喜ぶだろうし」

百合坂詩月《ゆりさかしづき》はぽかんとした顔になった。

「……楽器って喜ぶんですか？　ええと、人間みたいな心があるってことですか？」

軽口を掘《ほ》り下《さ》げられても困る。

「え、ええと、古くて良い楽器ならそういうことも……あるんじゃないかな……」

うろたえて目をそらしながらてきとうに答えた。詩月《しづき》はさらに嬉《うれ》しそうに言う。

「そうなんですか！　グレッチのラウンドバッヂですものね、音もかなり使《つか》い込《こ》んでいる感じだし、どうしてこんな良《い》いドラムセットが倉庫で眠《ねむ》ってたんでしょう」

「ラウ……ええと、なに？」

「バッヂの形ですよ、ほらこれ」

彼女《かのじょ》はスネアドラムの胴《どう》の側面を指さす。

小さな丸い金属盤《ばん》が貼《は》り付《つ》けられ、菊花章《きつかしょう》に似た突起《とっき》が中央部にあり、GRETSCHというメーカー名がそれを囲むようにして彫《ほ》り込《こ》まれている。

「60年代のグレッチはこのバッヂなんです。ヴィンテージですよ名品です私も叩《たた》いたことなかったです！　枯《か》れてるのに味が染《し》み出《で》てくるサウンドはグレッチならではですよね、手首へのリアクションもなんというかこう水に沈《しず》み込《こ》むような感触《かんしょく》でダブルストロークのときに鎖骨《さこつ》のあたりまで響《ひび》きが返ってくるのがたまらないです」

いきなり熱の籠《こ》もったトークをかまされてしまったが僕《ぼく》はドラムスにそこまで詳《くわ》しくないので気圧《けお》されるばかりだった。

何者なんだ、こいつ。ただの華道娘《かどうむすめ》じゃなかったのか。ドラミングも喋《しゃべ》っている内容も年季入りまくりだ。

「それにチューニングが完全にジャズ仕様ですね。私、ジャズドラムから教わったから音質がしっくりきます。好みを言えばもう少し硬《かた》めですけれど勝手にホールカットするわけにもいかないですよね……」

「ああ、うん、ジャズ出身なんだ？　言われてみればちょっとジェフ・ポーカロっぽい」

ドラムスの知識もそれなりにある振《ふ》りをしたいという我ながら実にくだらない虚栄心《きょえい》で、僕《ぼく》はとりあえず知っているドラマーの名前を挙げてみた。百合坂詩月《ゆりさかしづき》はぱあっと表情を輝《かがや》かせて腰《こし》を浮《う》かせた。

「ジェフは私の目標の一人です！　『ロザーナ』はもう何千回も練習しました、聴《き》いただけでわかるんですね、すごいです」

やばい、まぐれ当たりで要《い》らん過大評価をもらってしまったぞ。

それからの十数分間、僕《ぼく》は知ったかぶりが大罪であることを痛感させられる羽目になった。百合坂詩月《ゆりさかしづき》が七色のドラミングを披露《ひろう》しながら喜色満面で古今東西ドラマークイズをぶつけてくるのである。

「このフレージングだれの真似《まね》かわかりますかっ？　ヒントは顔です！」と彼女《かのじょ》は仁王《におう》像みたいなしかめっ面《つら》で言う。

「え、ええと。メタルっぽいね。……ラーズ・ウルリッヒ？」とりあえず知識内のいかつい系メタルドラマーの名前を言ってみた。

「ちがいますよ！　マイク・マンジーニですよ、ほら頭の上のキャノンタム叩《たた》く振《ふ》りしてるでしょう」知らねえよ。そんな常識ですよみたいな言い方されても困る。「じゃあ次の問題です。これからワンフレーズごとにスティックを投げるのでどれがチャド・スミスのスティック投げか当ててください！」

そう言って今度はやたらとファンキーなもたれ気味のパターンを叩《たた》き始める。しかも宣言どおり二小節ごとに休符《きゅうふ》を入れてそこでスティックを派手に天井《てんじょう》近くまで投げ上げ、見事にキャッチして次のフレーズへと進むのを繰《く》り返《かえ》すのだ。なんか動きを細かく変えてるけど区別つくわけないだろ。

「……今の、かな」と僕《ぼく》はてきとうなタイミングで言ってみた。

「ちがいますよ今のはYOSHIKIの投げ方です、回転が多かったし髪《かみ》を掻《か》き上《あ》げるアクションが入っていたでしょう？」いやだから知らんて。「それじゃあ次の問題です。『グッド・タイム・バッド・タイム』を演《や》りますけど最初はボンゾで、途中《とちゅう》からボンゾの息子《むすこ》さんのスタイルで叩《たた》くので切《き》り替《か》わったタイミングで挙手してください」わかるわけねえだろ！　あの親子めっちゃ演奏似てるんだから！

正答率ゼロに終わったクイズタイムの後、彼女《かのじょ》は申し訳なさそうに言った。

「ごめんなさい、私の真似《まね》が下手だったから全然伝わらなかったんですね……」

ものすごい理由で謝《あやま》られてしまった。なんと返していいのかわからない。でも僕《ぼく》が言葉に詰《つ》まっている間に百合坂詩月《ゆりさかしづき》は立ち上がった。スマホを取り出して画面を見る。

「もうこんな時間！　失礼します！」

彼女《かのじょ》はぺこぺこ頭を下げながら足早に倉庫の戸口に走り、廊下《ろうか》に一歩踏《ふ》み出《だ》したところで足をとめて振《ふ》り返《かえ》った。

「あ、あの」申し訳なさそうな上目遣《うわめづか》い。「楽しかったです。ありがとうございました」

「はあ」

僕《ぼく》のドラムセットではないし僕《ぼく》がなにかしたわけでもないしお礼を言われても。

「楽しかったんならまたしょっちゅう叩《たた》きにきていいよ」

いきなり彼女《かのじょ》の肩越《かたご》しにそういう声がして、彼女《かのじょ》は小さく跳《と》び上《あ》がるようにして廊下《ろうか》の方を向いた。華園《はなぞの》先生だった。

「あ――せ、先生、ごめんなさい、掃除《そうじ》なんて全然しないで遊んでました」

百合坂詩月《ゆりさかしづき》は縮こまる。華園《はなぞの》先生はにんまり笑って手を振《ふ》った。

「いいのいいの。真琴《まこと》ちゃんがひとりでやれたんならそれでOK。大した手間じゃなかったってことでしょ」

いやめちゃくちゃ大変でしたけど？　だれのせいですか？　あと真琴《まこと》ちゃんってなんだ、なぜにいきなり名前呼び？

百合坂詩月《ゆりさかしづき》は僕《ぼく》と先生に二度ずつ頭を下げ、廊下《ろうか》を走り去っていった。

「隣《となり》で聞いてたけど、いやーすごいプレイだったね」

見送った先生はうっとりした顔で言う。

「あんな細っこい身体《からだ》のどこから力出してんのって感じのパワフルさでね。東原力哉《ひがしはらりきや》も裸足《はだし》で逃《に》げ出《だ》すね」

「はあ。たしかにすごかったですけど」

「そこは『東原力哉《ひがしはらりきや》はもともと裸足《はだし》だろうが』って突《つ》っ込《こ》むところでしょ！」

「知らねえよだれだよ？」後で調べたら裸足《はだし》で演《や》ることで有名な大御所《おおごしょ》ジャズドラマーらしいんだけど百合坂詩月《ゆりさかしづき》といい華園《はなぞの》先生といい僕《ぼく》になにを期待してんの？

「詩月《しづき》ちゃんが暴れてもいいようにこの倉庫もう少し防音にしようかな。ドアに目張りして壁《かべ》に布張って——」

「ええと、何者なんですか、あの娘《こ》」

僕《ぼく》が訊《たず》ねると華園《はなぞの》先生は得意げに教えてくれた。

「1年3組の百合坂詩月《ゆりさかしづき》ちゃん。逸材《いつざい》っしょ。あたしの知り合いがやってる貸しスタジオに最近よくひとりで来てる娘《こ》で。ドラムスだからドアの外からでも巧《うま》いのがわかっちゃうわけよ。あんな若い女の子だし顔憶《おぼ》えちゃって」

「たしかに、あの歳《とし》なのに超《ちょう》ベテランドラマーみたいな腕《うで》でしたね。あれはいっぺん聴《き》いたら忘れないなあ」

「いや、可愛《かわい》かったから憶《おぼ》えたんだよ」

「ドラムスの話どこいったんだよッ?」

「速い曲叩いてるときに汗ばんだおでこに髪が張りつくの最高だよね……」

あんたのフェチなんて知ったことじゃないよ、ほんとにもう。

「でもまさかうちの高校だとはね。声かけてみたら向こうもあたしのことスタジオで何度か見かけてたみたいでさ。話してみたら音楽の趣味《しゅみ》合いまくりですっかり意気投合よ。惜《お》しいねえ、なんで音楽選択《せんたく》にしなかったのかな」

それは僕《ぼく》もちょっと疑問だった。

「んで、さっき華道《かどう》部の子たちに捕《つか》まってるところを見かけてさ。なんか面倒《めんどう》そうな話をされて困ってたみたいだから、頼《たの》んでた用事があるって嘘《うそ》ついて脱出《だっしゅつ》させてやったわけ」

「ああ、なるほど……」

ようやく話が見えた。それで倉庫の片付けの手伝いなんていう用向きでいきなりこの場所に現れたわけね。

それにしても、面倒《めんどう》そうな話ってなんだろう。あの後もしつこく華道《かどう》部に入れって勧誘《かんゆう》され続けてたのかな。あの性格じゃ、怒《おこ》らせても嫌《きら》われてもいいからズバっと断る——なんてできないだろうし……

「ところで真琴《まこと》ちゃん」と華園《はなぞの》先生が僕《ぼく》の物思いを遮《さえぎ》った。

「あの、なんですかその呼び方は」

「ムサオって呼ばれるの嫌《いや》なんでしょ。でも村瀬《むらせ》って呼ぼうとするとどうしてもムサオって言っちゃうから下の名前で呼ぶことにした。ムがついてると反射的にムサオになる」

「ええええ……そんな馬鹿《ばか》な。じゃあ……たとえば、二刀流で有名な剣豪《けんごう》の名前は？」

「ムサ本ムサオ」

「宮本《みやもと》はムがついてないでしょ！」

「東京の北の果てはムサオムサ山」

「武蔵村山市民《むさしむらやましみん》に謝《あやま》れ！　僻地《へきち》だってこと気にしてるんですよあの人たちは！」

「そこは『東京都の最北端《さいほくたん》は奥多摩《おくたま》だろうが』って突《つ》っ込むところでしょ」

「そんな正論がかわいそうな武蔵村山市民《むさしむらやましみん》の慰《なぐさ》めになると思ってるんですかっ？」

「真琴《まこと》ちゃんの方がよっぽど武蔵村山《むさしむらやま》に対してひどいこと言ってない？」

「んぐっ……」僕《ぼく》はしばし絶句した。言われてみれば。ごめんなさい。

「それで話を戻《もど》すとね、真琴《まこと》ちゃん」

華園《はなぞの》先生は小さな子供をたしなめるような口調で言った。これじゃまるで僕《ぼく》の方が話を脇道《わきみち》に迷《まよ》い込《こ》ませた犯人みたいじゃないか。いや、今回に限ってはその通りか？　憤懣《ふんまん》やるかたなかったけれど黙《だま》っているしかなかった。

「あたしの頼《たの》み事はどうなったのかな」

僕《ぼく》は目をしばたたいた。

「頼《たの》み事って……掃除《そうじ》ですよね？　済んでますけど」

「ちがうちがう、あたしのＤＳ！　見つけたの？」

「あー……」そういやそんな話もあったっけ。「完全に忘れてました。ほんと色んなものが出土したんでちょっと夢中になっちゃって」

「充電《じゅうでん》切れちゃう！　セーブしてない！」

「……なんでそんな状態で失《な》くすんですか」

「ここで遊んでたら教頭が急にやってきてあわてて隠《かく》したんだよ！　場所忘れたけど！」

掛《か》け値《ね》無しのろくでなし教師だった。

二人がかりで倉庫内を探し回り、ようやく書架《しょか》の下から見つけ出したときには、３ＤＳはすでに電池切れで冷たくなっていた。

「ううう……せっかくボスまで進めたのに……ダンジョンの最初からやり直しだよ」

「職務中にやるからそういうことになるんじゃないですかね……」

僕《ぼく》が指摘《してき》すると華園《はなぞの》先生はふくれっ面《つら》になって言った。

「ああそう！　わかった！　じゃあきちんと仕事休んでやり込《こ》むから！」

次の日、華園《はなぞの》先生はほんとうに休んだ。しかも僕《ぼく》にＬＩＮＥで『自習だから真琴《まこと》ちゃんが授業進めといて』などといって練習する曲の具体的な内容などを送ってきやがった。しかたなく、その日の音楽の授業は僕《ぼく》が教師代わりにピアノを弾《ひ》き合唱のパート練習と合わせ練習を指導し、ついでにDVDでチャイコフスキーのバレエを鑑賞《かんしょう》して解説までした。ひょっとしてこの先も華園《はなぞの》先生は授業を僕《ぼく》に全部任せてのんびり引きこもってゲーム漬《づ》けになるのでは、と背筋が寒くなった。

*

百合坂詩月《ゆりさかしづき》は放課後ちょくちょく楽器倉庫にやってきてはドラムを叩《たた》くようになった。

「やっぱり……いつも聴《き》いてくださる人がいると嬉《うれ》しくて……それにグレッチですし」

「いやちょっと待って、僕《ぼく》もいつもここにいるわけじゃないけど？」

指摘《してき》すると彼女《かのじょ》はものすごく哀《かな》しそうな顔になった。

「……そ、そうですよね、お忙《いそが》しいでしょうし……ごめんなさい」

こっちが申し訳なくなってきて、あわてて言った。

「ああ、うん、でもだいたい音楽室でピアノの練習してるから、なんか用があるなら呼んでくれれば」

そこで彼女《かのじょ》の顔に『用事がないと呼んじゃだめ……ですよね？』とでも言いたげな表情が浮《う》かんだので、さらに付け加えた。

「べつに大した用じゃなくても、ええとほら、ドラムクイズをしたいとかでも」

どうやら失言だった。詩月《しづき》は顔を輝《かがや》かせる。

「じゃあじゃあさっそくやりましょう！」

そう言って彼女《かのじょ》はひとしきり気だるげで重たいビートを叩《たた》く。

「はいっ、どっちのロジャー・テイラーかわかりますかっ？」

「どっち、って。ロジャー・テイラーっていったらクイーンのドラマーだよね？」

「ちがいますよ今のはデュラン・デュランのロジャー・テイラーです！　クイーンのロジャーはスネアを打つときにハイハットのオープンを重ねる癖《くせ》があるからすぐわかるでしょう？」

いや一つも知らんけど？

華園《はなぞの》先生から『ドラムは好きにカスタマイズしていい』とのお墨付《すみつ》きをもらったので、詩月《しづき》はバスドラムの皮に穴を開けると言いだし、専用器具を持ってきた。

「穴開けるとロック向きに音が変わるんだっけ？」

そこまでドラムスに詳《くわ》しくない僕《ぼく》はうろ憶《おぼ》えで訊《き》いた。

「はい。ジャズとちがってロックのバスドラはビートの土台ですから」

バスドラムというのはいわゆる『大太鼓《だいこ》』だ。普通《ふつう》の状態であれば深くて太い重低音が出る。しかしロックミュージックにおける基本的なリズムパターンではこのバスドラを踏《ふ》みまくるので、豊かな響《ひび》きよりも歯切れの良《い》いタイトな響《ひび》きがほしくなる。そこでどうするかというと、片側の皮に小さめの穴をあけて響《ひび》きを抜《ぬ》くのである。

知識としては持っていたけれど、実際に穴開けを見るのははじめてだった。ドラムヘッドを取り外し、カッターつきのコンパスで皮の中心から少しずれた箇所《かしょ》を直径20センチほどの正確な円形に切り取り、切り口の縁《ふち》を保護するためのゴムを取りつける。

「めっちゃ手慣れてるね」僕《ぼく》は感心して言った。「こういうのって楽器屋の人に頼《たの》んでやってもらうもんかと思ってた」

「お店で頼《たの》む人も多いと思いますけど」と詩月《しづき》ははにかむ。「お祖父《じい》さまが、音質に関わることは全部自分でできるようになっておけ、って」

聞けばお祖父《じい》さんがかなりの道楽人で、自宅にドラムセットとグランドピアノを備えたジャズサロンがあり、しかも茨城《いばらき》のけっこうな田舎《いなか》の広大な敷地《しきち》ど真ん中の屋敷《やしき》なので隣家《りんか》への迷惑《めいわく》など考えずに好き放題叩《たた》きまくれたのだという。やはり見た目通りの金持ちの家系だったわけか。めちゃくちゃうらやましい。

「私、お家騒動《いえそうどう》で家にいられなくなって、去年までお祖父《じい》さまのところに預けられていたんです。お祖父《じい》さまは百合坂《ゆりさか》家の中でも変わり者で、どちらの側にも味方しないということだったので安心して預けられたみたいで」

……ん？　なんか物騒《ぶっそう》な話が出てきたぞ？　お家騒動《いえそうどう》？

「毎日楽しかったです。お祖父《じい》さまはピアノも嗜《たしな》む方だったので、よくセッションしました。

ずっとあのお屋敷《やしき》で暮らしたかったです」

詩月《しづき》が幸せそうにつぶやくので、お家騒動《いえそうどう》がどうたらという話は放っておくことにした。詮《せん》索《さく》するのも失礼だし。

ホールカットしたドラムヘッドを胴《どう》に取りつけ直し、何度か叩《たた》いて音をたしかめてから詩月《しづき》は言った。

「やっぱりもう少しミュートしたいですね。詰《つ》め物《もの》しましょう」

胴《どう》内になにかを詰《つ》めるとさらに響《ひび》きが抑制《よくせい》されてキックが鋭《するど》くなる。普通《ふつう》は毛布を詰《つ》め物《もの》に使うのだけれど、そのとき詩月《しづき》がバッグから取り出したのはネコやクマやゾウの小さなぬいぐるみだった。ヘッドの穴から胴《どう》内に一つまた一つと押《お》し込《こ》んでいく。

「……え、え？　そんなの使うの？」

僕《ぼく》は驚《おどろ》いて訊《たず》ねた。

「はい。これがいちばんだってお祖父《じい》さまが教えてくださいました」

「いや、毛布とかでいいんじゃ……」

「自分の愛している物をミュートに使え、って。そうするとキックの一打一打に痛みが伝わってきてドラミングに心がこもるんだって」

「えええええ……。そんな話聞いたことないよ。ちなみにお祖父《じい》さんはなにを詰《つ》めてたの」

「お祖父《じい》さまはミュートしない方でしたから」

それ絶対てきとうなこと言ってただけだろ？

「小さなぬいぐるみは穴から入れやすいですし個数で微《び》調整がきくのでうってつけなんです」

なんかもっともらしいことまで言い出した。

「でも中でごろごろ動いちゃうと変な響《ひび》きになるんじゃ」

「そこは動きにくいようにこうしてネコさんの頭をゾウさんの後《うし》ろ脚《あし》に挟《はさ》んでそのゾウさんの鼻をクマさんの牙《きば》で固定して――」

おまえほんとにそれ愛してる物なの？

しかしバスドラムのチューニングを終えてまた叩《たた》き始めた詩月《しづき》のドラミングは明らかに向上していた。まるっきり別物だ。愛する物を痛めつける奏法がほんとに効果的なのか。僕《ぼく》もためしにやってみようかな。たとえば、ええと、苦労してオークションで手に入れたレアもののトレーディングカードをピック代わりにして弾《ひ》いたらギターがもっと巧《うま》くなったりとか……？

いやいや、そんなわけない。詩月《しづき》のドラムがぐっと良くなったのも、単純にサウンドが僕《ぼく》好みのロック向きに変わったってだけだ。

「すごくなじんできました」

そう言ってバスドラムのふちをなでる詩月《しづき》の手つきは犬でも愛《め》でているようだった。

「ミィちゃんや花子さんやプルリンくんやマイキーが中でがんばっているかと思うとキックの一打一打にも気合いがこもります」

名前までつけてるようなお気に入りをドラム内に放《ほう》り込《こ》んでぼこぼこ蹴《け》ってたわけ？

「真琴《まこと》さんのおかげですね。いい音になりました」と詩月《しづき》は僕《ぼく》に笑いかけてくる。

「いや、僕《ぼく》はなにもしてないけど」

「チューニングで意見を言ってくれたじゃないですか。ドラムスのチューニングって客観的に音を聴《き》くのが難しいから、耳役の人がいるとすごく助かるんです。このサウンドは真琴《まこと》さんのセンスですよ」

そういうものか。たしかにドラムスは音が大きいから、発音源の至近距離《きょり》にいるドラマーと、離《はな》れた場所で聴《き》くオーディエンスとでは音の受け取り方がちがうかもしれない。僕《ぼく》のセンス、とまで言われてしまうと照れるけれど。

「この子たちは真琴《まこと》さんが調教したと言っても過言じゃないです」

「過言だよ！　なんか人聞きが悪いからやめてよ！」

「ですから、その……」おい、変なタイミングで目を伏《ふ》せて顔を赤らめるな。「責任をもって今後ともよろしくお願いしますね」

「責任ってなにがっ？　あのさ、他にだれも聞いてないからいいけど、そういう――」

「毎回チューニングを手伝ってくださいってことですけれど……」

「え……あ、ああ、う、うん？　そういうことか」

「だって私ひとりじゃこの音にならないですよ。真琴《まこと》さんがそばで聴《き》いていてくれないと」

「でも僕《ぼく》も毎日ここに来るわけじゃないし……まあだいたい来てるけど、用事のある日だってあるわけで」

「スケジュールを教えてくだされば」

「べつに決まってるわけじゃ……」

その日の気分で、とっとと帰りたいときもあれば本屋に行きたいこともある。

「ああそうだ、LINEつないでくれれば簡単にやりとりできるよ」

すると詩月《しづき》は顔を曇《くも》らせた。

「私、携帯《けいたい》電話を持っていないんです」

「あ、そうなの、ごめん。……いまどき珍《めずら》しいね」

「母が、そういうのに……厳しくて」

彼女《かのじょ》は目を伏《ふ》せる。そこで僕《ぼく》はいつぞやの玄関《げんかん》口での華道《かどう》部員たちと詩月《しづき》とのやりとりを思い出す。お母さんが家元、とか言っていなかったか。華道《かどう》の家元というとたぶん古風で厳しい感じの母親なのだろう。

「そうだ、良《い》いことを思いつきました！」

詩月《しづき》は表情を明るくして両手をぽんと合わせた。

「放課後来られるかどうか、教室の窓に目印を出してください。廊下《ろうか》から見えますから」

彼女《かのじょ》のクラスは中庭を挟《はさ》んで反対側の校舎なのだ。

「目印ってどんな」

「表に『YES』裏に『NO』って書かれた枕《まくら》をこの間お店で見かけたので」

「絶対だめ!」どんだけ世間知らずなんだよ?

＊

凛子《りんこ》もあいかわらず放課後ちょくちょく音楽室に来ていたので、詩月《しづき》とはすぐに鉢合《はちあ》わせすることになった。五月はじめの金曜日、僕《ぼく》がいつものように楽器倉庫で詩月《しづき》のドラマークイズに付き合わされていると、背後の戸がいきなり開いた。

詩月《しづき》は叩《たた》くのをやめて目を見張った。戸口のすぐ外に立っていた凛子《りんこ》は腕組《うでぐ》みして僕《ぼく》と詩月《しづき》を二度見比べて言った。

「漫才《まんざい》中失礼するけれど」

「してねえよ」思わず即《そく》つっこみ。どこが漫才《まんざい》に見えるんだ。

「ああ、ごめんなさい。言い間違《まちが》えた。犯罪中失礼するけれど」

「訂正《ていせい》で悪化してんだけどっ?　ていうかほんとに犯罪中なら失礼してないですぐ止めろよ」

「ほんとうに犯罪中だったの?」

「いやそんな話はしてませんよっ?」

「じゃあパン材？」

「練ってないよ小麦粉もネタも！」

「じゃあ万歳《ばんざい》」

「ああそうですよお手上げですよ！」

「犯罪じゃないにしても――」

凛子《りんこ》は肩《かた》をすくめ、倉庫内を見回し、詩月《しづき》から僕《ぼく》へと視線を移して言葉を継《つ》ぐ。

「どう見ても不純異性交遊」「どこがっ？　ドラム聴《き》いてただけだろっ？」

「ああ言えばこう言う」「おまえがだよ！」

「本当に二人はただの校友？」「なにこれラップなのっ？」

「プレゼント・フォーユー」「全然脈絡《みゃくらく》ねえだろが！　ネタ切れになったからっててきとうに韻踏《いんふ》んで――」

ところが凛子《りんこ》はほんとうに僕《ぼく》にプレゼントを差し出してきた。僕《ぼく》は言葉を呑《の》み込《こ》んで目をぱちくりさせ、その小綺麗《こぎれい》な大判封筒《ふうとう》を受け取った。リボン柄《がら》のシールで封《ふう》をされている。

「……あー、ごめん。ほんとにプレゼントだったの？　ええと、とりあえずありがとう」

「開けてみて」

凛子《りんこ》に言われるままに封《ふう》を切ってみると楽譜《がくふ》が出てきて、隅《すみ》っこに華園《はなぞの》先生の字で『チア部に頼《たの》まれてた新しい応援《おうえん》歌なんだけど吹奏楽《すいそうがく》用にアレンジしておいて。どっちがやるか真琴《まこと》ちゃんと相談して決めてね』と書いてあって僕《ぼく》はハメられたことに遅《おそ》まきながら気づいた。

「ありがたく受け取った村瀬《むらせ》くんが担当するということで決定」

「卑怯《ひきょう》だろ！　なんか受け取っちゃうようにファンシーなラッピングまでして！」

「村瀬《むらせ》くんの優《やさ》しさ、信じてたから」

「そういう心あたたまる台詞《せりふ》はもっとまともな機会のためにとっといてくれないっ？」

「じゃあわたしの用事はこれだけだから。お邪魔《じゃま》みたいだし」

倉庫を出ていこうとする凛子《りんこ》の背中に詩月《しづき》が駆《か》け寄《よ》った。途中《とちゅう》でフロアタムの脚《あし》にけつまずいて転びそうになる。

「あ、あのっ、私が出ていきますごめんなさい、私の方こそお邪魔《じゃま》だったみたいで」

振《ふ》り向《む》いた凛子《りんこ》は心外そうに目をしばたたく。

「なにが邪魔《じゃま》なの？」

「えっ、だってその、真琴《まこと》さんとなにかお約束をしていたんじゃ」

「べつにしてない。村瀬《むらせ》くんとした約束は『わたし以外に性犯罪をしない』というのだけ」

「話が混乱するからやめてくれないかなっ？　そもそもそんな約束してないし！」

「じゃあわたし以外にも引き続き性犯罪するつもりなの？」

「よくそんだけ僕《ぼく》をおとしめる方向に話を誘導《ゆうどう》できるな」

「つまり、そのう」詩月《しづき》が横から言いにくそうに口を挟《はさ》んでくる。「お二人はお付き合いをされているわけですよね。放課後はいつもご一緒《いっしょ》で。それを私が邪魔《じゃま》してしまって」

「はあ？　……いや、全然そんな関係じゃないから」

「そうなんですか？　でもクラスの人たちもみんなそうだと言っていますけれど」

「え？　ちょっと待って、なんで僕《ぼく》が３組で噂《うわさ》になってんの？　僕《ぼく》のことなんて大して知らないでしょ？」

「そんなことありません。お二人とも有名人ですし。音楽選択《せんたく》じゃない人もみんな知っていますよ。あの屋上セッションとか話題になってましたし、仲の良《い》いカップルなんだなって」

「えええええ」僕《ぼく》は顔を手で覆《おお》った。しかし考えてみれば放課後に屋上で演《や》ったのだ。職員室まで聞こえていたんだから生徒もかなりの数が聞いていただろう。いや、演奏者が僕《ぼく》らだとはわからないはずでは？　……そんなことないな、反対側の校舎の三階からなら見えるか。

まあ凛子《りんこ》と付き合っているなんて誤解が広まったところで僕《ぼく》はべつに困らない。凛子《りんこ》の方は迷惑《めいわく》がるだろうけど。そう思って彼女《かのじょ》の顔をうかがうと、信じがたい表情がそこにあった。熟《う》れきった唐辛子《とうがらし》みたいに耳まで真っ赤になっていたのだ。

「……わたしと……村瀬《むらせ》くんが……？　そんなふうに思われてるなんて……」

声もだいぶ震《ふる》えている。唖然《あぜん》とするしかない。

「おまえ、あんだけ性犯罪どうのこうのって言いまくっておいて恥《は》ずかしがるポイントおかしくない？」思わず本音が口を突《つ》いて出る。

凛子《りんこ》は顔を紅潮させたまま上目遣《うわめづか》いで僕《ぼく》をにらんで言った。

「……村瀬《むらせ》くんは女心がわかっていないんだから」

捏造《ねつぞう》セクハラでひとを陥《おとしい》れるようなやつが女心なんて繊細《せんさい》な単語使わないでくれる？

「いやまあ付き合ってるなんて噂《うわさ》流されて恥《は》ずかしいのはわかるけどさ」

「べつに村瀬《むらせ》くんと付き合っていること自体は恥《は》ずかしくない」

「じゃあなんでそんなに真っ赤になってんの」

「村瀬《むらせ》くんの存在自体が恥《は》ずかしい」

「なんの話っ？　すっごい角度からいきなり攻撃《こうげき》が飛んできたんだけど？」

「なんだか落ち着いてきた。いつものように村瀬《むらせ》くんの名誉《めいよ》を傷つけたからかもしれない」

「名誉毀損《めいよきそん》してる自覚あったんだっ？」

「わたしが無意識にやっているとでも思っていたの？　なに考えてるの？」

「なんでちょっと怒《おこ》ってんだよ、もっと申し訳なさそうにしてろよ！」

ていうか今さら気づいたけど凛子《りんこ》はさっき『村瀬《むらせ》くんと付き合ってる』って言ってなかったっけ？　噂《うわさ》、じゃなくて、付き合ってる、って言い切っていたような……。いやいや、言い間《ま》違《ちが》いか聞き間《ま》違《ちが》いだよね？　こっちがうろたえてきた。

「冷静になってみれば、べつにわたしに実害はないし」と凛子《りんこ》が言う。「村瀬《むらせ》くんは？　わたしの恋人《こいびと》だと思われるのは困る？」

「いや……困りはしないけど」

「もう少し具体的に答えて。わたしの恋人《こいびと》だと思われるのは虫唾《むしず》が走る？」

「なんでそんな。べつにそこまで嫌《いや》じゃないよ」

「そこまで嫌《いや》じゃないというと、どのくらいまで嫌《いや》なの？」

「だからなんだよその訊《き》き方？　どのくらいっていうか、その、嫌《いや》ではないっていうか」

「つまりむしろ好ましいわけ？」

「……ううん、どちらかといえば」

再び凛子《りんこ》は耳まで赤くなった。ほんとなんなんだよ。

「そんなことを面と向かって言えるなんて。村瀬《むらせ》くんの言動が恥《は》ずかしい」

「おまえが言わせたんだろうが！」

「ほんとうにお二人は交際されていないんですか……？」詩月《しづき》がおずおずと口を挟《はさ》んでくる。

僕《ぼく》はむきになって言った。

「してるように見えんのっ？　これがっ？」

「はい、どう見ても」「わたしもそう見えると思う」おまえはしれっと平静な顔に戻《もど》って他人《ひと》事《ごと》みたいに言ってんじゃねえよ。その赤面はスイッチ式なのか？

詩月《しづき》はいそいそと立ち上がり、「それではほんとうにお邪魔《じゃま》みたいですので」と何度も頭を下げて倉庫を出ていってしまった。

残されたのは冷然とした凛子《りんこ》と困惑《こんわく》に溺《おぼ》れかけた僕《ぼく》と黙《だま》り込《こ》んだドラムセット。

「繊細《せんさい》すぎる」と凛子《りんこ》は詩月《しづき》が出ていった戸口を見て言う。「わたしが村瀬《むらせ》くんをいじめている間も気にせずドラムでも叩《たた》いていればよかったのに」

あなたは繊細《せんさい》さを分けてもらったらどうですかね？

「ところで村瀬《むらせ》くん。ひとつ気になったのだけれど」

「なんだよ」

「あの人……百合坂《ゆりさか》さん？　だっけ。あなたのことを下の名前で呼んでいた」

「えっ？　……あ、ああ、そういえば？」

最初から『真琴《まこと》さん』と呼ばれていた気がする。でもその呼び方が詩月《しづき》の雰囲気《ふんいき》にぴったりだったので今の今まで全然気にしていなかった。

「あれは、ええとそのう、華園《はなぞの》先生から僕《ぼく》の話を聞いてたからで、先生の呼び方がうつっちゃったんじゃないですかね」

僕《ぼく》は変な口調になりながら必死に言い訳したが、そもそもなぜ凛子《りんこ》に弁明しなければいけないのか自分でもよくわからなかった。

「ふうん」と凛子《りんこ》は疑わしげに僕《ぼく》を横目で見る。「それならいいけれど」

そしてなぜ凛子《りんこ》から赦免《ゆる》してもらわなければいけないのかもわからなかった。

「そういえばあなたはムのつく呼び方がきらいなんだっけ」

「いやべつにそういうわけじゃ」

「わたしも下の名前で呼んだ方がいいのかもしれない……」

あの、凛子《りんこ》さん、いきなりなにを言い出すんですか？

「真琴《まこと》くん」

「ひゃうっ？」

「真琴《まこと》くん？」

「は、はい」

「真琴《まこと》くん！」

「え、ええと」

「真琴《まこと》くん……」

「あの」

「やめた。虫唾《むしず》が走る」

「言い方ひどくないっ？」

「ああ、ごめんなさい。虫唾《むしず》にはムがついてるっけ」

「謝《あやま》ってほしいのはそこじゃねえよ！」

「それじゃ村瀬真琴《むらせまこと》くん、応援《おうえん》歌のアレンジはよろしく」

最後にいやな用事を思い出させ、凛子《りんこ》は楽器倉庫を出ていった。

＊

詩月《しづき》と凛子《りんこ》の衝突《しょうとつ》（？）はそのときだけに終わらなかった。

二日後の放課後、僕《ぼく》は音楽準備室で、翌日の授業に使う教材を用意していた。もちろん華園《はなぞの》先生が本来やるべき仕事を押《お》しつけられたのだ。どんよりした気持ちで退屈《たいくつ》な作業を続けていると、壁越《かべご》しに小気味よい三連バスのビートが聞こえてきた。詩月《しづき》だ。

気分転換《てんかん》になるのでありがたい。ドラムスに耳を傾《かたむ》け、ぼんやり手を動かしていると、今度は反対側――音楽室の方からピアノが鳴り始める。こちらもだれが演奏者かすぐにわかる。凛《りん》子《こ》だ。

驚《おどろ》いたことに、二人の演奏はぴったりシンクロしていた。凛子《りんこ》が弾《ひ》いているのはベートーヴェンの第一番、へ短調ソナタの猛烈《もうれつ》に速い終楽章だ。それが詩月《しづき》のメタリックなビートに乗って、僕《ぼく》の頭蓋《ずがい》の中を右から左へ左から右へと走《はし》り抜《ぬ》ける。あまりにも贅沢《ぜいたく》でアンバランスなステレオに頭がくらくらしてきた。お互《たが》いに相手の音を部屋一つ分の空間を隔《へだ》てて聴《き》いているわけだからそうとう合わせづらいだろうに、よくもここまでアンサンブルが乱れないものだ。これはいい退屈《たいくつ》しのぎになる。僕《ぼく》は機械的に手を動かしながら二人の演奏にしばらく聴《き》き入《い》っていた。

でも、退屈《たいくつ》な気持ちはまるで晴れてくれなかった。

おかしいな。こんなにすごい演奏を聴《き》かせてもらっているのに。——いや、すごいのはリズムがぴったり合ってることだけだ。正直なところ、面白《おもしろ》い演奏ではない。

そりゃあね、ピアノ独奏用に書かれたクラシックの曲だ。そこにドラムスをただ付け加えてすぐに完成度の高いアレンジになるわけがない。当たり前の話だ。

でも、と僕《ぼく》は思う。詩月《しづき》ならもうちょっとなんとかなるんじゃないのか。あれだけの技術を持っているドラマーなら、なんかこう僕《ぼく》には思いつきもしない叩《たた》き方で凛子《りんこ》のピアノを引き立たせることができるんじゃないか？　勝手な高望みだろうか。

展開部が終わりかけたところでいきなり凛子《りんこ》のピアノがぱったりと途絶《とだ》える。詩月《しづき》のドラムスも一小節半ほどオーバーランしてからつんのめるように止まった。

どちらの顔も見えていないけれど、詩月《しづき》の困惑《こんわく》しきった表情と、凛子《りんこ》の不満たっぷりの表情はありありと想像できた。

立ち上がり、音楽室に続くドアをそうっと押《お》し開《ひら》いた。

「村瀬《むらせ》くん、頼《たの》みがあるのだけれど」

「わぁっ」

ドアの向こうに凛子《りんこ》が立っていたので僕《ぼく》はびっくりして反《そ》っくり返りそうになった。

「百合坂《ゆりさか》さんに伝えてきて。三連符《ふ》が平べったすぎる。弱拍《じゃくはく》に気を遣《つか》って、って」

「……なんで僕《ぼく》が」廊下《ろうか》に出てちょっと行って曲がったところだろ。自分で言いにいけよ。

「わたしは慎《つつし》み深《ぶか》いから、ひとに一方的になにか要求するのは心苦しくて」

「その慎《つつし》み深《ぶか》さはなんで僕《ぼく》には適用されないのっ？」

「村瀬《むらせ》くんは特別なの。村瀬《むらせ》くんだからこそ頼《たの》んでいるの。わたしが頼《たよ》れるのは村瀬《むらせ》くんだけなの」

「なんかちょっと感動する話みたいに言ってんじゃねえよ」

とはいえ僕《ぼく》としても演奏の続きを聴《き》きたかったので、悔《くや》しさを噛《か》みしめつつ楽器倉庫に向かった。凛子《りんこ》の言葉を伝えると詩月《しづき》は目を丸くした。

「……わ、わかりました！　改善します！」

まさかこんなやる気満々で承諾《しょうだく》するとは思っていなかった。僕《ぼく》は不安と期待を半分ずつ抱《かか》えながら音楽準備室に戻《もど》った。

今度は主題提示がひととおり済んだところで演奏が止まってしまった。準備室のドアが開いて凛子《りんこ》が顔を出す。

「村瀬《むらせ》くん、百合坂《ゆりさか》さんに伝えてきて。ライドのエッジが全然足りない、って」

「だから自分で言えってば」

放置していると演奏が止まったままなので業《ごう》を煮《に》やしてまた倉庫に伝えにいった。

「やってみます！」

次は展開部の途中《とちゅう》でピアノがぶっつり止まって凛子《りんこ》が準備室に踏《ふ》み込《こ》んできた。

「村瀬《むらせ》くん、百合坂《ゆりさか》さんに伝えてきて。フィルは基本的に二小節ごと、手を抜《ぬ》かないでって」

もう音楽室と楽器倉庫を糸電話でつないでやろうかと思った。

「はい！　努力します！」

詩月《しづき》がまたも言いなりになるものだから悪循環《あくじゅんかん》である。僕《ぼく》は演奏が途切《とぎ》れるたびに音楽室と楽器倉庫の間を往復する羽目になった。

最終的に凛子《りんこ》はソナタを最後まで弾《ひ》ききることなく、不満げに「全然アンサンブルになっていない」と言い残して帰ってしまった。

「私のプレイ、全然だめでしたね……」

詩月《しづき》はすっかりしょげていた。しかし凛子《りんこ》の非難の言葉はみんな僕《ぼく》経由で伝わったものなわけで、もうすこしオブラートに包んでおけばよかった、と反省する。

「これじゃ、お二人の放課後のお時間を邪魔《じゃま》する資格なんてないです」

「邪魔《じゃま》って。べつに二人でなんかやってるわけじゃないし……」

僕《ぼく》の言葉も届かない様子で、詩月《しづき》は肩《かた》を落としたまま倉庫を出ていった。

この日を境に、詩月《しづき》はぱったり顔を見せなくなってしまった。

5　天使と芋虫《いもむし》

僕《ぼく》と詩月《しづき》は特段の関係でもないので、放課後姿を見せなくなったからといってわざわざ3組まで出向いて様子をうかがう理由もなかった。きっと飽《あ》きたのだろう、あるいは忙《いそが》しくなったか、それとも凛子《りんこ》にいじめられて嫌気《いやけ》がさしたか（これがいちばんありそう）。そう自分に言い聞かせ、なるべく北校舎には足を踏《ふ》み入《い》れないようにした。詩月《しづき》とばったり顔を合わせるのが怖《こわ》かったからだ。つまり、僕自身《ぼくじしん》が嫌《きら》われたのではないか――という可能性と直面したくなかったのだ。

ひとりになる時間が増えると、そういえば最近Ｍｕｓａ男チャンネルに動画をあげていないな、と思い出す。

そろそろ新曲を作るか、と自室に籠《こ》もってヘッドフォンをかぶり、ＰＣに向かった。でも、メロディもアイディアもさっぱり浮《う》かんでこない。シーケンサソフトの上をマウスカーソルでむなしく引っかくだけで時間が過ぎていく。

おかしいな。どうしたんだろう。昔はもっと、さらさら作業が進んだのに。

目を閉じてじっと意識の深くに沈《しず》んでいくと、聞こえてくるのはピアノとドラムスの火花を散らすせめぎ合いだ。

凛子《りんこ》や詩月《しづき》のプレイを間近で聴《き》いてしまった僕《ぼく》は、今まで自分がこうして真っ暗な部屋で背中を丸めてひとりで作ってきた音楽がなんだかちっぽけでつまらないものに思えてきた。

だめだ、今日はやめておこう。ヘッドフォンをむしりとり、PCを閉じる。

＊

詩月《しづき》との再会は例の凛子《りんこ》とのセッションから十日後、学校の外でだった。

僕《ぼく》はその日、学校帰りに新宿まで足を伸《の》ばしていた。華園《はなぞの》先生に届け物を頼《たの》まれていたからだ。段ボール箱を抱《かか》えて山手線《やまのてせん》に乗り、ドアにもたれかかって、線路沿いに並ぶスマホゲームや専門学校の広告看板をぼんやり眺《なが》める。ときおり車のルーフが午後の陽光を照り返してきて僕《ぼく》の目を刺《さ》す。こんなに気持ちよく晴れた日だからさっさと帰宅してギターケースやキーボードバッグの洗濯《せんたく》でもしようかと思っていたところ下駄《げた》箱の前で華園《はなぞの》先生につかまってしまったのだ。つくづく運が悪い。

「これ、新宿にある『ムーン・エコー』ってスタジオまで運んでくれる？」

先生はそう言って箱を押《お》しつけてきた。

「そこのスタッフの黒川《くろかわ》ってやつに渡《わた》して。行けばわかるから。急ぎでよろしくね」

中身は教えてくれなかった。

電車の振動《しんどう》を背中に感じながら、段ボール箱を観察する。ガムテープで雑に梱包《こんぽう》されている。容積の割には軽いので持ち運びは苦にならなかった。片手でも支えられるくらいだ。中で固形物が動く感触《かんしょく》もないし……なにが入っているのだろう。

音楽スタジオ『ムーン・エコー』は東新宿のオフィス街にあった。六階建てのビルひとつがまるごとスタジオで、地下にはライヴハウスも併設《へいせつ》されているという、僕《ぼく》みたいな音楽好きにとってはフロア案内板を眺《なが》めているだけでなんとなくわくわくしてくる場所だ。

かなり繁盛《はんじょう》しているスタジオらしく、ロビーはギターケースを担《かつ》いだバンドマンたちでごった返していた。一歩足を踏《ふ》み入《い》れた僕《ぼく》は胸がふさがれる甘《あま》く苦しい不思議な感慨《かんがい》をおぼえた。僕《ぼく》と同じように音楽に人生の大部分を捧《ささ》げている人々。けれど、彼《かれ》らが歌うのはカクテルライトが降り注ぐステージの上だ。一方の僕《ぼく》は閉めきった部屋に閉じこもってマウスを握《にぎ》りしめ、かちかちとシーケンサのピアノロール上に長方形を並べる作業。聴《き》き手はといえばPCモニタに映る動画の右下で空虚《くうきょ》に増えていく数字だけだ。

つまらない卑下《ひげ》を腹の底に押《お》し込《こ》め、ロビー左手のカウンターに足を向けた。行けばわかる、という華園《はなぞの》先生の言葉はたしかにあたっていた。黒川《くろかわ》という人物について名字以外に一切《いっさい》の情報を与《あた》えられていなかった僕《ぼく》だけれど、カウンター奥《おく》にいた若い女性がその人であることが一目で直観できた。華園《はなぞの》先生と雰囲気《ふんいき》がそっくりだったからだ。ぱっと目を惹《ひ》く派手な顔立ちに悪戯《いたずら》好きそうな目つき。白のワイシャツにしゅっとした黒のベストとスラックスというお堅《かた》そうな服装なのに、奔放《ほんぽう》な色香《いろか》がにじみ出ている。

「……あのう、すみません」

その女性に声をかけた。

「黒川《くろかわ》さんという方、ここのスタッフにいらっしゃいますか」

「……私ですが」

彼女《かのじょ》は少し不審《ふしん》げに答えた。それから僕《ぼく》の抱《かか》えた段ボール箱に目を落とす。

「ああ、ひょっとして美沙緒《みさお》に頼《たの》まれた？」

「そう、そうです」美沙緒《みさお》、というのは華園《はなぞの》先生の下の名前である。話が早くて助かった。

黒川《くろかわ》さんは僕《ぼく》をロビーの隅《すみ》っこに連れていき、箱を開いた。中から出てきたのは明るめのベージュ色のブレザーと赤白チェックのスカート、ギャザーたっぷりのブラウス。同じものが三そろい。学校の制服だろうか。それにしては派手すぎる気がするけれど——

「……あんたが着るの？」

いきなり黒川《くろかわ》さんに訊《き》かれて僕《ぼく》はのけぞった。

「え、な、なっ？　んなわけないでしょうっ？」

「いやなんかそんな顔してたから」

どういう顔だよっ？　僕《ぼく》そんなに顔に出てるの？　女装しそうな顔ってどんなの？

「まあ冗談《じょうだん》だけど」と黒川《くろかわ》さんはにこりともせずに言い添《そ》える。「今夜うちでやるライヴで急にこの手の衣装《いしょう》使うことになってさ、心当たりが美沙緒《みさお》しかいなかったんだよ。手間かけさせたね」

「はあ」

華園《はなぞの》先生はまたなんでこんな衣装《いしょう》を所持してらっしゃるのでしょうね？　これって学生服ではなくそれを模したアイドルコスチュームですよね？　あなた華園《はなぞの》先生と個人的に親しい間《あいだ》柄《がら》っぽいですけれどあの人のパーソナルな情報なにかご存じですよね？　弱みを握《にぎ》って立場を逆転させられそうなネタがあったら教えていただけませんかね？……と訊《き》きたい気持ちを僕《ぼく》はぐっと押《お》し殺《ころ》した。先生にばれたらなにをされるかわかったものじゃない。

「そんで美沙緒《みさお》から言われてるんだけど、荷物運びしてくれたあんたにお礼をって」

「え？　……あ、はあ。……べつにその、おかまいなく」

「ライヴが終わったらこの衣装《いしょう》あげるってさ」「いらねーよ！」「終わるまで待っててもらうのもあれだし観《み》てく？　ワンドリンク込《こ》みで2000円だけど」「金とるのっ？　そっちはお礼に含《ふく》めないんですかっ？」

あきれて帰ろうとしたとき、なにかが僕《ぼく》の視界の隅《すみ》っこに引っかかった。

足を止めて振《ふ》り向《む》くと、ちょうどロビー奥《おく》の『A1スタジオ』と書かれた防音扉《とびら》に入っていく見慣れたブレザーの後ろ姿が見えた。

思わず二度見した。扉《とびら》はすぐに閉じて人影《ひとかげ》を遮《さえぎ》ってしまう。

僕《ぼく》がいま着ているのと同じ、うちの高校のブレザーだった。下はスカート。腰《こし》までありそうな長い黒髪《くろかみ》。

見憶《おぼ》えがあった。

「……知り合い？」と黒川《くろかわ》さんが僕《ぼく》の視線に気づいて訊《き》いてくる。「そういや制服同じだったね、あの子と」

「あ、いや、知り合いかどうかは……」

僕《ぼく》はロビーを横切ってA1スタジオに近づく。扉《とびら》には小さな菱形《ひしがた》の窓が切られている。でも中をのぞき込《こ》むのはマナー違反《いはん》な気がする。全然知らない人だった場合に気まずいし。

そんなふうに悩《なや》んでいる僕《ぼく》の耳に、激しいビートが飛《と》び込《こ》んできた。ドア越《ご》しでも顔の皮膚《ひふ》が震《ふる》えるほどの音圧、ワンバスとは思えない粒立《つぶだ》ったキックの連打。室内をのぞくまでもなく、間違《まちが》いようもなかった。うちの高校の制服を着た女の子でこんなドラミングができる人間が二人もいるわけがない。詩月《しづき》だ。

なんでこんな場所で練習してるんだ？　ああ、そういえば——華園《はなぞの》先生が詩月《しづき》を見知ったのは知り合いの経営する貸しスタジオでのことだったって言ってたっけ。この店のことだったわけだ。

それにしたって、学校の楽器倉庫で演《や》ればいいのに。スタジオ代も浮《う》くし、楽器だって倉庫にあるやつの方がずっと上物だ。やっぱり凛子《りんこ》にいびられたのを気にしているのか。

「あの、あそこの部屋——」

黒川《くろかわ》さんにそう訊《き》きかけ、口をつぐんだ。何時まで使っているのかなんて店の人から聞き出すのはまずいか。個人情報みたいなものだし。

「あの子なら一時間とってるけど」黒川《くろかわ》さんはあっさり教えてくれた。いいのかよ？

「じゃあ、ええと、ちょっとロビーで待たせてもらっていいですか」

「いいけど……こっそり待《ま》ち伏《ぶ》せってこと？　ばれないように変装する？」

だからなんでその衣装《いしょう》を着せようとするんだよ？

僕《ぼく》はロビーの隅《すみ》っこに縮こまって息を殺して待った。棚《たな》に置いてあったギター専門誌をめくりながら、奇異《きい》の視線が向けられていないかどうか周囲をしつこくうかがう。僕《ぼく》は用事を頼《たの》まれてここに来てちょっと時間を潰《つぶ》してるだけであって別に女の子の出待ちなんていうストーカーじみたことをしてるわけじゃないんですよ、と無言で必死に言い訳をする。もちろんロビーにたむろするバンドマンたちは自分の輝《かがや》かしいモテモテステージライフのことしか頭にないので僕《ぼく》なんかに注意を払《はら》うわけがない。自意識過剰《かじょう》だ。

およそ一時間後——16時56分ごろを見計らって席を立った。

Ａ1スタジオの扉《とびら》にそれとなく注意を払《はら》いながら、カウンターの上に積まれたライヴのチラシなどを読む振《ふ》りをする。仕事中の黒川《くろかわ》さんが僕《ぼく》に怪訝《けげん》そうな目を向けてくる。これはですね、つまり、スタジオから出てきた詩月《しづき》に自然な感じで発見してもらいたいわけですよ、僕《ぼく》は用事で偶然《ぐうぜん》ここに居あわせただけで待ち構えていたわけじゃないっていう体でね。

スタジオの防音扉《とびら》が開くときの、気圧が変わる感覚がやってきた。

僕《ぼく》はそちらを見ないようにとつとめてチラシに視線を集中させた。さりげなく。気づかないふりをして。向こうから気づいてもらうように。

「……真琴《まこと》さんっ？」

声がした。予期していても身体《からだ》がびくっとなってしまう。見やると、やはり詩月《しづき》だった。通学鞄《かばん》を手に、ロビーを横切って足早にこちらにやってくる。激しい練習の直後だからだろう、顔が汗《あせ》ばんで上気している。

「どうしてこんなところに」と詩月《しづき》は戸惑《とまど》いの目になる。

「……え、えっと、僕《ぼく》は華園《はなぞの》先生に頼《たの》まれて……そっちこそどうして」

驚《おどろ》いた演技をしている僕《ぼく》の横からカウンター越《ご》しに黒川《くろかわ》さんが口を挟《はさ》んでくる。

「四時からずっと待ってたよ。あんたに話があるらしくて偶然《ぐうぜん》のふりして声かけてもらいたかったみたい」ちょっと黒川《くろかわ》さんっ？　なんで台無しにするんですかっ？　ああもう華園《はなぞの》先生の知り合いって時点でもっと警戒《けいかい》しておくべきだったよ！

「……私に、話、ですか」

詩月《しづき》は目をしばたたく。ちょっと怯《おび》えているように見えるのは気のせいだと信じたい。

「あ、ええと、うん、そのう」

「痴話《ちわ》げんかは外でやれとまでは言わないけどお会計は先に済ませてくんない？」と黒川《くろかわ》さん。痴話《ちわ》げんかじゃねえと言い返すこともできなかった。ごめんなさい、と詩月《しづき》はカウンターに走っていってスタジオ代を払《はら》ってから僕《ぼく》のそばまで戻《もど》ってきた。

「……それで、話って」

「そのう、最近倉庫にドラム叩《たた》きにこないからどうしてるのかなって思って」

僕《ぼく》らはロビーの隅《すみ》っこで立ち話。場所をあらためてするほどの話ではないけれど、ソファを占拠《せんきょ》するのも申し訳ない。

「凛子《りんこ》さんにみっともないドラムスを聴《き》かせてしまって、とても恥《は》ずかしくて。合わせられるようになるまであそこには顔を出せないです」

「そんなん気にしなくても。セッションするための場所じゃないんだし」

「でも、真琴《まこと》さん。正直におっしゃってください」

詩月《しづき》は上目遣《うわめづか》いで声を絞《しぼ》る。

「あのときの私の演奏、凛子《りんこ》さんにまったく合っていませんでしたよね……？」

こういうところでさらっと嘘《うそ》をつければ僕《ぼく》ももうちょっと要領よく世間をすいすい泳いでい

けるのだろうと思う。でも無理だった。とくに音楽に関しては、まず表情に正直に出てしまう。目をそらしても遅《おそ》かった。

「……うん、まあ。……合ってなかったけど。でも二人で演《や》ってたんだから片方だけの責任ってわけでも」

「私の演奏だけがだめでしたよね？　自分でもわかってます」

だからそんなに顔を近づけてきて直球で訊《き》くなよ？　表情に出ちゃうんだから。ああそうですよ、おっしゃる通りです。あのときの詩月《しづき》のドラミングはたしかに冴《さ》えなかった。最初から面白《おもしろ》みがなかったし、凛子《りんこ》からの要求があれこれ出てきてからはどんどん萎《しぼ》んでいった。

「あれは、ほら、凛子《りんこ》がいちいち細かく注文つけたから悪かったんじゃないの」

「凛子《りんこ》さんの注文は全部とても的確でした。応えられなかった私の落ち度です。聴《き》いていた真《ま》琴《こと》さんにもわかっているはずです」

なんで僕《ぼく》が責められてるみたいな雰囲気《ふんいき》になってんの？

「もっと特訓して、あのピアノにも合わせられるような腕《うで》になってからお二人の午後を邪魔《じゃま》しにいきますから！」

二人の午後って表現やめてくれない？　変な誤解を招きそうで。

「あのさ、何度も言ってるけど僕《ぼく》と凛子《りんこ》はべつに放課後二人でなにかやってるわけじゃないし、凛子《りんこ》だって音楽室にいるときもいないときもあるし」

「それでは凛子《りんこ》さんにもYESとNOが書かれた枕《まくら》を」

「絶対やめて！」

「あっ、そうだ、忘れるところでした」詩月《しづき》はぽんと両手を打ち合わせた。「枕《まくら》は必要ないんでした。私、携帯《けいたい》電話を買ってもらったんです」

「……へっ」

詩月《しづき》が鞄《かばん》から取り出したのはまぎれもなくスマートフォンだった。カバーもつけていないし、液晶《えきしょう》画面には出荷《しゅっか》時の保護フィルムが貼《は》ってあるままだ。

「先週お母様が買ってくれたんです」

僕《ぼく》は目をぱちくりさせる。なんでいきなり買ってもらえたんだろう。娘《むすめ》のしつけに厳しい古風な母親ではなかったのか。いや、それは僕《ぼく》の勝手な想像か。

彼女《かのじょ》はアプリのインストール方法もよくわかっていなかったので、その場で教えてLINEを入れてもらった。認証《にんしょう》にちょっと手間取ったけれど、無事に友だち登録完了《かんりょう》。最初の一人が僕《ぼく》でいいのだろうか、なんだかうまく言いくるめて女の子のLINEゲットしたみたいじゃないか、という思いが胸をちくりと刺《さ》す。

友だちリストにぽつんと表示された僕《ぼく》のIDを見て詩月《しづき》は顔をほころばせる。

「憧《あこが》れでした。真琴《まこと》さんとLINE……」

LINEになにか変な幻想《げんそう》を抱《いだ》いてるんじゃないだろうか。ただの連絡《れんらく》手段だぞ？

「なにかあったら気軽に送ってよ。文章打つのめんどいならスタンプでも」

「スタンプも憧《あこが》れでした！　どうやったら使えるんですかっ？」

教えてやると、詩月《しづき》は目をきらきらさせてショップを検索《けんさく》した末、かわいらしくデフォルメされた動物たちがヘヴィメタルなかっこうをしているという趣味《しゅみ》丸出しのスタンプを買って、さっそく無意味に僕《ぼく》へと送信しまくってきた。しばらくプッシュ通知音が鳴り止《や》まない。

「真琴《まこと》さんも私になにか送ってくださいませんか！　なんでもいいです、どんなスタンプでも私うれしいです！」

衝動買《しょうどうが》いしてはみたものの使いどころがなくていまだにだれにも送ったことがない『ダンゴムシのお腹側で百面相』スタンプを送りつけてやろうかと僕《ぼく》が思案していると、詩月《しづき》が急に視線を持ち上げて僕《ぼく》の肩越《かたご》しに店の入り口を見やった。その顔がこわばる。

「……お母様……？」

振《ふ》り向《む》くと、和装の中年女性がしずしずと店内に踏《ふ》み入《い》ってくるところだった。周囲の客たちもそのあまりに場違《ばちが》いな気品あふれる装《よそお》いと所作にあっけにとられている。詩月《しづき》のつぶやきを聴《き》き取《と》るまでもなく、面差《おもざ》しですぐにわかった。彼女《かのじょ》の母親だ。

「詩月《しづき》さん」

氷を踏《ふ》み割るような声で詩月《しづき》の母親は言った。

「こんな場所に出入りしていたのですね。最近お稽古《けいこ》に遅《おく》れてばかりで、なににうつつを抜《ぬ》かしていいるのかと思えば」

詩月《しづき》はすっかり縮こまって僕《ぼく》の背中に隠《かく》れんばかりだったけれど、それでも気力を振《ふ》り絞《しぼ》って訊《たず》ねる。

「お母様、ど、どうしてここにいるって知って——」

詩月《しづき》の母親は質問には答えず、ただ軽蔑《けいべつ》しきった視線を詩月《しづき》の手のひらのスマートフォンに向けただけだった。僕《ぼく》はぞっとした。この女、スマホにGPS追跡《ついせき》設定を最初から仕込《しこ》んでいたのか？ 放課後の寄り道先を探《さぐ》るためにわざわざ娘《むすめ》に買《か》い与《あた》えたのか。

僕《ぼく》の猜疑《さいぎ》の目に気づいたのか、詩月《しづき》の母親がこちらをじっとりとにらんできた。

「……詩月《しづき》がいつもお世話になっています。同学年の方？」

「え、ええ、はい」

慇懃《いんぎん》な口調がかえって怖《こわ》い。

「詩月《しづき》は当流の名跡《みょうせき》を継《つ》ぐ身です。高校卒業後すぐにも師範免状《しはんめんじょう》をとるため、今年からお稽《けい》古《こ》の日を増やしております。音楽という趣味《しゅみ》はまことにけっこうでございますが、今後は詩月《しづき》がおつきあいできる機会はないかと存じます」

深々と頭まで下げられたので寒気が止まらなかった。詩月《しづき》？ おい詩月《しづき》なんで黙《だま》ってんだよなにか言えよ？ と彼女《かのじょ》に目配せしてみるけれど、唇《くちびる》を震《ふる》わせて硬直《こうちょく》するばかりでなにも反応がない。

そうして百合坂《ゆりさか》親娘はタクシーで帰っていってしまった。

後部座席のドアが閉まる瞬間《しゅんかん》の、詩月《しづき》が僕《ぼく》に向けてきた申し訳なさそうな顔が忘れられず、その日はずっと気分が悪かった。

＊

翌週、登校してみると玄関《げんかん》の生け花がまた新しくなっていた。

先週までのものと打って変わって惹《ひ》かれるところのない一鉢《はち》だったので、詩月《しづき》の作品ではないんだろうな、とガラスケースをのぞきこんでみると、ネームプレートに『百合坂詩月《ゆりさかしづき》』と書いてあってびっくりする。こんなぱっとしないのがあいつの作品なのか。なんかこう、教則本に書いてあるとおりにやりました、みたいな感じだ。いや、僕《ぼく》が華道《かどう》に詳《くわ》しくないから見分けられないだけで、これはこれで高度なできばえなのだろうか。

でも自分の感情に嘘《うそ》はつけない。

小綺麗《こぎれい》にまとまってはいるけれど、まったく心動かされない一鉢《はち》だった。

もしはじめて見た詩月《しづき》の生け花がこれだったとしたら——と僕《ぼく》は思う。

その後すべて同じ展開をたどって楽器倉庫で彼女《かのじょ》と出くわしていたとしても、ドラムを叩《たた》いてみるかなんて言い出しはせず、黙々《もくもく》と作業を終わらせ、そのまま彼女《かのじょ》と別れて家に帰っていただろう。彼女《かのじょ》が凄腕《すごうで》のドラマーだなんてことも知るよしもなく、それからの接点もなにひとつないままに。

そうだ。あの日僕《ぼく》を捉《とら》えたのはなによりも花だったのだ。ガラスの檻《おり》の中で息苦しいほどに燃える小さな世界。

彼女《かのじょ》はどうなってしまったのだろう。

スタジオ『ムーン・エコー』で別れて以来、詩月《しづき》とは顔も合わせていないしLINEでの連絡《れんらく》もなかった。複雑そうな家庭の事情で、他人が踏《ふ》み込《こ》んでいい領域じゃなさそうだったし。

そんな僕《ぼく》にできることといえば、休み時間のたびに渡《わた》り廊《ろう》下《か》を通ってわざわざ北校舎のトイレに行くことくらいだった。

せせこましい努力が実り、昼休みに階段の踊《おど》り場《ば》で詩月《しづき》に遭遇《そうぐう》した。

「……あ……」

詩月《しづき》は階段を一歩下りたところで僕《ぼく》に気づいて足を止めた。僕《ぼく》は踊《おど》り場《ば》の壁《かべ》に手をついて彼《かの》女《じょ》を見上げ、我ながら情けないくらいぎこちなく笑《え》みをつくった。

「久しぶり」

そう言ってみると、返ってきたのはよそよそしい会《え》釈《しゃく》だった。

詩月《しづき》が肩《かた》から提《さ》げているクリアケースの中には、剪定鋏《せんていばさみ》や錐《きり》や針金といった道具が納められているのが見えた。

「あ、ええと、華道《かどう》部に行くとこ？」

「え、ええ」詩月《しづき》は申し訳なさそうにうなずいた。「また教えてほしいと先輩方《せんぱいがた》に頼《たの》まれたので、少しだけ」

先約があるならしょうがない。僕《ぼく》の方にはとくに用事がないのだ。いや、用事などないように装《よそお》ってこっちの校舎に来たのだ。

「そっか、うん、がんばって」

手を振《ふ》って踵《きびす》を返《かえ》し、階下に向かおうとすると、足音が追いかけてくる。

「待ってください真琴《まこと》さんっ」踊《おど》り場《ば》まで三段飛ばしで下りてきた詩月《しづき》が僕《ぼく》につかみかからんばかりの勢いで言った。「先週はっ、そのっ、すみませんでした！」

僕《ぼく》は面食らって背後の壁《かべ》に頭をぶつけそうになる。

「……え、ええと？　……謝《あやま》られるようなことはなにも」

「スタジオでお見苦しいところを……」

「そんなの気にしてないってば。むしろ心配してた。あれ、お母さんだよね？　あの後怒《おこ》られたの？」

「ええ……」詩月《しづき》は答えにくそうに目を伏《ふ》せた。「音楽なんかにかまけて本業をおろそかにするな、って」

本業って華道《かどう》のことか。まだ高校生なのに。

「もうあのスタジオにも行けませんし、ドラムスは……あきらめるしかないです」

「なんでッ？」思わず乱暴な声が出る。「あんなに上手《うま》いのにもったいないよ。スタジオが親バレしただけでしょ？　他の場所で練習すれば――ていうか倉庫にドラムあるんだから」

詩月《しづき》は首をすくめて声を絞《しぼ》る。

「凛子《りんこ》さんにお聴《き》かせできるレベルではないですし……。お花も音楽も両方やろうなんて、どちらも中途半端《ちゅうとはんぱ》になるだけだからやめておけ、と芸の神さまがおっしゃっているのかも」

そんな神さまいねえよ、いたとしても黙《だま》らしとけ、と言いそうになるのをぐっとこらえる。怒《おこ》っているのが自覚できた。凛子《りんこ》のときと同じだ。才能を持っているのに使わずに死蔵しているやつを見ると、凡才《ぼんさい》としては身がよじれるほど腹立たしいのだ。

「華道《かどう》の方が、そんなに大事？　人生全部犠牲《ぎせい》にしなきゃいけないレベル？」

ひどく意地の悪い言い方になっていることに、このときの僕《ぼく》はまだ気づけていなかった。詩《し》月《づき》は縮こまる。

「……家業ですから……」

「でも、あんまり好きじゃないんじゃないの？」

「そっ、そんなことはっ」

「だっていま玄関《げんかん》に飾《かざ》ってあるやつ、先週のに比べてあんまり――」

僕《ぼく》は我に返って口をつぐんだ。さっきからなに言ってるんだ僕《ぼく》は？　華道《かどう》のことも詩月《しづき》の個人的な事情もまるで知らないくせに、どういう筋合いで叱《しか》ってるんだ。恥《は》ずかしくなって詩月《しづき》に顔を向けられず、踊《おど》り場《ば》の壁《かべ》に額を押《お》しつけてぐんにょり後悔《こうかい》する。

「……いや、あの、ごめん、……なんにも知らないのにえらそうなこと言って」

「いえ……」詩月《しづき》はもじもじと複雑そうな苦笑いを浮《う》かべてつぶやいた。「やっぱり見てわかってしまうんですね。今週の霞草《かすみそう》と香篆桑《こうてんぐわ》と満天星《どうだんつつじ》、だめでしたか」

「だめってわけじゃなくて、そのぅ」僕《ぼく》は言いよどむ。「すごく綺麗《きれい》にできてたと思うけど先週のやつの方が派手で好きだったかな、って……」

「私も自分でそう思います。先週、華道《かどう》部の顧問《こもん》の先生に言われたんです。華美《かび》すぎる、自分の指導方針とちがう、演出を手伝うならもっと高校生らしいのにしろ、って。それで今週は先生の方針に合わせてみたんですけれど……私も未熟ですね……」

僕《ぼく》はしばし言葉を失った。そういう意図なのであれば、未熟どころか完璧《かんぺき》に目的を達成していたといえる。いかにも高校生の部活らしい、余裕《よゆう》も冒険《ぼうけん》心も感じられないお手本通りの一鉢《はち》だった。かといってそんな感想を正直に言えるはずもない。

「これからはお花にもっと身を入れなきゃ、ですね」

詩月《しづき》の顔には、冬の朝の窓ガラスに張った霜《しも》みたいにもの悲しい笑《え》みが浮《う》かぶ。

「でも、真琴《まこと》さんに聴《き》いてもらったり、凛子《りんこ》さんとセッションできたのはすごく楽しかったですし、これからも——たまにでいいですから、お二人で一緒《いっしょ》になにか演《や》ってください。遠くから聴《き》かせてもらいます」

そう言って詩月《しづき》は頭を下げ、僕《ぼく》の傍《かたわ》らを通り過ぎて階段を下りていった。

足音が聞こえなくなり、昼休みの学校の騒《さわ》がしい空気が僕《ぼく》のまわりに戻《もど》ってくる。僕《ぼく》は踊《おど》り場《ば》の壁《かべ》に後頭部をぐりぐりとこすりつけ、黒ずんだ天井《てんじょう》を見上げ、ため息をついた。

＊

凛子《りんこ》に詩月《しづき》のことを話してみると、蔑《さげす》みの目で見られた。

「なにも言い返せずにすごすご引《ひ》っ込《こ》んだわけ？　信じられない。いつも要《い》らないことまでべらべら喋《しゃべ》るその舌は肝心《かんじん》なときになにも役に立たないの？」

「なんでそこまで言われなきゃいけないんだよ」

「あれだけの腕《うで》の持ち主が音楽をあきらめようとしてるのに、なんとも思わないの」

それだけの腕《うで》の持ち主のおまえも音楽あきらめかけてたよね？

「いやまあ、もちろん惜《お》しいと思ってるよ。すごく。でも僕《ぼく》なんかが口出ししていいものかわからなくて、とっさになんにも言えなくて……。ていうか」

僕《ぼく》は不思議に思って凛子《りんこ》の顔をうかがう。

「あれだけの腕《うで》、って、詩月《しづき》のことそんなに認めてたの？　こないだ一緒《いっしょ》に演《や》ったときにはほろくそに言ってなかったっけ」

「ぼろくそになんて言っていない」と凛子《りんこ》は唇《くちびる》を不機嫌《ふきげん》そうにひん曲げる。「気になったところに注文をつけただけ。応えられるだけの能力があると認めている相手でなければ、そもそも注文なんてつけない」

「……そりゃそうか」

「わたしが普段《ふだん》から村瀬《むらせ》くんをぼろくそに言っているように見えるのも、気になったところに注文をつけているだけ。応えられるだけの能力があると認めている相手でなければ、そもそも注文なんてつけない」

「……そりゃそうか。……じゃねえよ！　だまされるところだったよ！　普通《ふつう》にぼろくそに言ってるよねっ？」

「それで百合坂《ゆりさか》さんはこのままにしておくわけ？」

僕《ぼく》の抗議《こうぎ》をいつものように完全無視して凛子《りんこ》は言った。僕《ぼく》は頭を掻《か》く。

「このまま……。ううん……」

「あなただって百合坂《ゆりさか》さんとやりたいから夜な夜な倉庫に連れ込《つこ》んでやらせてたんでしょう」

「夜じゃないし連れ込《つこ》んでないし演《や》りたいのも音楽だから！　人聞き悪すぎ！」

そのとき僕《ぼく》らが話していたのはいつもの放課後の音楽室で、二人の他にはだれもいなかったので僕《ぼく》の社会的立場はかろうじて無事だった。

「それで？　どうせ女に見境のないあなたのことだから百合坂《ゆりさか》さんのLINEなんかもゲット済みなんでしょう？」

「見境ないってなんだよ。……LINEは、まあ、登録したけど」

「ほら見なさい」

「だからなんでっ？　だいたい女に見境ないなら真っ先におまえの連絡先《れんらく》ゲットしてるはずじゃない？」

「それもそうか」

腕組《うでぐ》みで納得《なっとく》されてしまったが一体なんなんだこの会話は？

それから凛子《りんこ》はいきなり憤然《ふんぜん》と眉《まゆ》をつりあげて言う。

「わたしの連絡先《れんらく》も知らないくせに百合坂《ゆりさか》さんのは知っているわけ？　信じられない」

「その怒《おこ》り方はますます意味わかんないんだけどっ？」

僕《ぼく》に向かって凛子《りんこ》の手が差し出される。

「スマホ貸して」

「……なんで？」

「わたしが百合坂《ゆりさか》さんにLINEする。あなたは言うことを思いつかないんでしょ」

「えええええ……それはどうなの……」

「大丈夫《だいじょうぶ》。どんなにひどいセクハラ発言や悪趣味《あくしゅみ》なスタンプも完全にあなたのふりをして送るから」

「全然大丈夫《だいじょうぶ》じゃねーわ！」

「でもあなたのＩＤからこのわたし冴島凜子《さえじまりんこ》がセクハラ発言を送る方が百合坂《ゆりさか》さんにとっては事態が意味不明でさらに大きな混乱を来《きた》すのではないかと思うけど」

「セクハラしなきゃいいだけじゃないですかねッ？」

「たしかにそう。じゃあセクハラ発言はしないという条件でスマホを貸してくれるということで決まり」

決まりなの？　なんで？　どういう理屈《りくつ》で？

けれどなんかもう色々面倒《めんどう》くさくなっていた僕《ぼく》はスマホのロックを外して凜子《りんこ》に手渡《てわた》した。

待ち受け画像を見た凜子《りんこ》は眉《まゆ》をひそめる。

「なにこの怖《こわ》い顔の鳥。変な趣味《しゅみ》」

「ハシビロコウかわいいだろ！　ほっとけよ！」

ＬＩＮＥを起動した凜子《りんこ》は、ひとしきり操作した後でスマホを僕《ぼく》に突《つ》き返《かえ》してきた。画面を見ると、こんな送信済みメッセージが表示されている。

『1年4組の冴島凜子《さえじまりんこ》です。故《ゆえ》あって村瀬真琴《むらせまこと》くんのスマホから連絡《れんらく》します。わたしと村瀬《むらせ》くんの関係については深く詮索《せんさく》しないでください。ドラムスをやめる件について話がありますので明日の放課後に楽器倉庫まで来てください』

……関係を詮索《せんさく》うんぬんのところ要《い》らなくない？　これじゃかえって深読みされるような。

「それで、呼び出してどうするの」

「きまっているでしょう。セッション。あなたもギターとエフェクターを持ってきて」

*

翌日は朝から湯冷ましのようなぬるい雨が降っていた。

僕《ぼく》は愛用のワッシュバーンの白いシングルカットをソフトケースに入れて家を出た。持っているギターの中ではいちばん音に癖《くせ》がないやつだ。なにを演《や》るのか凜子《りんこ》が教えてくれなかったので中庸《ちゆうよう》なのを選ぶしかなかったのだ。

濡《ぬ》れないようにとビニルカバーをかぶせたギターは、通勤通学客が鮨詰《すしづ》めになった埼京線《さいきようせん》車内ではたいへんな迷惑物《めいわく》で、僕《ぼく》はドアにへばりつきながら内心まわりの乗客たちに必死に謝《あやま》り続けていた。

教室でも注目を浴びてしまう。

「村瀬《むらせ》それギター？」「弾《ひ》けんの？」

「見して見して」「なんか弾《ひ》いて」

……こうなるから教室には持ってきたくなかったのだけれど、雨で遅刻《ちこく》寸前だったのでしょうがない。幸い、一限目のチャイムがすぐに鳴って、みんな自分の席に戻《もど》った。僕《ぼく》もギターをあわててロッカーと壁《かべ》の隙間《すきま》に隠《かく》し、席に着く。

授業中はぼんやりと、霧雨《きりさめ》に煙《けむ》る窓の外を眺《なが》めていた。

中庭を隔《へだ》てた向こう側で、北校舎の壁面《へきめん》がさざ波に洗われている。廊下《ろうか》の窓の連なりはまるで映画のフィルムを貼《は》り付《つ》けたみたいに見える。窓一枚がひとつのコマだ。校舎の右端《みぎはし》から左端《ひだりはし》まで、上映時間でいえばほんの一秒半くらいだろうか。

休み時間のたびにスマホを取り出してＬＩＮＥを確認《かくにん》する。

詩月《しづき》からの返信は、昨日から変わらず一つだけだ。『わかりました』。

文字だけのやりとりでは、彼女《かのじょ》がどんな気持ちでその文章を打ったのかわからない。驚《おどろ》いているのか、当惑《とうわく》しているのか、怯《おび》えているのか。

放課後を待つ間、僕《ぼく》の時間は窓ガラスを伝う雨粒《あまつぶ》のように流れていった。ゆっくりと這《は》い落ちていき——かと思えば一息に滑《すべ》り落《お》ち——その繰《く》り返《かえ》し。待ち遠しいような、それでいて怖《こわ》いような、複雑な気持ちのせいかもしれない。

凛子《りんこ》は詩月《しづき》になにをさせるつもりなのだろうか。

いやもちろんドラムスを叩《たた》かせるんだろう。それはわかっている。でも演奏一つでどうこうなる問題なのだろうか。僕《ぼく》が凛子《りんこ》を屋上に引きずり出したあのときは、彼女《かのじょ》が抱《かか》えていたのは個人的で精神的な問題に過ぎなかった。ところが詩月《しづき》のそれは家庭の事情や今後の人生が深く関わっている。セッションしたくらいでなにか変わるのか？　そして、変えようとするのが果たして正しいことなのか？

チャイムが鳴る。

生徒たちが椅子《いす》を引くやかましい音が僕《ぼく》の意識を埋《う》める。僕《ぼく》は考えるのをあきらめて席を立ち、ギターを隠《かく》し場所《ばしょ》から取り出して教室を出た。

楽器倉庫には詩月《しづき》が先に来ていた。仰向《あおむ》けにしたバスドラムのそばに膝《ひざ》をつき、ドラムヘッドをはずそうとしているところだった。

傍《かたわ》らにはもう一枚、穴のあいていない新品の皮が置いてある。

僕《ぼく》に気づいて手を止めた詩月《しづき》は、申し訳なさそうに会釈《えしゃく》してきた。

「あ、真琴《まこと》さん」

「なにしてんの」

「勝手に穴をあけてしまったので元に戻《もど》そうかと」

「なんで？　べつに大丈夫《だいじょうぶ》だよ、他に使う人もいないんだし」

「でも私ももうここでドラムスは——」

「いや、いや、だってLINE見たよね？　今日これから凛子《りんこ》とセッションなんだって、僕《ぼく》もギター持ってきたし」

詩月《しづき》は目を丸くする。あれ、と僕《ぼく》は思った。驚《おどろ》くところか？

「……セッション……なんですか？　話がある、って書いてあったから……」

僕《ぼく》は天井《てんじょう》を仰《あお》いだ。メッセージの文面を思い出す。そういえば演奏しようなんて一言も書いてなかったっけ。正直に書いてしまうと来ないかもしれないと考えたのかな。いやいや、あんな威圧《いあつ》的な文章で呼び出すくらいなら素直《すなお》に一曲演《や》ろうと誘《さそ》った方がずっとましだ。というか詩月《しづき》もよく来る気になったな。

「セッションしたいんだって。だからドラムスのセッティング戻《もど》してよ。チューニングも手伝うから」

「……でも……」

詩月《しづき》はがらんどうのバスドラムのふちに爪《つめ》を立ててうつむく。

僕《ぼく》は取り出してあったぬいぐるみをまた胴《どう》内に戻《もど》してフープとヘッドを取りつけ、ボルトを締《し》め直した。

「チューニングはどんな感じにするの？」とわざとらしいくらい明るい声で訊《たず》ねた。こういうときは演《や》るか演《や》らないか迷う余地を与《あた》えないように、演《や》ることは既成《きせい》事実みたいな雰囲気《ふんいき》で現実的な話をどんどん進めるのが効果的なのだ。たぶん。

「え、えっと」詩月《しづき》の目にたまった戸惑《とまど》いの色も心なしか薄《うす》らいでいる。「どんな感じといわれても……曲はなにをやるんですか。それに合わせないと」

「いや、実は僕《ぼく》も知らないんだ」

今さらながら凛子《りんこ》に腹が立ってくる。曲も教えてくれないってなんだよ。しかも手伝う僕《ぼく》にまで隠《かく》してるなんて。おまけに呼びつけておいて本人は姿を見せないし。

しかたなく、いつものように僕《ぼく》の好みでてきとうにチューニングを済ませ、セッティングする。ハイハットペダルを何度も踏《ふ》み込《こ》んで硬《かた》さをたしかめる詩月《しづき》は、氷の張った池を渡《わた》るときみたいな不安げな顔だった。

それから自分のギターを取り出す。倉庫の隅《すみ》にうずくまっていたローランドのギターアンプにエフェクターを介《かい》してつなぎ、電源を入れる。

僕《ぼく》の音もどうすりゃいいんだ？　ドラムス以上に、ギターは曲がわからなきゃ音の選びようもない。

そのとき、かすかなピアノの音が聞こえてきた。

静かにつま弾《び》かれるアルペッジョ。ゆったりと二小節ごとに移ろい翳《かげ》る簡素な和声進行を、ただそっと踏《ふ》んでいくだけ。

凛子《りんこ》だろう。二つ隣《となり》の音楽室で弾《ひ》いているのだ。それにしても。

これだけじゃなんの曲かわからない。詩月《しづき》に目を向けてみると、彼女《かのじょ》もドラムセット前の椅《い》子《す》に座《すわ》ってスティックを握《にぎ》ったまま、困惑《こんわく》の視線を返してくる。

でもやがて彼女《かのじょ》は息を詰《つ》め、凛子《りんこ》のピアノに寄《よ》り添《そ》うようにしてビートに踏《ふ》み込《こ》む。最初はなんの飾《かざ》り気《け》もない2&4。壁越《かべご》しに伝わってくる凛子《りんこ》の不満げな様子を感じ取ったのか、ループの二巡《じゅん》目からキックに十六分の裏を入れる。べったりと足の裏を地面につけるような鈍《にぶ》い歩みが、わずかに軽くなる。

ようやく曲がわかった。ドラミングが落ち着いてきているから詩月《しづき》も同じだろう。そして、凛子《りんこ》が事前に曲目を教えなかった理由も、このギターとエフェクターで僕《ぼく》がなにをするべきなのかも、わかった。

エフェクターのセッティングを手早く終えた僕《ぼく》は、穏《おだ》やかなリズムのステップを乱さないようにと一旦《いったん》音量をゼロにまで絞《しぼ》る。ギターストラップを肩《かた》にかけ、つぶやくようにして歌い始める。ドラムスに潰《つぶ》されないように、けれど響《ひび》きを濁《にご》さないように、抑《おさ》えた声で。

君といるとき、目を合わせられなかった
君は天使みたいだった、肌《はだ》もまぶしくて見ていると泣けてきた
君は美しい世界で羽のように舞《ま》っていた
君みたいに僕《ぼく》も特別になりたかった、でも——

レディオヘッド『クリープ』。

今や音楽の海の最北端《さいほくたん》を常に切り拓《ひら》きながら進み続ける砕氷船《さいひょうせん》のごときモンスターバンドである彼《かれ》らが、まだオックスフォードの頭でっかちで背伸《せの》びがちな若者五人に過ぎなかった頃《ころ》の曲。トム・ヨークが大学のベンチで、青春を満喫《まんきつ》する恋人《こいびと》たちを横目に鬱々《うつうつ》としながら書き上げた歌だ。レディオヘッドを形づくり、押《お》し流《なが》し、呪《のろ》い、縛《しば》りつけた歌。

凛子《りんこ》の遠いピアノに合わせて口ずさみながら、僕《ぼく》はこの歌ができあがっていく過程を思《おも》い浮《う》かべる。トムの弾《ひ》き語《がた》りのデモテープを聴《き》き、コリンとフィルが簡素で推進力のあるリズムの土台をつくり、エドが細やかな水泡《すいほう》のようなクリーントーンのアルペッジョでコードをなぞる。みんな予感していただろう。これはなかなかの曲になる。ライヴに客を呼べるキラーチューンになりそうだ。メロディも甘《あま》くてキャッチーだし、歌詞もフックがある。

でもバンドの五人目、ジョニーは不満げに他のメンバーの背中をにらみ、自分のテレキャスターを見下ろす。

ここに俺《おれ》のギターをどう合わせろっていうんだ？　お行儀《ぎょうぎ》良くロングトーンを重ねる？　オブリガートで歌の隙間《すきま》を埋《う》める？　どう合わせたって普通《ふつう》の曲になるだけじゃないか。打ち上げ花火みたいにヒットチャートを上って下って消えて忘れ去られておしまいだ。それでみんな満足かよ？

俺《おれ》はいやだ。ぶっ壊《こわ》してやる。

凛子《りんこ》が僕《ぼく》に求めている役割もまさにそれだ。無防備な状態で歌の中に放《ほう》り込《こ》んで、ゼロから湧《わ》き上《あ》がってくる衝動《しょうどう》のままに、破壊《はかい》させる。だから曲目を前もって教えなかった。エネルギーが鈍《にぶ》ってしまうから。

いいだろう、やってやる。

エフェクターのペダルをいっぱいに踏《ふ》み込《こ》んで音圧を上げる。空気の分子の一粒《つぶ》一粒《つぶ》が昂《たか》ぶって震《ふる》えるのを僕《ぼく》は感じる。隣《となり》の詩月《しづき》も身をすくませるのがわかる。彼女《かのじょ》だってもちろんこの曲を知っている。コーラス直前の二小節でなにが起きるのかを、よく知っている。

ピックで弦《げん》をえぐった。

限界までディストーションを噛《か》ませたその音はもはや楽音ではなく、脱線《だっせん》寸前の列車の車輪が線路を掻《か》きむしるときのような危険な予兆に満ちた悲鳴だった。一度だけではなく、裏拍《うらはく》にこじ入れるようにして二度。コーラスの叫《さけ》びを導くために三度。ミュートを解放し、オープンコードを掻《か》き鳴《な》らした。激情のままに声を振《ふ》り絞《しぼ》る。

でも僕《ぼく》は糞虫《クリープ》だ

気持ち悪いひねくれ者なんだ

いったい僕《ぼく》はなにをやってるんだろう

ここは僕《ぼく》の居場所じゃないのに

気づけば、歌はそれでも壊《こわ》れていない。倉庫の壁《かべ》がひび割れそうなほどのディストーションで力任せにストロークし、潰《つぶ》されないようにと吼《ほ》え叫《さけ》んでいるのに、僕《ぼく》の歌の足下《あしもと》でビートはかき消されるどころかいっそう力強く歩みを進めている。ピアノだけのときにはなかったライドシンバルのきらめきと輪郭《りんかく》のはっきりしたキックの重みが歌を支えている。隣《となり》に目をやると銅色の羽ばたきの向こうに詩月《しづき》の横顔がある。汗《あせ》が長いまつげを光らせている。どんな感情もその顔からは読み取れない。音楽がみんな吸い取ってしまっているからだ。

　信じられないことに、歌の合間にピアノもまだ聴《き》き取《と》れた。僕《ぼく》らと凛子《りんこ》との間はこんなにも遠く、たくさんのコーラスは身がちぎれそうな思いだった。

　二巡《じゅん》目のコーラスは身がちぎれそうな思いだった。すぐ真横から詩月《しづき》の荒々《あらあら》しいリズムが押《お》し寄《よ》せてくる。ピックを握《にぎ》る指は血まみれになり、卑屈《ひくつ》な詩句のひとつごとに喉《のど》が渇《かわ》きで引きつって痛む。歌声を途《と》切《ぎ》れさせればその隙《すき》にピアノの潮流が押《お》し寄《よ》せてきて僕《ぼく》の音域を浸《しん》蝕《しょく》していく。

　もう詩月《しづき》の方を見る必要はなかったし、余裕《よゆう》もなかった。彼女《かのじょ》の想《おも》いは衝突《しょうとつ》を繰《く》り返《かえ》すサウンドの手応えではっきりと伝わってくる。そう、衝突《しょうとつ》だ。合わせるなんて馬鹿馬鹿《ばかばか》しい。他のパートに合わせて叩《たた》くなんてドラムスじゃない。お互《たが》いに叩《たた》きつけ、傷つけ、貪《むさぼ》り、奪《うば》いあいながらひとつになっていくのが音楽のほんとうの姿だ。それぞれが我《わ》が儘《まま》で激しい奔流《ほんりゅう》であればあるほど、ぶつかりあったときにはより力強く大地を割って走るひとつの大河になれる。

そうして僕《ぼく》ら三人を呑《の》み込《こ》んだ河は、平原を突《つ》っ切《き》って河口に至り、広い海へと解き放たれた。長く長く続く残響《ざんきょう》を惜《お》しむように、僕《ぼく》はフィードバック音のため息をできるだけ引き延ばす。凛子《りんこ》のピアノストロークは寄せては返す波を形づくる。詩月《しづき》の刻むシンバルロールが波間に溶《と》ける光の粒《つぶ》となって散っていく。僕《ぼく》は最後の詞節をもう一度だけ虚空《こくう》に吐《は》きかける。

ここは僕《ぼく》の居場所じゃない――

フットボールとナイトクラブと恋《こい》とボランティア活動に夢中な大学生たちの間に、トム・ヨークの居場所はなかった。でも彼《かれ》は錆《さび》とヤニと電気のにおいの立ちこめるスタジオの中に自分の場所を見つけた。けっして居心地《いごこち》がいいだけではない場所。身も心も削《けず》りあう敵でもあり戦友でもある四人が、一緒《いっしょ》にいてくれる場所。レディオヘッド。

僕《ぼく》はギターの音量をゼロまで絞《しぼ》った。狭《せま》い倉庫の中に張《は》り詰《つ》めていたものが薄《うす》らいでいく。詩月《しづき》はシンバルを手のひらで押《お》さえて響《ひび》きを止める。遠くからのピアノの音も壁《かべ》に吸い取られて消えてしまう。

僕《ぼく》はふうっと息をつき、ピックを胸ポケットに滑《すべ》り落とし、ギターのネックを握《にぎ》った左手をほどこうとした。でも指が痙攣《けいれん》して弦《げん》にはりつき、うまく動かせなかった。にじんだ汗《あせ》が指板に光の模様をつくっている。

なんとか引《ひ》き剝《は》がしてスラックスで手のひらをぬぐった。

ギターを肩《かた》からはずそうとしたとき、ちょうど立ち上がった詩月《しづき》と目が合う。

彼女《かのじょ》の顔も桜色に上気していて、それが恥《は》ずかしげな薔薇色《ばらいろ》へと変わる。そそくさと立ち上がった彼女《かのじょ》はスティックをそろえて両手に持つと、僕《ぼく》に向かって深々と頭を下げた。

「……お手合わせ、ありがとうございましたっ」

「え？　……あ、う、うん、こちらこそ」

思ってもみなかった反応だったので間の抜《ぬ》けた返事しかできなかった。しかも詩月《しづき》はそのまま鞄《かばん》にスティックをしまうと、そそくさと倉庫を出ていってしまった。

取り残された僕《ぼく》はぽかんとしたままギターを抱《かか》えて立《た》ち尽《つ》くすばかりだった。

演奏は、うまくいった——はずだ。

だからといって、なにか状況《じょうきょう》が変わるときまっていたわけではないのだけれど。期待しすぎだっただろうか。

へたりこんでギターをおろし、弦《げん》をクロスで丁寧《ていねい》に拭《ふ》いてケースにしまった。

倉庫のドアが乱暴に開いた。詩月《しづき》が戻《もど》ってきたのかと思って振《ふ》り向《む》くと、大股《おおまた》で入ってきたのは凛子《りんこ》だった。怒《いか》りもあらわに倉庫内を見回して言う。

「百合坂《ゆりさか》さんは？」

「……帰ったけど。……なんで怒《おこ》ってんの？　演奏だめだった？」

「完璧《かんぺき》だった。激しすぎて窒息《ちっそく》しそうだった」

「じゃあいいじゃん」

「よくない。この後わたしのお説教が炸裂《さくれつ》する予定だった」

「お説教って……なに言うつもりだったの」

「ほんとうは音楽が大好きなくせにつまらない個人的事情で無理にあきらめようとするなんてばかばかしいって」

おまえ自分を棚《たな》に上げてよく言えるね？

「しょうがないから代わりに村瀬《むらせ》くんに説教する」

「なにを」

「ギターはまだいいけれど歌が全然聞こえなかった。真面目に歌っていたの？」

「そっちまで聞こえるわけねーだろ！」ドラムスとギターが大音量で鳴ってるそばでマイクもなしなんだぞ？　二つ隣《となり》の部屋まで聞こえたら怪奇《かいき》現象だ。

「百合坂《ゆりさか》さんには聴《き》かせておいてわたしには聴《き》かせないっていうの？」

「なんなんだよその怒《おこ》り方？　……聴《き》きたかったんなら、ええと、今ここで歌おうか？　ギター一本の弾《ひ》き語《がた》りでいいなら」

凛子《りんこ》は顔を歪《ゆが》めた。それはもう、食べ終わった後の皿の底にゴキブリを見つけたときみたいなひどい顔だった。

「遠慮《えんりょ》する。気持ち悪い。女の目の前で『クリープ』を弾《ひ》き語《がた》りしようなんて正気なの？　恥《はじ》というものを知らないわけ？　女性へのプレゼントとしては最悪から数えて五番目くらいに恥《は》ずかしいと思う」

いやそりゃあの歌詞だから言いたいことはわかるけど言い方をもっと選んでくれない？

「……参考までに四番以降も教えてくれないかな」

「四番目は『俺《おれ》の人生を変えた映画リスト』。三番目は『君の好きなところ100』がびっしり書かれたオリジナルマグカップ。二番目は」

「ちょっとごめんもうおなかいっぱい！　訊《き》いた僕《ぼく》が悪かった！」

＊

諸々《もろもろ》の答えは、翌週登校してきたところで玄関口《げんかんぐち》に見つけた。

下駄《げた》箱正面に飾《かざ》られた生け花だ。目にした瞬間《しゅんかん》、唖然《あぜん》として立《た》ち尽《つ》くしてしまう。

ガラスケースがない。白布をかけた台の上に大鉢《おおばち》が置かれ、白樺《しらかば》の枝が大胆《だいたん》に束ねて立てられ、そのまわりを石楠花《しゃくなげ》の真紅《しんく》が踊《おど》っている。とてもケースに収まりきらない規模の作品だから取《と》り払《はら》うしかなかったのだろうけれど、まるで花と枝の生命力が強すぎてガラスを内側から突《つ》き破《やぶ》ってしまったみたいな印象を受ける。それでいて野卑《やひ》さはまったくない。遠くの惑星《わくせい》で人知れず繁茂《はんも》する森――そんな一鉢《はち》だった。

枝振《えだぶ》りが大胆《だいたん》すぎて、脇《わき》に置かれた制作者のネームプレートがほとんど隠《かく》れてしまい、最後の『月』の一文字しか見えない。でもまあ、わざわざ確認《かくにん》するまでもない。

僕《ぼく》は花の前をわざとゆっくり通り過ぎて階段に向かった。目をそらした隙《すき》に花も枝も生長しているのではないかという妄想《もうそう》にとりつかれてしまい、何度も振《ふ》り返《かえ》る。くすんだ白と鮮《あざ》やかな赤のコントラストがいつまでも目に残った。


放課後、楽器倉庫でギターアンプの手入れをしていると、戸が勢いよく開いた。

「お邪魔《じやま》します！」

勇ましく踏《ふ》み込《こ》んできたのは詩月《しづき》だった。

鞄《かばん》とはべつに布製の手提《てさ》げを持っていて、ドラムスティックのみならずマレットやブラシなども入れてあるのが見える。ドラムスの様々な特殊《とくしゆ》奏法に使うばちだ。

「遠慮《えんりよ》なくお二人の大切な放課後の時間を邪魔《じやま》しにきました！」

「……はあ」

また来てくれたのはうれしいけれど。

「何度も言ってるけどべつに凛子《りんこ》とは毎日なんかやってるわけじゃないし、来てない日の方が多いよ」

「それじゃあ今日は真琴《まこと》さんと二人だけということですね、それはそれで好都合です！」

なにが好都合なのか訊《き》こうとしたとき、壁《かべ》の向こうからピアノが聞こえてきた。

音楽準備室を隔《へだ》てているとはとても思えないほどはっきりしたフォルテシモのオクターヴ連打だった。ショパンの葬送《そうそう》ソナタの終楽章。凛子《りんこ》だ。……なに怒《おこ》ってるんだあいつ？

僕《ぼく》の疑問は横殴《よこなぐ》りに響《ひび》いてきたドラムスにかき消される。詩月《しづき》が凛子《りんこ》と張り合うように叩《たた》き始めたのだ。凶暴《きょうぼう》で完璧《かんぺき》なアンサンブルに挟《はさ》まれた僕《ぼく》は擂《す》り潰《つぶ》されそうだった。どう考えても邪魔《じゃま》なのは僕《ぼく》の方だ。

しかたなく、気づかれないように忍《しの》び足《あし》で倉庫を出た。ギターもマイクもない。演奏技術もない。太刀打《たちう》ちできない。這いずる虫《クリープ》に過ぎない今の僕《ぼく》は、家に帰ろう。暗い部屋で曲を作り、指に血をにじませて練習し、はるか空高く舞《ま》う天使たちを見上げて心に誓《ちか》うのだ。いつか羽化《うか》してそこまで昇《のぼ》っていってやる、と。

Paradise NoiSe
Akane Kudou

6　ハスキーヴォイスの座敷童《ざしきわらし》

最近気づいたのだけれど、僕《ぼく》が特に好むヴォーカリストは声質に一定の傾向《けいこう》があった。

まず大前提として、パワフルな声でなくてはいけない。ハードロックを聴《き》いて育ったからだろう、線の細い声はあまり心に響《ひび》かない。

次に、少年のようないとけなさが残る声でなくてはいけない。ただひたすらに太く逞《たくま》しいだけの声には魅力《みりょく》を感じない。どこか遠いものへの憧憬《しょうけい》を感じさせてほしい。

そして、ときには翳《かげ》りを作り出せる声でなくてはいけない。どこまでも澄《す》み切《き》って朗々と伸《の》びていくことしかできない声では、僕《ぼく》のいちばん深いところまで届かない。

最後に、女性的な色彩《しきさい》が含《ふく》まれる声でなくてはいけない。甘《あま》さと苦さ、鋭《するど》さと優《やさ》しさの混在が響《ひび》きの魔力《まりょく》を生み出すのだ。

これらをすべて兼《か》ね備《そな》えた歌声の持ち主など、そうそういるはずもない。

だから、フレディ・マーキュリーが死に、マイケル・ジャクソンも死に、チェスター・ベニントンも死んでしまった今、理想のヴォーカリストを見つけ出せる機会はもう永遠にやってこないと思《おも》い込《こ》んだのも無理はないだろう。

ところが、僕《ぼく》はあっさりと巡《めぐ》り逢《あ》ってしまう。

信じられないことだけれど、とても身近な場所——スタジオ『ムーン・エコー』で。

＊

詩月《しづき》の一件以来、僕《ぼく》は『ムーン・エコー』にちょくちょく通うようになっていた。

例の『クリープ』セッションで自分のギターの下手くそさを痛感させられたので、少しは真面目に練習しようかと思い立ったのである。エレクトリックギターという楽器はアンプにつながずに弾《ひ》いているとミスタッチや甘《あま》いピッキングが自覚できず、効果的な練習にならない。ヘッドフォンを使えば自宅でもできるのだけれど、たまには爆音《ばくおん》を肌《はだ》で感じながら思いっきり弾《ひ》きまくってみたかった。

スタジオ『ムーン・エコー』に通っているうちに、黒川《くろかわ》さんとはだいぶ親しくなった。

「美沙緒《みさお》が言ってたけどほんとに頼《たの》めばたいがい引き受けてくれるんだな」

そんなことを言いながらスタジオの倉庫の整理だの期日過ぎのビラを剥《は》がす作業だの機材の修理だのを押《お》しつけてくる。……ちょっと待て、これって親しくなったんじゃなくて便利遣《づか》いされてるだけじゃないのか？

「んじゃ今日は18時までA2スタジオが空いてるから使っていいよ」

──とまあ、対価はもらっているので文句は言えないのだけれど。

なんで空いている部屋を無料で貸し出すなんて勝手がきくのかというと、黒川《くろかわ》さんはなんとこの若さにして『ムーン・エコー』のオーナーなのである。親父《おやじ》さんがビルをいくつも持っている大金持ちなのだという。カウンターに立って受付の仕事をしているのは単純に趣味《しゅみ》なのだそうだ。持ちビルひとつ丸ごと音楽スタジオ＋ライヴハウスに仕立て上げて自分で経営するなんて、めちゃくちゃうらやましい。

「そんなにうらやましい？　あんたもここのオーナーになりたいってこと？」と黒川《くろかわ》さん。

「え？　ええと、まあ、それで飯を食うのは理想的ですね」

「それは実質的に私へのプロポーズだよね？」

「はいっ？　な、なんでそんな変な話になるんですかっ？　あ、あの、他のスタッフさんも聞いてるしそういう危ない冗談《じょうだん》は」

「冗談《じょうだん》に聞こえたの？　あんたどうやってここのオーナーになるつもりなの。お金貯《た》めて私の親父《おやじ》から買い取る？　ここのバイトから始めて昇進《しょうしん》しまくって共同経営者になる？　どっちも無理でしょ。私と結婚《けっこん》するのが一番現実的でしょうが」

「いやそれは正論ですがそもそもですね」

「まあ冗談《じょうだん》だけど」「冗談《じょうだん》かよ！　最初に認めてくださいよそういうのは！」

日々こんな具合にいじられ続けている。華園《はなぞの》先生がもう一人増えたみたいで疲《つか》れる。

「ところで百合坂《ゆりさか》のお嬢《じょう》はあれからどうなったわけ」

　平然とした顔であっさり他の話に移る黒川《くろかわ》さん。詩月《しづき》の母親がスタジオに乗《の》り込《こ》んできたところを目の前で見ているわけで、ことの顚末《てんまつ》が気になるのは無理ないだろう。しかし。

「僕《ぼく》もよく知らないんですよね」

「なんだそれ」

「詩月《しづき》が詳《くわ》しく話してくれなくて。家庭の事情だからわざわざ突《つ》っ込《こ》んで訊《き》くのもどうかと思うんです」

「あんた女装が趣味《しゅみ》の変態のくせにそういう気遣《きづか》いはできるんだ？」

「女装関係ないでしょ！」ていうかどこまで知ってんの？　僕《ぼく》がムサオであることとか華園《はなぞの》先生から聞いちゃってるんですかね？　藪蛇《やぶへび》になりかねないから詳《くわ》しくは追及《ついきゅう》しませんけど。

「まあ、どういう話がついたのかは知らないけどとにかくお嬢《じょう》はドラムス続けられてるってことだよね？」

　黒川《くろかわ》さんがさらに訊《き》いてくるので僕《ぼく》が答えようとしたとき、スタジオのロビーに駆《か》け込《こ》んでくる人影《ひとかげ》があった。

「遅《おそ》くなりました！」

　詩月《しづき》だ。制服のままだから学校から直行してきたのだろう。僕《ぼく》を見つけ、顔を上気させて走り寄ってくる。そう、せっかく無料でスタジオを借りられるのだからドラムスとも思いっきりセッションしてみたいと思って彼女《かのじょ》も呼んだのだ。

「真琴《まこと》さん、お待たせしてしまってごめんなさい！　華道《かどう》部の講習が長引いてしまって。あっ、黒川《くろかわ》さん、この間はお騒《さわ》がせしました！」

深々と頭を下げられた黒川《くろかわ》さんは目をしばたたき、それから納得《なっとく》顔になって唇《くちびる》をわずかに曲げ、うなずいてA2スタジオのドアを指さした。

*

スタジオ『ムーン・エコー』に通うようになってひとつ気になることができた。

ロビーでいつも見かける客がいるのだ。いや、客なのかどうかもよくわからない。隅《すみ》っこの観葉植物の鉢《はち》の隣《となり》にしゃがみ込《こ》んで、イヤフォンでなにか聴《き》いていたり、ぼろぼろのバンドスコアを握《にぎ》りしめて食い入るように譜面《ふめん》を読んでいたりする。歳《とし》はたぶん僕《ぼく》と同じくらいだろう、だぶっとしたTシャツにホットパンツというスタイルで、赤い膝小僧《ひざこぞう》を常時さらしている。性別は最初はっきりしなかった。男にしては唇《くちびる》の色やまつげの反りに艶《つや》がありすぎるし、女にしては目尻《めじり》や顎《あご》のラインが攻撃《こうげき》的すぎた。声を聞けばわかるだろうな、とは思ったけれど、その人物はいつもひとりぼっちで、だれかと話しているところを見たことがなかった。

こんなに観察しているということは、たぶんはじめて見かけたときから彼女《かのじょ》に惹《ひ》かれていたのだろう。そう、彼女《かのじょ》である。先に書いてしまうけれど女の子が正解だった。でも僕《ぼく》がそれを知るのはもう少し後の話になる。

「あの子、何者ですか。いつもあそこにいるけど」

黒川《くろかわ》さんにこっそり訊《たず》ねてみたこともある。黒川《くろかわ》さんはカウンター越《ご》しにロビー隅《すみ》の少女をちらと見た。

「ああ、あれはうちの座敷童《ざしきわらし》」

「え」

僕《ぼく》は思わず黒川《くろかわ》さんとロビー隅《すみ》の彼女《かのじょ》とを三回くらい見比べてしまった。

「いるだけで商売繁盛《はんじょう》だからいてもらってんの。あんたにも見えるんだ。けっこう霊感《れいかん》強い方だったんだね」

「ちょっ、え、あの？」

「半分冗談《じょうだん》だけど」

どっちの半分が冗談《じょうだん》なんだよ？　霊感《れいかん》うんぬんの方ですよね？

「どこのバンドにも入ってなくて、あっちこっちにヘルプで呼ばれて演《や》ってんの。全パートこなすし、腕《うで》はたしかだよ。ギャラもちょっともらってるみたい」

「へえ……」そんな商売してるやつがいるのか。僕《ぼく》と同年代くらいなのに、すごいな。全パートできるとなれば需要《じゅよう》はかなりありそうだ。

とはいえ僕《ぼく》はバンドをやっているわけではないし、PCを使えば一応はどんな楽器も自分で演《や》れるので、その座敷童《ざしきわらし》さんに用はないはずだった。

でも、どうしても目が離《はな》せなかった。次の日から、『ムーン・エコー』に来るたびにそいつの姿を探すようになってしまった。

＊

スタジオ練習は詩月《しづき》と一緒《いっしょ》のことがほとんどになった。もともと彼女《かのじょ》は『ムーン・エコー』に通っていたわけで、自然な流れというべきか。

「楽器の質はあのグレッチの方が断然良《い》いのですけれど、学校だとどうしてもまわりに遠慮《えんりょ》して叩《たた》いてしまいますし。あの倉庫、防音が完璧《かんぺき》なわけではないですから」

そう言って詩月《しづき》ははにかむ。あれで遠慮《えんりょ》してたのかよ？　と僕《ぼく》は楽器倉庫での詩月《しづき》のドラミングを思い出す。実際、狭《せま》いスタジオでセッションすると、詩月《しづき》がフルパワーで叩《たた》くせいで僕《ぼく》は音圧で壁《かべ》の染《し》みにされそうになるのだ。

そんな六月はじめの放課後のことだった。詩月《しづき》を伴《ともな》って『ムーン・エコー』にやってきた僕《ぼく》は、午後五時五分前にカウンターで受付を済ませ、黒川《くろかわ》さんから貸し出し機材を受け取る。階段へ足を向けながらいつものようにロビーをぐるりと見渡《みわた》した。

例の座敷童《ざしきわらし》はソファ裏の隅《すみ》っこにいた。体育座《ずわ》りでイヤフォンをしてぼんやり天井《てんじょう》を見上げている。

おや、と思う。

今日は奇妙《きみょう》なものを膝《ひざ》にのせているのだ。

『FOR SALE　なんでもやります　価格応相談・安さ爆発《ばくはつ》』

……と書かれたスケッチブックだ。

「真琴《まこと》さん？　どうしたんですか」

「あの子、知ってる？」

詩月《しづき》は僕《ぼく》の視線をたどる。

「……ええ、何度かここで見かけたことがあります。常連さんだと思いますけど」

僕《ぼく》は半ば無意識に座敷童《ざしきわらし》の方へと歩み寄っていた。座敷童《ざしきわらし》の視線が天井《てんじょう》からゆっくり下りてきて僕《ぼく》の顔に焦点《しょうてん》を結んだ。

「ああ！　ええと」座敷童《ざしきわらし》は腰《こし》を浮《う》かせた。「お客さんだね！　いらっしゃい！」

はじめて聞くその声は、ザラメのように蘞辛《いがら》くて甘《あま》く、やはり男か女か判然としなかった。Tシャツもだいぶサイズが大きくて体格がわかりづらい。

「なんでもやるよ、いっぱいサービスするから！　お値段も勉強させてもらうから！」

そう言って座敷童《ざしきわらし》は僕《ぼく》にぐいぐい近づいてきた。するとTシャツの大きく開いた襟《えり》から鎖骨《さこつ》のラインが、さらにはその奥《おく》までもがちらと見え、いやつまりその積極的に見ようとしたわけではないのだけれど両方のふくらみの谷間が確認《かくにん》できてしまい、どうやらこの座敷童《ざしきわらし》は女の子のようだとわかった。あわてて視線を持ち上げると彼女《かのじょ》とちょうど目が合い、どぎまぎして首をねじり、ごまかす。

「いや、ええと、僕《ぼく》はべつにその――」

「真琴《まこと》さんっ？」

背後から声がして、ブレザーの袖《そで》を引っぱられた。

「い、いけません、性犯罪です！」詩月《しづき》だった。

「なにがっ？」

「女性の方にお金を支払《しはら》ってサービスを受けるなんてそんな」

おまえサービス業の女性全員に謝《あやま》れよ？

「どんなプレイでも対応できるよ？」と座敷童《ざしきわらし》はにこやかに言って、左手でなにか棒状のものを握《にぎ》って上下に動かすようなジェスチャーをする。「テクニックには自信あるから」

「ほ、ほらっ」詩月《しづき》の声が裏返る。「プレイとかテクニックとかっ！　いやらしいですっ」

「音楽の話だと思うんだけど……」あの手つきもギターのネックを握《にぎ》ってるところじゃないのかなあ。

「真琴《まこと》さんはすぐ性犯罪に走るから注意してくれって凛子《りんこ》さんに言われているんです、あと口八丁手八丁だからあれこれ言《い》い逃《のが》れするだろうって……」

「言《い》い逃《のが》れどころか言いがかりですけどっ？　そして手八丁はどっから出てきたのっ？」

「口だけの男よりずっといいと思うよ！」

話がこんがらがるから座敷童《ざしきわらし》さんは話題に参加しないでくれる？

「あたしも口も手も得意！　ヴォーカル取れるし楽器もだいたいなんでもできるから、あ、でもヴォーカルは口八丁さんがやるの？」変な呼び方すんじゃねえ初対面。「今日は二人で練習なの？　足りないパートない？　ベースとかさ」

「え……いや……うん、大丈夫《だいじょうぶ》」

僕《ぼく》が答えると座敷童《ざしきわらし》さんはひどく哀《かな》しそうな顔になる。申し訳なくなって胸の痛みをおぼえつつ詩月《しづき》を振《ふ》り返《かえ》った。

「ほら、バンドのパートの話だっただろ」

「そっ、そうでしたね。私、変な誤解をしてしまって……」

「どうしてもっていうならそっち方面のサービスも考えるけど」おい座敷童《ざしきわらし》てめえ誤解をわざわざ助長させんな！　ほら詩月《しづき》が真っ赤になってるでしょ！

これ以上喋《しゃべ》っているとどんな沼《ぬま》にはまるかわかったものではないので、僕《ぼく》は詩月《しづき》の手首をつかんでB3スタジオのドアの方へと引っぱっていった。背中に座敷童《ざしきわらし》の切実そうな声がぶつけられる。

「手が足りないときは声かけてね！　いつでも！」

一時間後、練習を終えた僕《ぼく》と詩月《しづき》がロビーに出てくると、例の座敷童《ざしきわらし》さんはまたべつのバンドマンに声をかけているところだった。

「セッション手伝うよ！　安くするから！」

僕《ぼく》と詩月《しづき》は顔を見合わせた。たぶん僕《ぼく》も詩月《しづき》と同じくらい困惑《こんわく》の表情だっただろう。世の中変なやつがいるもんだ。

*

「あー、朱音《あかね》ちゃんに逢《あ》ったんだ？　サービスしてもらった？」

翌日、華園《はなぞの》先生にスタジオの座敷童《ざしきわらし》のことを話したら、そんな言葉が返ってきた。

「知り合いなんですか？　先生の紹介《しょうかい》だったとか黒川《くろかわ》さんが言ってましたけど」

「うん、家庭教師やってた頃《ころ》の教え子。不登校児ちゃんだけど頭良くてさ、あたしの教え方も良かったから私立中にするっと入っちゃって。まあそっちでもけっきょく不登校で音楽ばっかやってたらしいんだけど」

家庭教師に私立中学というと、家はそれなりに金持ちなのか。あんな商売（？）をしているのだからてっきりお金に困っているのかと思っていた。

「去年久しぶりに逢《あ》ってね。中三なのに進路も決まってないっていうから、それじゃうちの高校来たら？　って気軽に言ってみたらほんとに合格しちゃったみたいで。４組だったかな」

うちの生徒だったのかよ？　ていうか４組？　僕《ぼく》は隣《となり》の凛子《りんこ》を見やる。そのとき僕《ぼく》ら三人は音楽準備室で翌週の授業内容についての打ち合わせをしているところで、凛子《りんこ》は僕《ぼく》の話にまったく興味なさそうに楽譜《がくふ》をぱら読みしていた。僕《ぼく》の視線に気づいて目を上げる。

「朱音《あかね》？　そんな人うちのクラスにいないけれど」

話は聞いていたらしい。

「高校でもあいかわらず不登校ってことだね」

華園《はなぞの》先生が紅茶のカップを傾《かたむ》けながらのんびり言った。

「スタジオに入《い》り浸《びた》りだって黒川《くろかわ》から聞いてるよ。あの子ほんとになんでも弾《ひ》けちゃうからね。あー、学校来てくれればあたしの授業がもっと楽になるんだけどなあ」

「これ以上楽したいんですかっ？　この授業内容、二週間くらいは授業さぼって僕《ぼく》らに任せるつもりのプランですよね？」

「よくわかるねえムサオ。付き合い長いもんね」

まだ二ヶ月しかたってねえっつの。

「でもしょうがないんだよ。来週になったら大作ゲームの続編発売日が怒濤《どとう》のように押《お》し寄《よ》せてくるからね、仕事なんてやってる場合じゃないよ」

「ゲームのために休むのかよっ？」

「ゲームだけじゃない！　もちろん一日中寝《ね》たり漫画《まんが》読んだりもするよ！」

「そんなことはどうでもいいのだけれど」

凛子《りんこ》が冷ややかに言う。なぜどうでもいいのか理解できない。迷惑《めいわく》を被《こうむ》るのは僕《ぼく》とおまえなんだぞ？　でも凛子《りんこ》は手元の楽譜《がくふ》を指さして続ける。

「それより、三学期の音楽祭で、音楽選択《せんたく》生徒全員参加でバッハのカンタータをやるということのプランは本気なんですか。全曲で四十分くらいかかりますけれど」

カンタータというのは管弦楽《かんげんがく》・独唱・合唱を複合させた長大な多楽章作品のことで、普通《ふつう》は高校生が手を出していいものではない。

「だってみんなやる気だし、職員室でも話題になっちゃってて歓迎《かんげい》ムードだし。編曲もムサオにやらせちゃったし。今さらやめるなんて言ったらムサオがかわいそうでしょ」

「編曲させたことはかわいそうだと思ってくれないんですかね……」

「うんうん。ムサオはかわいそうな子だなあっていつも思ってるよ」

「なんか悪口に聞こえるんですけどっ？」

「被害妄想《ひがいもうそう》激しすぎ。どこがかわいそうとは言ってないでしょ」先生はにまにま笑いながら僕《ぼく》の頬《ほお》をつっついた。「まあ強《し》いて言えば、胸の大きさがかわいそうかな」

「男だから当たり前だろッ」

「女装してるくせに」

「凛子《りんこ》さん話題に全然興味なさそうなのにいきなり横から急所突《つ》くのやめてもらえる？」

「わかった。女装の話はやめてカンタータの話に戻《もど》しましょう」

凛子《りんこ》にしては妙《みょう》に素直《すなお》だなあ、と思っていたら——

「それで村瀬《むらせ》くんが編曲したこのカンタータだけれど、序奏が長すぎる。もちろん原曲通りの序奏だけれどどうせピアノで弾《ひ》く序奏でしょう、それならカットすべき。序奏が序奏であるためには相応の荘重《そうちょう》さが必要だしバッハの序奏はそれ自体が序奏の枠《わく》を超《こ》えて——」

「女装の話やめたんじゃなかったのかよっ？」

「序奏の話だけれど？　なにを言っているの？」

僕《ぼく》は歯ぎしりするしかなかった。冷然とした顔で人をおちょくる悪魔《あくま》のような女だ。

そのとき音楽室のドアが開いて詩月《しづき》が入ってくる。

「先生、カンタータの有志参加者、まとめてきました！」

詩月《しづき》が机に置いたのはA4用紙3枚にわたる名簿《めいぼ》だった。学級と氏名がぎっしり並んでいる。学年もクラスも様々だ。

「うわあ。軽い気持ちで言ってみたら、ものすごい人数集まっちゃったねえ」

華園《はなぞの》先生が他人事《ひとごと》みたいに言う。

「なにこれ。有志、って……？」と僕《ぼく》は詩月《しづき》の顔を見る。

「音楽祭で演《や》るカンタータに参加したいっていう人を募《つの》ったんです」と詩月《しづき》は得意そうな顔で答える。「音楽選択《せんたく》じゃなくてもやってみたい、って人がたくさんいるんですよ」

「へえ……」

あらためて名簿《めいぼ》を見る。最初の名前は1年3組・百合坂詩月《ゆりさかしづき》だ。彼女《かのじょ》は書道選択《せんたく》である。他の有志も書道か美術ってことか。そうするとカンタータの聖歌隊は僕《ぼく》の想定の三倍くらいの人数に膨《ふく》れ上《あ》がることになる。

いや、ちょっと待て。

「この何十人もの練習の面倒《めんどう》を見るのは……あの、もちろん先生ですよね」

「もちろんきみだよ」

「なんでッ？」

「だってこの子たちは音楽選択《せんたく》じゃないんだから練習は授業外でやるってことでしょ。あたし関係ないじゃん。生徒の有志なんだから練習も有志が指導してくれないと」

「僕《ぼく》も有志じゃありませんけどっ？」

「たしかに村瀬《むらせ》くんは志というものがない」と凛子《りんこ》が横から冷ややかに言った。

「え？　いやあの凛子《りんこ》さん、なんですかいきなり」

「無志と呼ぶべき」

「聞いたことがない言葉のわりになんか傷つくんだが？」

「じゃあ無志けらと呼ぶべき」

「ストレートな悪口でストレートに傷つくんだが」

「まあ、志がないならしかたない。わたしが練習を取りまとめるから」と凛子《りんこ》は嘆息《たんそく》する。

「ああ、うん、そうしてくれれば」

「ピアノ伴奏《ばんそう》もしなきゃいけないから手が何本あっても足りないし先輩《せんぱい》たちにまで指導するとなると内気なわたしにはかなりの心理的負担だし編曲者はわたしじゃないからアレンジの意図を汲《く》み取《と》るのにとても手間がかかるだろうし練習をひとりで見るとなると放課後ほとんど潰《つぶ》れることになって他の教科の予習復習がおろそかになり成績が落ちてゆくゆくは大学受験にも就職活動にも人生全般《ぜんぱん》にも悪影響《あくえいきょう》が出るだろうけれどわたしがひとりでやる」

「悪かったよ！　僕《ぼく》もやるよ！」

「そう？　それなら助かる」

「真琴《まこと》さん、凛子《りんこ》さんにはほんとに優《やさ》しいですよね……ちょっと悔《くや》しいです……」

「どこが優《やさ》しくしてるように見えるんだよっ？　メンタル攻撃《こうげき》を必死にガードしてるだけだってば！」

「それで、あのう、先生」詩月《しづき》は華園《はなぞの》先生に向き直る。「選択《せんたく》授業を、音楽に変更《へんこう》することってできないでしょうか……？」

「ええー？」先生は目を丸くする。「今から、ってこと？　書道をやめて？」

「はい。それなら授業中に練習できますし。それに先生の授業受けてみたいです。私だけじゃなくて、音楽選択《せんたく》に変えたいって言ってる人いっぱいいるんですよ。評判良《い》いから」

「ほほう、評判？　どういう？」と先生はまんざらでもなさそうな顔。

「合唱指導はすごく丁寧《ていねい》で上達が実感できるし、伴奏《ばんそう》のセンスもいいし、鑑賞《かんしょう》授業でも解説が面白《おもしろ》くてクラシックに興味が持てる、って音楽選択《せんたく》の人たちがいつも言ってて」

「それ八割くらい僕《ぼく》と凛子《りんこ》のおかげじゃない……？」

自分で言うのもどうかと思ったけれど黙《だま》っていられなかった。

「あんたら二人を育てたのはあたしだからあたしの功績だね！」と先生はふんぞり返る。そのままひっくり返って床《ゆか》に後頭部をぶつければいいのに。「でもさすがに学年の途中《とちゅう》で選択《せんたく》授業を変えるのは無理じゃないかなあ」

「そう……ですよね……」詩月《しづき》は肩《かた》を落とす。「最初から音楽選択《せんたく》にしておけばよかった」

「書道もやりたかったから選んだんじゃなかったの」

僕《ぼく》が訊《たず》ねると詩月《しづき》は首を振《ふ》った。

「母が書道にしなさいって言ったんです。お花にいちばん通じるのは書だから、って」

ああ、あのお母さんならそんなこと言いそう。

「まあ、二年生になってからだね」と華園《はなぞの》先生。「その頃《ころ》あたし在職してるかわからないけどね、こんなにサボりまくってたら。あはは」

「自覚してるならちゃんと出勤してください！」僕《ぼく》は声を荒《あら》らげた。

＊

朱音《あかね》の演奏をはじめて耳にしたのはその週末だった。

スタジオ『ムーン・エコー』に行く度《たび》に黒川《くろかわ》さんになにかしら雑用を押《お》しつけられていた僕《ぼく》は、その礼だといってライヴを無料で観《み》させてもらうことになったのだ。前にも書いたけれど『ムーン・エコー』はスタジオだけではなく地下にライヴハウスまで備えているのである。

恥《は》ずかしながら、僕《ぼく》はそれまでライヴというものに行ったことがなかった。好きなアーティストはもう死んでいるか、日本にまず来ないか、そもそもライヴを演《や》らないかで、おまけに僕《ぼく》は面倒《めんどう》くさがりのけちんぼうなのでわざわざチケット買って一日潰《つぶ》して会場に足を運ぶくらいならその金と時間で新しい楽器か音源でも買って部屋でいじくり回す方が有意義だと考える性分《しょうぶん》だ。

そんなわけで生涯《しょうがい》初ライヴは人の奢《おご》りだった。

正直なところ、素人《しろうと》の演奏にはあまり興味はなかったけれど、そのとき一緒《いっしょ》にいた詩月《しづき》がやけに乗り気だったのだ。

「私ライヴって行ったことないんです、はじめてが真琴《まこと》さんと一緒《いっしょ》なんてうれしい！」

目を輝《かがや》かせて言われては断って帰るわけにもいかない。

地下フロアはバスケットボールのコートくらいの広さで、分厚い防音扉《とびら》を入って右にはドリンクカウンター、左手隅《すみ》にはＰＡブースがあり、正面奥《おく》にはステージが設《しつら》えられていてマイクスタンドやドラムセットの姿がフットライトの中にぼんやり浮《う》かんでいる。

僕《ぼく》が足を踏《ふ》み入《い》れたときはまだ開演までだいぶあったので、会場内にいるのはセッティング作業中のスタッフだけだった。むきだしのエアダクトがぐねぐねとのたくる天井《てんじょう》に紫煙《しえん》がわだかまり、アルコールのにおいとピンクノイズともどかしい昂揚《こうよう》感が充満《じゅうまん》していた。

やがて客たちが会場になだれ込《こ》んできて、薄闇《うすやみ》の空間はあっというまに人いきれでいっぱいになる。百人以上はいるだろう。暗がりでマスカラやスマホやシルバーアクセサリの雑多な光の粒《つぶ》がちらちら踊《おど》り、大勢の話し声が入り混じって会場を浸《ひた》す満ち潮となり、その海面がふつふつと沸《わ》き始める。

ライヴなんて自宅でヘッドフォンかぶって聴《き》くのと大したちがいはない、と考えていた自分を早くも反省し始める。肌《はだ》がぴりぴりするのは空気が悪いせいだけじゃないだろう。喉《のど》がやけに渇《かわ》いて、胸のあたりまで熱がせり上がってきて息苦しいほどだった。

こんな小さな箱の、まるで知らないアマチュアバンド三組の合同ライヴですらここまで昂《たか》ぶるのだ。大好きなバンドの、熾烈《しれつ》なチケット獲得《かくとく》競争を勝《か》ち抜《ぬ》いた末のライヴだったら皮膚《ひふ》が焼けてしまうかもしれない。

暗闇《くらやみ》が色づいた。

カクテルライトが浴びせられたステージに、いくつもの人影《ひとかげ》がある。サンバーストやサーフグリーンに塗《ぬ》られたギターのボディが光を照り返している。マイクのハウリング音がときおり天井《てんじょう》を引《ひ》っ掻《か》く。

どうもこんばんは、とヴォーカルらしき男性が間の抜《ぬ》けた挨拶《あいさつ》をする。大学生くらいだろうか。オーディエンスから若い女の歓声《かんせい》が飛ぶ。ギタリストもベーシストも垢抜《あかぬ》けた面立《おもだ》ちで女性人気が高そうなバンドだった。でも――

「真琴《まこと》さん、あの人」と隣《となり》で詩月《しづき》がつぶやき、指さす。

僕《ぼく》らの目はドラマーに注がれていた。

朱音《あかね》だ。

地味な黒一色のTシャツを着て、ステージ奥《おく》の暗がりに沈《しず》んだその姿は、じっと見つめ続けていなければシーリングライトとシンバルの照り返しとに埋《う》もれてしまいそうだった。

彼女《かのじょ》が高く持ち上げたスティックの4カウントで演奏が始まる。

その日、僕《ぼく》は朱音《あかね》だけを見て、朱音《あかね》の音だけを聴《き》いた。

正直なところ、三つのバンドとも大したことはなかった。金を払《はら》って聴《き》く価値はない。でも驚《おどろ》いたことに三つすべてに朱音《あかね》が出演していた。最初はドラマーで、次はサイドギタリストで、最後はベーシストとして。

それぞれにすっぽりとフィットしていて、ステージ上にいることさえ時々忘れてしまいそうになるほどだ。
彼女《かのじょ》のプレイもまた飛《と》び抜《ぬ》けたところはなにもなかった。大したことのないバンドサウンド

逆にすごいぞ、あいつ？

まるでスタイルのちがう三つのバンド、しかも全部ちがうパートで、カメレオンみたいに背景へと溶《と》け込《こ》む役を完璧《かんぺき》にこなしている。普《ふ》通《つう》できることじゃない。

なるほど——これは金を取れるレベルだ。なんて無駄《むだ》な才能の遣《つか》い方だろう。どうしてこんな技術が身についてしまったんだろう？

けっきょくその退屈《たいくつ》なライヴを、僕《ぼく》は最後までしっかり堪能《たんのう》してしまった。朱音《あかね》の演奏以外なにひとつ憶《おぼ》えていない。歌詞が日本語だったかどうかさえ思い出せない。

「すごかったですねっ？」

終演後、ビルを出たところで詩月《しづき》が声を弾《はず》ませて言った。

「あの、朱音《あかね》さんでしたっけ、ギターもベースも完璧《かんぺき》で。しかもまわりのレベルにうまいこと適応させていて、全然違和感《いわかん》なくて」

「あんなの聴《き》かされると、僕《ぼく》みたいにどれも中途《ちゅうと》半端《はんぱ》にかじってる人間はちょっと落《お》ち込《こ》んじゃうよ……」

「あっ、でも、ドラムスは私の方が上手《うま》いと思います！」

いきなり詩月《しづき》が食ってかかってくるので僕《ぼく》は目を白黒させる。

「いや、そりゃまあ……わかってるよ、そんなの」

「だからあの朱音《あかね》さんを私の代わりに使ったり、あまつさえ過剰《かじょう》なサービスをさせたりなんて絶対にいけませんからねっ？」

「やらないってば」

そもそも詩月《しづき》のドラムス練習のためにスタジオに行ってるのに、他のドラマーを雇《やと》うなんて意味がわからないじゃないか。

「安心しました」と詩月《しづき》は微笑《ほほえ》む。「真琴《まこと》さんが性犯罪で逮捕《たいほ》されたら哀《かな》しいです」

哀《かな》しいのはこっちだよ。もうその話やめようよ。

「それで真琴《まこと》さん……その、これからどうしますか？」

詩月《しづき》が上目遣《うわめづか》いで言った。これから？　僕《ぼく》は空を振《ふ》り仰《あお》ぐ。雑居ビルの間に見える狭苦《せまくる》しいくすんだ空はすっかり昏《くら》くなっている。

「帰るんじゃないの？　もう遅《おそ》い時間だし。なんかあるの？」

僕《ぼく》の返答に詩月《しづき》はかすかに目を見張り、それから肩《かた》を落として息をついた。

「真琴《まこと》さんに言っておきたいことがあります」

「……は、はあ。なんでしょう」思わず身構える。

「いいですか、犯罪はいけません。でもっ！　犯罪じゃないならやっていいいんですからね！」

拍子《ひょうし》抜《ぬ》けした。当たり前すぎて意味わからん。大声で言うようなことか？　まわりの通行人もなにごとかとこっちを見ているし。

「それはわかってるけど……？」

「いいえ、わかっていません！　それではまた明日！　今日はありがとうございました！」

詩月《しづき》は憤然《ふんぜん》と大股《おおまた》で大通りの方へと歩き去り、タクシーを呼び止めてさっさと乗ってしまった。僕《ぼく》は首をかしげながら駅へと向かった。

この夜はこれで終わらなかった。駅で朱音《あかね》とばったり遭遇《そうぐう》したのだ。

ちょうど帰宅ラッシュの時間帯で、プラットフォームはサラリーマンと学生でぎっしりだったけれど、彼女《かのじょ》はどうしようもなく目を惹《ひ》いた。無地の黒いTシャツにつるりとした短髪《たんぱつ》の頭という飾《かざ》り気《け》のない装《よそお》いで、しかも楽器を持っているわけでもなく手ぶらなのに、どうしてこうも存在感があるのかよくわからない。まわりの客たちも彼女《かのじょ》にちらちらと視線を振《ふ》り向《む》けている。当の彼女《かのじょ》はイヤフォンをしてうつむいたままだ。

まあ、知り合いというわけでもないし、たまたま同じ列車になったからといってコンタクトをとるつもりはなかった。でも彼女《かのじょ》の方がふと目を上げたひょうしに僕《ぼく》に気づいてしまう。しかもなぜか人の列の間を縫《ぬ》って寄ってくる。

「口八丁さん！　ぐうぜん！」

だからその呼び方はやめろ。

「あの、僕《ぼく》には村瀬真琴《むらせまこと》っていうちゃんとした名前がね」

「そっか、ごめん！　村瀬真琴《むらせまこと》っていうちゃんとした名前ね！　略して真琴《まこと》ちゃん！」

その『ちゃん』じゃねえよ。略すな。いつから僕《ぼく》らそんなに親しくなったんだ。

「今日もスタジオ帰り？　あ、ひょっとしてライヴ観《み》にきてくれてたっ？」

「え……あ、うん、まあ。黒川《くろかわ》さんがチケット代無料でいいっていうから、せっかくだし」

「ほんとに！　うれしいな、あたし出てたんだけど気づかなかったよね？」

「いや、気づいたよ。当たり前だろ。三つ全部出てたし」

朱音《あかね》は頬《ほお》を指先で掻《か》いた。

「気づいてたんだ。それまずいなあ。あたしヘルプだから目立っちゃだめなんだよね」

「目立ってはいなかったけど——」僕《ぼく》は言いかけて口をつぐむ。説明が難しいし、わざわざ言うべきことなのかどうかもわからなかった。でも朱音《あかね》が訝《いぶか》しげに小首をかしげて僕《ぼく》の顔をじっと見つめてくるのでまた口を開かざるを得なかった。「ちゃんと目立ってなかったのが逆に目についたっていうか。ええと、ううん、リズムキープと音の粒《つぶ》そろえるのに徹《てっ》してて演奏のレベルをすごく底上げしててすごいなあって、あの、ごめん、曲自体はどれもあんまり好みじゃなかったからほとんどきみの演奏しか聴《き》いてなかったんだけど」

僕《ぼく》がとりとめのないことを喋《しゃべ》っている間に朱音《あかね》は両手で口を押《お》さえて顔を真っ赤にした。

「えぇぇ……うわぁ……」

そんな声が指の間から漏《も》れ出た。やばい、なにかまずいことを言ってしまったか？　と僕《ぼく》が思ったとき、列車がやってきて朱音《あかね》の声を押《お》し消す。

まわりの乗客たちに巻《ま》き込《こ》まれて僕《ぼく》らは車内にまろび込《こ》んだ。そのまま反対側のドアまで二人そろって押《お》しつけられる。至近距離《きょより》に朱音《あかね》のまだ赤らんだ顔があり、僕《ぼく》は僕《ぼく》で頬《ほお》がガラスに潰《つぶ》されて変な顔になっており、たいそう気まずい。でも、だからってわざわざこのぎゅう詰《づ》めの中を掻《か》き分《わ》けて離《はな》れた場所に逃《に》げるのはもっと気まずいし。

「そんな細かいとこまで聴《き》いてたの？　ちょっと嬉《うれ》しいけどだいぶ恥《は》ずかしいよ」

列車が走り出してすぐに朱音《あかね》が照れ笑い満面で言った。

「もっと他に聴《き》くところあったでしょ？」

「んん……きみ以外目に入らなかったけど……」

「うわぁ、そんなせりふ、こんな5センチしか離《はな》れてない状態で言っちゃうの？　大丈夫《だいじょうぶ》？」

おまえが大丈夫《だいじょうぶ》か。なんの話してるんだ？

「それじゃそれじゃ、あたしの腕《うで》はわかってくれたってことだよね。今度ヘルプで雇《やと》ってくれる気になった？」

僕《ぼく》は弱り切って視線を車窓の外に向けた。

「いやべつに困ってないし」

「なんで？　だっていつもドラマーの娘《こ》と二人だけじゃん、しかも演《や》ってる曲がピンクフロイドとかキングクリムゾンみたいな系統の、良《い》い意味でモテなさそうな凝《こ》った音楽ばっかりで、ぜったいにもっと人数がいた方がいいやつで」

「ちょっと待って『良《い》い意味でモテなさそうな音楽』ってなに？」

「なんとなくわかんない？」

「わかるけど！　悔《くや》しいけどわかっちゃうけど！　良《い》い意味でってつけとけばなんでもゆるされるみたいに思ってない？」

「それでね、ああいう良《い》い意味で一生友だちできなさそうな音楽にはちゃんとベーシストとか必要だと思うんだ」

「なんか表現悪化してるんだが？」

「ギターでも鍵盤《けんばん》でもなんでも弾《ひ》くよ。使ってみない？」

僕《ぼく》が答えあぐねていると列車が次の駅に着き、乗客たちがだいぶ流れ出して車内に余裕《よゆう》ができた。僕《ぼく》と朱音《あかね》の間にも一息つける距離《きょり》が生まれる。

「なんでそんなヘルプやりたがるの？」

訊《たず》ねると、朱音《あかね》はちょっと答えにくそうに視線を斜《なな》め上にずらした。

「色んなの経験して芸風広げようと思って。そしたらもっとあちこち呼んでもらえるし」

それはそれでけっこうな心がけだと思ったけれど、急に自信なさげになった朱音《あかね》の様子を不思議に思った僕《ぼく》はさらに訊《き》いた。

「あんだけの腕《うで》があるならどこのバンドでもヘルプなんかじゃなくて正式メンバーとして大歓迎《だいかんげい》だと思うけど。自分でバンド作っても、すぐメンバー集まるだろうし」

朱音《あかね》はむずがゆそうな苦笑いになる。

「そういうのはいいかな。自分でやりたい音楽って特にないし。呼んでもらうだけでありがたいから」

信じられない発言だった。やりたい音楽がない？　そんな人間があそこまで上達できるものなのか？　なにをモチベーションに練習してるんだろう。

「自分の腕《うで》でちょっとでも稼《かせ》げてるとそれだけで充実《じゅうじつ》だよ」と朱音《あかね》は笑う。

「そんなにお金が要《い》るの？」

「お金に困ってるわけじゃなくて、もらえるっていう事実がうれしいんだよ。だから値段も爆安《ばくやす》にしてるし、値切られたらどどーんと勉強しちゃうし！」

「ええと、参考までに訊《き》いておくけどさっきのライヴのヘルプ代は……？」

朱音《あかね》が胸をずんと張って自慢《じまん》げに教えてくれた金額は、なるべくハードルを低くしておこうと身構えていた僕《ぼく》の予想をさらに三段くらい下回っており、今日の三つのバンドの連中に対して怒《いか》りさえ湧《わ》いてきた。

「どうかなっ？　使ってみない？」

「いや、だから、何度も言ってるけど特に必要ないんだってば。ライヴやるわけでもないし、ドラムスと合わせ練習したいだけだから」

「そっかぁ……」

彼女《かのじょ》は少ししょげて、ドアに寄りかかり、窓の外に目を泳がせた。ガラスに映り込《こ》んだ半透《とう》明《めい》の横顔の向こう、宵《よい》の薄闇《うすやみ》に線路沿いの街灯が繰《く》り返《かえ》し繰《く》り返《かえ》し光の尾《お》を引く。

どうして僕《ぼく》にここまでしつこく営業をかけてくるのだろう。だれに対してもこうなのだろうか。それとも僕《ぼく》は年齢《ねんれい》が近いから？

「でも気が変わったらいつでも声かけてね。だいたい『ムーン・エコー』にいるから。体育座《ずわ》りしてコールドプレイ聴《き》きながら涙《なみだ》浮《う》かべて待ってるから！」

罪悪感をえぐるようなことを笑顔《えがお》で言わないでくれる？

列車が次の駅に停車し、朱音《あかね》は「じゃ、あたしこの駅だから！　またね！」と言って、開いたドアからプラットフォームに出た。僕《ぼく》もあきれながら続いた。朱音《あかね》はぽかんとした顔で僕《ぼく》を見つめた。気まずさに目をそらす。背後でドアが閉まり、列車がレールを踏《ふ》むやかましい音が僕《ぼく》の後ろ髪《うしろがみ》をまさぐりながら遠ざかっていった。

朱音《あかね》は腹を抱《かか》えて笑い出した。まわりの降車したばかりの客たちの視線が一気に集まる。

「駅同じだったのーっ？」

「家、近いのかな？　ていうか黒川《くろかわ》さんが言ってたっけ、高校も同じなんだよね？　あたし全然行ってないけど」

「そうみたいだね……」

そういやそんな話もありましたね？

駅を出て向かう道も二人一緒《いっしょ》で、これひょっとしてご近所さんだったりしないだろうな、と僕《ぼく》は心配になってくる。夜道はだんだん人気がなくなってくるし、会話が続かなくなって気詰《きづ》まりになったりしないだろうか。

「学校、なんで行ってないの？　なにかあった？」

間を保たせたくて道すがら訊《き》いた。でも口に出してしまった後で激しく反省する。

「ごめん、今のなし！　色々事情あるんだろうし無関係の他人に話すことじゃないよね」

「あはは。なにがあったわけでもないんだけどね。だって入学してから一度も行ってないからね。ただなんとなく」

僕《ぼく》の二歩先をふわふわした足取りで歩きながら朱音《あかね》は言う。

「みんなよく学校なんて行けるなあって思うよ」

「……え？」

「だって、だれかに頼《たの》まれたわけでもないでしょ。来てくれ、いてくれ、って言われたわけでもないのにさ。あんな大勢で一緒《いっしょ》になにかしてる場所にさ」

言っている意味は正直よくわからなかった。

けれど、彼女《かのじょ》の中のいちばん柔《やわ》らかい部分にもう少しで触《ふ》れそうになってしまったことだけはわかった。

僕《ぼく》は朱音《あかね》の背中を見つめながらしばらく黙《だま》って夜の歩道を歩いた。彼女《かのじょ》の足取りが鈍《にぶ》くなったせいか、それとも僕《ぼく》が無意識に早足になっていたのか、とにかくいつの間にか僕《ぼく》は彼女《かのじょ》より半歩先を歩くようになっていた。街灯が僕《ぼく》らの頭上に巡《めぐ》ってくるたびに、ふたつの影法師《かげぼうし》が重なって伸《の》び、時計の針みたいにぐるりと僕《ぼく》らの右手側を回って背後の闇《やみ》へと消えていった。沈《ちん》黙《もく》のせいで足が重たく、僕《ぼく》は自分の無神経さを呪《のろ》った。もっと相手のことを考えて喋《しゃべ》れよ、もうガキじゃないんだから。

会話が途絶《とだ》えたまま歩き続け、ついには僕《ぼく》の自宅のあるマンションの影《かげ》が路地の向こうに見えてきてしまった。

……あれ？

朱音《あかね》はあいかわらず僕《ぼく》についてきている。ほんとにご近所さんだったの？

「……ええと。僕《ぼく》の家、あそこだけど」と僕《ぼく》は闇《やみ》に浮《う》かぶ窓の光の並びを指さす。「きみの家もこのへんなの？」

「ううん。六丁目」

国道挟《はさ》んで反対側じゃないか。なんでこっちまでついてきたんだ。

「でも今夜は帰りたくないの。だからついてきちゃった……」

僕《ぼく》は六メートルくらい後ずさった。なに言ってんのこいつ？

「なんてね」と朱音《あかね》はころころ笑う。「一度言ってみたかったんだ。帰りたくないのは今夜に限った話じゃないしね。外でひまつぶしするのは慣れてるから大丈夫《だいじょうぶ》。じゃねー真琴《まこと》ちゃん」

手を振《ふ》って走り去る朱音《あかね》の姿は、街灯の光の輪から出てすぐに暗がりへと呑《の》み込《こ》まれて消えてしまった。

僕《ぼく》は息をついて、自宅へと足を向ける。ひどく疲《つか》れた。

「そのまま家に連《つ》れ込《こ》まないの？」

いきなり横から声がかけられて僕《ぼく》は跳《と》び上《あ》がった。姉だった。

「母さんたちには内緒《ないしょ》にしといてあげたのに」

「い、い、いや、な、なに言ってんの？　そんなんじゃなくて」

「今夜は帰りたくないとか言わせといて、あんたほんと意気地無《いくじな》しだねえ」

どこから聞いてたんだよ？　見れば姉はTシャツに短パンのかっこうで片手にレジ袋《ぶくろ》をぶらさげており、どうやらコンビニ帰りのようだった。なんて間の悪い。

「なんか最近あんた女が寄ってくる雰囲気《ふんいき》あるよね。やっぱり女装したからかな。私の磨《みが》き方が良すぎたか」

「関係ねーわ！」

話を断《た》ち切《き》るためにも僕《ぼく》は大股《おおまた》で歩き出すが、残念なことに帰る場所が同じなので姉も早足でついてきて、家の玄関《げんかん》口に着くまでの間ずうっと朱音《あかね》について根掘《ほ》り葉掘《ほ》り訊《き》かれてしまった。ほんとに疲《つか》れる夜だった。

＊

次に朱音《あかね》を見かけたのは翌週の月曜日の夕方だった。その日、僕《ぼく》は凛子《りんこ》や詩月《しづき》と一緒《いっしょ》に『ムーン・エコー』に来ていた。なぜ凛子《りんこ》までついてきていたのかというと、僕《ぼく》が密室で詩月《しづき》に性犯罪を行わないように監視《かんし》するとかなんとか。その理由はさておき、スタジオにまで来たら凛《りん》子《こ》だって楽器を弾《ひ》かないわけがない。シンセサイザーを担当してもらう。凛子《りんこ》はクラシックピアニストではあるが、意外なほど守備範囲《はんい》が広くロックからジャズからなんでも弾《ひ》きこなすやつで、セッションは詩月《しづき》と二人だけのときより何倍も面白《おもしろ》くなった。

充実《じゅうじつ》の一時間を終えてロビーに戻《もど》ると、聞き憶《おぼ》えのあるハスキーヴォイスの持ち主がだれかと言い合っているのが聞こえた。

「もういいってどういうこと？　来月いっぱいまでっていう話だったよね」

「――だから、もうおまえには頼《たの》まないって言ってんの！」

「どうして？　だって次のライヴも曲目ほとんど一緒《いっしょ》でしょ、あたしでいいじゃん」

朱音《あかね》だった。ロビーの隅《すみ》で三人の若い男に囲まれて、あまり和《なご》やかではない雰囲気《ふんいき》だ。男たちの方にも見憶《おぼ》えがあり、しばらく記憶《きおく》をほじくり返してから、あの夜のライヴで朱音《あかね》と一緒《いっしょ》に演《や》っていたバンドの連中ではないかと思い至る。

「あたしの演奏そんなにまずかった？　それならもっと練習するから……」

「そうじゃないよ。いや、ある意味じゃそうっていうか」

男は言いよどむ。ロビーにたまった他の客たちの視線が集まるので、バンドメンバーたちは渋《しぶ》い顔で外に出ていった。朱音《あかね》は「待って！」と追いかける。

ロビーには嫌《いや》な味のする空気がわだかまる。

朱音《あかね》の顔を知らない凛子《りんこ》は「なにあれ？」と言いたげな目で僕《ぼく》を見る。詩月《しづき》はおそるおそるガラスドアに近づいて外の様子をうかがうと、やがて思い切った顔でおもてに出た。僕《ぼく》も心配になってその後に続く。

ビルのすぐ外の街路樹のそばに、朱音《あかね》と男三人の姿があった。男たちがそろってギターケースを担《かつ》いでいるせいで、小柄《こがら》な朱音《あかね》の後ろ姿はなおいっそう小さく頼《たよ》りなく見えた。

「——だからさ、こんなこと言いたくねえけど」

ヴォーカルらしき男が朱音《あかね》に言うのが聞こえた。

「俺《おれ》らのレベルに合わせて手ぇ抜《ぬ》いてただろ。ああいうのプライドが傷つくんだよ」

近寄ろうかどうか迷っていた詩月《しづき》は、それを聞いて固まってしまう。僕《ぼく》も同じだった。

「そりゃあ俺《おれ》らは大して上手《うま》くもないけど、あんな合わせ方されたら腹立つし」

「……そんな――こと……」

言い返そうとした朱音《あかね》の声は萎《しぼ》んで途切《とぎ》れてしまう。

僕《ぼく》も詩月《しづき》も客席で聴《き》いていてわかった。同じステージの上で共演していたならもっとはっきりと突《つ》き刺《さ》さるようにわかっただろう。もちろんもっと別の表現だってある。違和感《いわかん》なく適合させた、うまく溶《と》け込《こ》ませた――。

でも、どれだけ言葉を塗《ぬ》り重ねようと、だれよりも朱音《あかね》本人が理解しているはずだった。

あの夜、朱音《あかね》がわざと100%を出さなかったということ。

「おまえにヘルプ頼《たの》むとすごいやりやすいし、なんか上手《うま》くなったように聞こえるけど、ああいうのって俺《おれ》らにとっても良くねえと思うから」

そう言い残し、三人は足早に立ち去った。

しばらくうなだれていた朱音《あかね》は、やがて手《て》の甲《こう》でぐしぐしと顔をこすり、地面のアスファルトにふうっとため息をこぼし、スタジオの方に――つまりは僕《ぼく》らの方に向き直った。目が合い、彼女《かのじょ》の顔はかあっと茜《あかね》に染まる。腫《は》れた目尻《めじり》に涙《なみだ》のあとがあった。なにか言う間もなく、彼女《かのじょ》は踵《きびす》を返《かえ》して大通りの方へと走り去ってしまった。

僕《ぼく》も詩月《しづき》も凛子《りんこ》も、黙《だま》って顔を見合わせるしかなかった。

7　ダイヤモンドよりも罪深く

朱音《あかね》と同じ中学校から進学してきている生徒がもう一人だけうちの高校にいる、という情報は華園《はなぞの》先生から教えてもらった。

「気になるんなら話聞いてみれば？」

そう言う先生の顔は明らかに面白《おもしろ》がっていたので言う通りにするのは少々癪《しゃく》だったけれど、僕《ぼく》は昼休みに1組に行ってみることにした。

森下《もりした》さん、というその女子生徒は、天然パーマでよく日焼けした快活そうな娘《こ》だった。机の横にラケットケースがぶらさげられているところを見るとテニス部員だろうか。

「宮藤《くどう》さんのこと聞きたいって、なんで？」と森下《もりした》さんは首をかしげた。宮藤《くどう》、というのが朱《あか》音《ね》の名字か。

「ええと、うちの生徒だってことは知ってるよね」

「そうらしいね。受験のときに見かけたし。でも全然来てないんでしょ？　また不登校やってんでしょ」

「あー、うん。中学でも不登校だったんだってね」

僕《ぼく》は相づちを打ちながら頭の中で言い訳をこね回す。

「んで、そろそろ登校するように説得する役目を僕《ぼく》が任されちゃって。ほら、宮藤《くどう》さんって音楽の華園《はなぞの》先生の知り合いらしいから。ほんとは先生の役目なんだけど僕《ぼく》に押《お》しつけられたっていうか」

「へえ。たいへんだね」

なにからなにまで嘘《うそ》だったけれどあっさり信じてもらえたようだった。それくらい華園《はなぞの》先生の僕《ぼく》に対するこき使いっぷりは有名だということか。複雑な気持ちだった。

「んん、でも……」と森下《もりした》さんは教室を見回す。クラスメイトたちがこちらを不審《ふしん》げに見ている。ここでする話ではない、という意味なのか、森下《もりした》さんは教室の戸口を指さし、足早に廊下《ろうか》へと出ていった。僕《ぼく》もあわてて後に続く。

階段の踊《おど》り場《ば》で森下《もりした》さんは宮藤朱音《くどうあかね》について少し話してくれた。

「べつにそんな仲良かったわけじゃないから詳《くわ》しくは知らないんだけどね」と彼女《かのじょ》は前置きしてから咳払《せきばら》いする。「不登校っつっても一年生の途中《とちゅう》くらいまではちゃんと学校来てたよ。サボりまくって校長室によく呼び出されてたけど。毎週出てたのは音楽の授業くらい。ピアノめっちゃ上手《うま》くて先生から伴奏《ばんそう》任されてたんだけど、ものすごい派手なアレンジに勝手に変えたりして、うんまあ好き放題やってたよね」

だいたい想像通りの中学時代なので僕《ぼく》はくすりとしてしまう。

「一年のときから先輩《せんぱい》たちのバンドに誘《さそ》われて、文化祭でやったりしてた。めっちゃ盛り上がったんだけど、なんかその後で先輩《せんぱい》たちとけんかしたらしくて、バンド解散して。人気あったから来年もやってってみんなで言ってたんだけどね……」

森下《もりした》さんの表情が曇《くも》る。

「そっから同学年の子とバンド組んだらしいんだけど、詳《くわ》しく知らない。なんかメンバーころころ変わってた。あたしの友だちにも一人ギターやってる子がいて、一度宮藤《くどう》さんと組んだらしいんだけど、練習厳しすぎてやめた、みたいなこと言ってた」

だんだん口調も重たくなってきたので、僕《ぼく》は質問を挟《はさ》んだ。

「……二年生のときの文化祭には出たの？」

森下《もりした》さんは首を振《ふ》る。

「二学期からもう宮藤《くどう》さんは学校に来なくなってたよ。けっきょくどの子ともバンド続かなかったみたい。しょっちゅうトラブってたっていうし、問題児なんだろうね」

僕《ぼく》は森下《もりした》さんに曖昧《あいまい》な礼を言って、その場を去った。

渡《わた》り廊下《ろうか》を歩きながら、森下《もりした》さんの言葉を一つ一つ思い返す。問題児、か。便利な言葉だ。袋《ふくろ》詰めにしてラベルを貼《は》って収集車でどこか知らない場所まで持っていって処理してもらうための言葉。目を背《そむ》け、遠ざけ、そのうち忘れるための言葉。だれだってそうする。みんな自分の抱《かか》えている問題で手一杯《ていっぱい》だからだ。

どうして僕《ぼく》はそうしないのだろう。

朱音《あかね》とはスタジオで見知っていくらか言葉を交《か》わしただけの、他人だ。なんなら名字さえもついさっきまで知らなかった。今この瞬間《しゅんかん》に宮藤朱音《くどうあかね》という存在が消え去ったとしても、僕《ぼく》の日常は明日も明後日《あさって》も何気なく続いていくだろう。

ただ、記憶《きおく》と音楽は残る。

あの夜に聴いた朱音《あかね》の、何倍に希釈《きしゃく》されているのかもよくわからないプレイが――それでもなお魅力《みりょく》を失わないサウンドが、耳の中で響《ひび》くままになる。そして欲深でせせこましい僕《ぼく》は、もう二度と聴《き》くことのかなわなくなった朱音《あかね》の100%をいつまでも妄想《もうそう》して暮らすことになるだろう。なににも結びつかないむなしい期待を、糸の切れた凧《たこ》みたいにふらふらとどこまでも高めながら。

それは――ずいぶんビターな日々に思えた。

この頃《ごろ》は音楽準備室で昼食を摂《と》るようになっていた。お湯が使えるのでカップ麺《めん》が食べられるし、華園《はなぞの》先生に押《お》しつけられた編曲作業などを進めるのにも便利な場所だった。

先生は昼休みは準備室にいない。外食にでも出ているのだろう。おかげで静かに集中して譜《ふ》面《めん》を書いたり考えごとをしたりできる――と思いきや、最近は凛子《りんこ》や詩月《しづき》が弁当を持ってやってくるようになった。

「村瀬《むらせ》くんは友だちもいないだろうし独りにしておくとさみしさのあまりお昼ご飯を喉《のど》に詰《つ》まらせて死んでしまうかもしれないから」と凛子《りんこ》。

「真琴《まこと》さん、そうなったら私が掃除《そうじ》機を喉《のど》の奥《おく》に突《つ》き入《い》れて詰《つ》まったご飯を吸い出してあげますから安心してください！」と詩月《しづき》。安心してほしいなら独りにしてほしかった。

静かに思索《しさく》にふけるプランを粉砕《ふんさい》された僕《ぼく》は、今さっき森下《もりした》さんから聞いたことを二人にも話すはめになった。なにせ二人ともこのあいだ朱音《あかね》の不穏《ふおん》な場面に居あわせたのだ。どうしても話題にのぼってしまう。

「あの人のこと調べるために、わざわざあちこち走り回ってるんですか？」と詩月《しづき》は青ざめて言う。そんなにショックなことだろうか。「またそうやって真琴《まこと》さんはっ、女の子が困りごとを抱《かか》えていると見境なくかまおうとしてっ」

「見境なくはない」凛子《りんこ》が冷ややかに指摘《してき》する。「わたしやあなた、そしてあの子を並べてみて。明らかに一定の基準で関わる相手を選んでいる」

「はっ、たしかに……」詩月《しづき》は口に手をあてて目を見開き、すぐに眉《まゆ》をつり上げた。「そっちの方が問題です！　見目麗《みめうるわ》しければ特段親しくなくても助けの手を差《さ》し伸《の》べるなんて！」

「えええええ……ちょっと、あの、なんの話をしてるの……」

「じゃあ村瀬《むらせ》くんはわたしたちが麗《うるわ》しくないとでもいうの？」

「いったいなんの尋問《じんもん》だよ！」

「正直にわたしの目を見て答えて。わたしや百合坂《ゆりさか》さんは麗《うるわ》しくない？」

そんなことをまっすぐ視線を合わせて訊《き》かれたら顔を横にそらすしかないのだけれど、そちらには同じように距離《きょり》を詰《つ》めて見つめてきている詩月《しづき》の顔があり、僕《ぼく》はあわてて反対側に首をねじってけっきょく凛子《りんこ》の顔に目を戻《もど》すことになった。しかたなく答える。

「それはまあ、ううん、もちろん、比較的《ひかくてき》……というか、ああいや比較《ひかく》するまでもなくたいへん、その、麗《うるわ》しいかと思いますが」なに言わされてんだ僕《ぼく》は。

「信じられない。女性に面と向かってそんなことを言うなんて恥《は》ずかしくないの？」

「おまえが言わせたんだろうが！」

「真琴《まこと》さん、私にも面と向かって言ってください、あと五回くらい！」

いやだよ。どんな羞恥《しゅうち》プレイだ。

「大丈夫《だいじょうぶ》、百合坂《ゆりさか》さん。今の村瀬《むらせ》くんの恥《は》ずかしいせりふはスマホで録音したから」

「消せ！　今すぐ消せ！　スマホごと壊《こわ》せ！　記憶《きおく》もなくせ！」

「女性を見た目だけで助けようとするのはほとんど性犯罪、この録音データは犯行の証拠《しょうこ》だから消すわけにはいかない」

「どのへんが犯罪なんだよっ？　ていうか見た目だけってなんだ、だれがそんなことを」

「見た目だけじゃないというなら、どうしてあの朱音《あかね》さんという人にかまおうとしてるんですか、説明してください！」

なぜ詩月《しづき》にまでいびられなければいけないのか。

しかたなく僕《ぼく》は、朱音《あかね》のプレイを聴《き》いて以来抱《いだ》いていたもやもやとした感情を説明することになった。

ところが、正直なところ、女性に面と向かって麗《うるわ》しいと言うよりも百倍恥《は》ずかしかった。

聞き終えた詩月《しづき》は神妙《しんみょう》な顔でうなずいた。

「……わかります」

「なにが」

「あの方のプレイですよ。全然本気じゃありませんでした。本気だったらどれだけすごいか、聴《き》いてみたいです。それだけの話ですよね？」

「ああ……うん」

それだけの話、と言われると釈然《しゃくぜん》としないものを感じるが、考えれば考えるほど詩月《しづき》の言う通りだった。それだけの話なのだ。僕《ぼく》はただ、聴《き》きたいのだ。

「……それだけの話なの？」

凛子《りんこ》も問《と》い詰《つ》めてくる。そのじっとりと責めてくる視線にたじろぎながらも僕《ぼく》はうなずく。

「それなら許可してあげてもいい」

なぜあなたに許可をもらわないといけないんですかね？

「……いやあ、でもさ、色々詮索《せんさく》しておいて今さらだけど、僕《ぼく》なんかが首つっこんでいい問題じゃないような気がして……」

「ほんとうに今さらですね」と詩月《しづき》はあきれて言った。「私にはあれだけ無遠慮《ぶえんりょ》につっこんでおいて」おい、『首』を省略すんな。人聞きが悪いだろうが。

「村瀬《むらせ》くんは今ここで死んで犬に生まれ変わってまた死んで次にヒキガエルに生まれ変わってもまだ『今さら……』と言ってそう」

悪口であること以外はさっぱりわからない言い方だった。

「じゃあ百合坂《ゆりさか》さん、よろしく」

「わかりました」

「なにがよろしくなの」そしてなんで詩月《しづき》には今ので通じたの？

「真琴《まこと》さんがこれ以上単独で女性に接触《せっしょく》を試みて性犯罪に発展しないように私も協力する、ということです」

「内容は置いとくとしてその長ったらしい文意が今のアイコンタクトで凛子《りんこ》と通じたわけ？」

「私と凛子《りんこ》さんの仲ですから」「わたしたちの友情をもってすれば当たり前」

「嘘《うそ》つけ！　おまえらそんなつきあい長くないだろ、知り合ったのこないだじゃないか！」

「友情は長さではなく深さ。友だちが一人もいない村瀬《むらせ》くんには理解できないだろうけど」

「ぐっ……」僕《ぼく》は言葉に詰《つ》まり、必死に反駁《はんばく》の筋道を探した。そもそもなぜ僕《ぼく》に友だちがいないと決めつけやがるのか。昼休みにクラスメイトと楽しく会食という高校生らしいことをせず音楽準備室に来ているからか。しかしそれを言うならおまえらも同じじゃないか。よし、この方向で言い返してやる。でも僕《ぼく》が口を開く前に凛子《りんこ》はさらに言う。

「それに百合坂《ゆりさか》さんとわたしは同じ犯罪の被害《ひがい》者という絆《きずな》があるし」

「おまえらにはなにもしてないだろッ?」

「村瀬《むらせ》くんが加害者だとは言っていないけれど。語るに落ちるとはこのこと」

僕《ぼく》は唖然《あぜん》とする。

「真琴《まこと》さん、『おまえらには』ということは私たち以外には性犯罪してるんですかっ?」

もう無理だ。逃《に》げるしかない。トイレで飯を食いつつ楽譜《がくふ》を書こう。

「さて、これ以上村瀬《むらせ》くんをいじめ続けているとお昼ご飯を食べる時間がなくなってしまいそうだし、百合坂《ゆりさか》さん、このへんにしてあげましょう」

「今のが、その、お二人にとっては『いただきます』の挨拶《あいさつ》みたいなものなんですか」

「そう」「なわけねーだろ!」飯が不味《まず》くなるよ!

二人が弁当を広げて食べ始めたので、ここで出ていくとなんだか僕《ぼく》が行儀《ぎょうぎ》悪いみたいな雰《ふん》囲気《いき》になってしまった。しかたなく惣菜《そうざい》パンをかじりながら譜面《ふめん》に目を戻《もど》す。

「それで、話を戻《もど》しますけれど」と詩月《しづき》が僕《ぼく》の顔をうかがいながら言った。戻《もど》さなくていい。話じゃなくておまえらが戻《もど》れ(教室に)。「私も、あの朱音《あかね》さんという方の本気のプレイを聴《き》いてみたいです」

「え、ああ、うん」

ほんとに話戻《もど》したのか。よく頭が混乱しないな。

「まあ、聴《き》いてみたいけどね……今度雇《やと》ってみようか。ああ、それじゃ本気で演《や》ってくれないからだめか……」

「私にまかせてください。考えがあります」

詩月《しづき》は胸を張って言った。

*

ところが、それからというもの『ムーン・エコー』で朱音《あかね》を見かけなくなってしまった。スタジオ通いの頻度《ひんど》はどんどん増えているのに、ロビーに彼女《かのじょ》が見当たらない。心配になって黒川《くろかわ》さんに訊《き》いてみると、あっちも困り顔だった。

「あれ以来さっぱり見ないんだよ」

あれ、というのは多分僕《ぼく》らも目撃《もくげき》したライヴの後の修羅場《しゅらば》のことだろう。黒川《くろかわ》さんの耳にも話が届いていたわけだ。

「ヘルプで入ってたバンド三つともクビになったみたいで、えらく落《お》ち込《こ》んでたって聞いたけど、まさか来なくなっちゃうなんてね。座敷童《ざしきわらし》がいなくなったらうちの経営やばいかな」

「え。三つとも――だったんですか」

そのとき一緒《いっしょ》にスタジオに来ていた詩月《しづき》と、僕《ぼく》は顔を見合わせる。

「同じ理由……でしょうか」

詩月《しづき》がつぶやくので、僕《ぼく》は小さくうなずく。あり得る。あの夜の朱音《あかね》はギターもベースもドラムスも、見事なまでに無味無臭《むみむしゅう》のプレイだった。ライヴの後の飲み会で、その場にいない朱《あか》音《ね》についてメンバーたちは溜《た》まっていた思いをぶちまけたことだろう。そうして三つのバンドとも朱音《あかね》を放逐《ほうちく》することに決める……。

いかにもありそうな展開だ。

じっと考えごとをしていた僕《ぼく》に黒川《くろかわ》さんが言う。

「そういやあんた、あの子の近所に住んでんでしょ」

「え。なんで知ってるんですか」

「美沙緒《みさお》から聞いた」

おい！　生徒の住所は個人情報だろうが！

「もし逢《あ》ったら、気にせず顔出してくれって言っといてよ」

「……はあ……まあ、偶然《ぐうぜん》そんなことがあったら伝えておきます……」

スタジオを出た後で詩月《しづき》が食いついてきた。

「ご近所さんだったんですかっ？」

「ああ、うん……近所ってほどでもないよ、降りる駅が同じってだけ。僕《ぼく》は二丁目であの子は六丁目」

「どうしてそんな詳《くわ》しく知ってるんですか……？」

詩月《しづき》が心配そうな目で僕《ぼく》の顔をのぞきこんでくるのであわてて答えた。

「偶然《ぐうぜん》電車で一緒《いっしょ》になったんだよ、ほらあのライヴの日の帰りに、それでちょっと話しただけで、あの、後をつけたとかそんなこと絶対してないからねっ？」

「え、ええ、私も真琴《まこと》さんがストーキングするような人だなんて思っていませんよ」

詩月《しづき》の面食らった反応に僕《ぼく》は頭を掻《か》きむしって後悔《こうかい》した。あまりにも執拗《しつよう》に犯罪者扱《あつか》いされてきたものだから先回りして要《い》らない言い訳をしてしまった。

「それじゃあ真琴《まこと》さん、今後は頻繁《ひんぱん》に六丁目の周辺を用もないのにうろついて朱音《あかね》さんと偶然《ぐうぜん》ばったりと再会するのを狙《ねら》ってみてはいかがでしょうか」

「え……？　あ、ああ、うん……」

それこそストーキングではないのか？　いや、指摘《してき》しないでおこう。またもそっち方面に話を広げられても困る。それに、他に案もない。

しかし、朱音《あかね》に渡《わた》りをつけられたとしていったいなにをするつもりなのか、詩月《しづき》は考えがあると言っていたけれど、具体的な内容はついに教えてくれなかった。

「こういうのは秘密にしておいた方が御利益《ごりやく》が増すんです」

不安しかなかった。なにも考えていないだけでは……？

＊

六丁目といっても広いので、学校帰りに少し足を伸《の》ばして歩き回ったくらいで朱音《あかね》に再会できるはずもなかった。三日ほどその遠回り帰宅ルートを試《ため》した後で、さすがにこれは無駄《むだ》なのではないかと思い始める。

それじゃあ、どうしよう。

朱音《あかね》はうちの高校の生徒なんだから華園《はなぞの》先生に頼《たの》んで住所を教えてもらえば即《そく》解決ではないのか？　……と思いつき、すぐに自分の脚《あし》を殴《なぐ》って戒《いまし》める。個人情報だろ。なに考えてんだ。こないだ先生に対して同じ理由で憤《いきどお》ってたじゃないか。だいたい住所を調べ上げて押《お》しかけたりしたら真剣《しんけん》にストーカーだ。向こうだってびっくりするだろう。スタジオに来てくれるように頼《たの》むどころじゃなくなる。もっとこう、自然に遭遇《そうぐう》したふうを装《よそお》わないと。

僕《ぼく》は帰り道の途中《とちゅう》でガードレールに腰掛《こしか》け、息をつく。六月の夕陽《ゆうひ》は梅雨《つゆ》の気配を多分に含《ふく》んでねっとりと熱い。こんな陽気の中を無為《むい》に歩き回っていたらなめくじみたいにアスファルトの染《し》みになってしまいそうだ。

考えよう。

朱音《あかね》は今頃《いまごろ》どうしているだろう。

部屋に引きこもって落《お》ち込《こ》んでいる？　そういうタイプではない気がする。かといって、あっさり切《き》り替《か》えて元気に遊び歩いているようなやつでもない。そんな脳天気なやつなら集団になじめず不登校になったり雇《やと》い主《ぬし》を求めて座敷童《ざしきわらし》になったりはしないはずだ。あいつはあいつなりの暗闇《くらやみ》や傷口を抱《かか》えているのだ。

そこでふと寒気をおぼえる。ほんの数週間前に知り合って何度か言葉を交《か》わした程度の僕《ぼく》が、こんなふうに朱音《あかね》の内面について勝手に憶測《おくそく》すること自体がおこがましくはないだろうか。僕《ぼく》があいつのなにを知っているっていうんだ？

汗《あせ》がしみて太ももにへばりついたスラックスを、つまんで引っぱり上げ、なんとか風を通そうとする。

落ち着いて、自分の手の届く範囲《はんい》のことをしよう。

ひとつ確実にわかっているのは、朱音《あかね》がまぎれもなく音楽人だということだ。どの楽器もあれだけ弾《ひ》きこなせるのだ、僕《ぼく》なんかとは比べものにならないくらいたくさんの時間と情熱とを音楽に注いできたはずだ。捨てられるわけがない。

これまでのあいつは、ヘルプとして練習に参加していたから、スタジオ代は全額雇《やと》い主《ぬし》持ちで思う存分楽器を大音量で弾《ひ》きまくっていたわけだ。クビになってしまった今、スタジオ代を出してくれる人がいない。レンタル料は高校生にとってはかなり高い（僕《ぼく》も雑用の代償《だいしょう》として無料で使わせてもらっているのでその金銭感覚を忘れそうになるが）。それでもギターを弾《ひ》きたくてどうしようもないとき、どうする？

僕《ぼく》にだってそういう頃《ころ》があった。まだデスクトップミュージックというものに出逢《であ》っていなかった頃《ころ》だ。親からはじめて買ってもらったギターを大喜びで一日中掻《か》き鳴《な》らし、うるさいと怒《おこ》られて家から叩《たた》き出《だ》され、ケースを担《かつ》いで自転車に乗り——

その場所に思い至る。

急いで帰宅し、自室に飛《と》び込《こ》んでギターケースを肩《かた》に引っかけ、母親の「なにしてんの晩ご飯は？」の声に要《い》らないと返事をして家を飛び出した。

河原に着く頃《ころ》には陽がすっかり沈《しず》んで、しっとりした夜気が頰《ほお》に張りつくようになっていた。藍色《あいいろ》の空を背に鉄橋の影《かげ》が浮《う》かび、列車の光の並びが線路の軋《きし》みを引き連れて薄闇《うすやみ》の中を渡《わた》っていくのが見えた。

サイクリングロードの脇《わき》に自転車を駐《と》める。ストラップを袈裟《けさ》懸《が》けにして担《かつ》いだギターケースは重みで肩《かた》に深く食《く》い込《こ》んで痛んだ。汗《あせ》が冷え、湿《しめ》った草のにおいが僕《ぼく》を押《お》し包む。雑草だらけの斜面《しゃめん》を、河川敷《かせんじき》に向かって下りていった。

草野球のグラウンドにだれかがトンボをかけて整地している。三匹《びき》のむっくりした大型犬に引きずられるようにして散歩中の老人が僕《ぼく》を追《お》い越《こ》していく。夏の虫たちが草の陰《かげ》でしんしんとさみしげに鳴いている。首を巡《めぐ》らせ、あたりを浸《ひた》しつつある宵闇《よいやみ》を見渡《みわた》す。川面《かわも》から吹《ふ》いてくる風が僕《ぼく》の前髪《まえがみ》をかきあげ、体温を少しずつ持ち去っていく。

この河川敷《かせんじき》に来るのはどれくらい久しぶりだろう。小学校がこの近くだったので、登下校のときによく通りかかったものだ。楽器の練習をしている人をしょっちゅう見かけた。ギターやトランペットやトロンボーンやサックス。発声練習をしている人、小型スピーカーで音楽をかけてダンスに励《はげ》んでいる人もいた。まわりの目や騒音《そうおん》の迷惑《めいわく》など気にしなくていい場所なので、みんな思い思いに自分の好きなものに熱中していた。幼かった僕《ぼく》はその光景を見るたびに密《ひそ》かな憧《あこが》れを抱《いだ》いたものだ。

朱音《あかね》も同じ体験をしたかもしれない。

だとすれば、受け入れてくれるバンドがひとつもなくなってしまった今、心細さと悔《くや》しさとプレイへの渇望《かつぼう》と自分の楽器とを抱《かか》えて、この場所に還《かえ》ってくるかもしれない。

自転車を漕《こ》いでいる最中は、たしかな手応えのある予感だった。でもこうして草を踏《ふ》み分《わ》けながら河川敷《かせんじき》を歩いていると、あたりの暗さと川の流れる音とに熱が吸い取られて頭がどんどん冷えていく。そんな都合の良い話あるわけがない、と思えてくる。歳《とし》が同じで住《い》んでいる場所が近くて音楽をやっているって共通点があるだけなのに。

鉄橋はあいかわらず遠く、どれだけ歩いても近づいている気がしない。砂利《じゃり》を踏《ふ》む音がどんどん眠《ねむ》たげになる。僕《ぼく》の足取りが鈍《にぶ》っているのだ。そのせいで、さっき聞こえたはずの列車の音がまた響《ひび》いてきて、光の破線が夜空に尾《お》を引いていった。

空腹感も急にきつく胃を締《し》めつけてくるようになった。

馬鹿《ばか》なことをやっている。そう簡単に逢《あ》えるわけもないのに、夕食も摂《と》らずに飛び出してきて、今はこうして後悔《こうかい》と徒労感でみっしり重たくなったギターケースに潰《つぶ》されそうになりながら足を引きずっている。

ひどくくたびれているせいで、僕《ぼく》の中のいちばん冷笑《れいしよう》的な僕《ぼく》がしゃしゃり出てくる。

そんなにあいつの100％を聴《き》きたかったのか？　あのヘルプで演《や》ってたくそ面白《おもしろ》くもない演奏が実はあいつの最大限で、その先なんてないかもしれないんだぜ？

たしかにそうかもしれない。僕《ぼく》はむなしく自答する。

それでも聴《き》きたかったよ。今になって考えてみればべつに55％でも87％でも120％でもなんでもよかった。とにかく朱音《あかね》の音がもっと聴《き》きたかった。彼女《かのじよ》は見るからに不安定で、それこそ座敷童《ざしきわらし》みたいにふとした折に消えてしまってそれっきり逢《あ》えなくなりそうで、だから目を離《はな》さずに、手を放さずにいたかった。喪《うしな》ってしまった今はもう、想像するしかない。彼女《かのじよ》の指先、彼女《かのじよ》の息づかい、彼女《かのじよ》のストロークとパッセージ——聞こえた。

いつの間にかうつむいて足を止めていた僕《ぼく》は、顔を上げる。

目の前に、夜の闇《やみ》よりもいっそう黒い影《かげ》がのっぺりとそびえている。鉄橋を支えるコンクリートの太い橋架《きょうか》だ。頭を巡《めぐ》らせ、橋を見上げ、河から遠ざかる方向へと視線でたどった。斜《しゃ》面《めん》と橋との間にひときわ暗く濃縮《のうしゅく》された闇《やみ》がたまっている。

ギターは、たしかにそこから聞こえていた。

僕《ぼく》は砂利《じゃり》を蹴《け》り、走り出した。橋架《きょうか》の投げかける長い影《かげ》の中に踏《ふ》み込《こ》む。空気がひやりと肌《はだ》を噛《か》む。足音がやがて草を踏《ふ》む柔《やわ》らかく湿《しめ》ったものに変わる。斜面《しゃめん》を駆《か》け上《あ》がり、途中《とちゅう》で足を止めて息をつき、橋の根元の闇《やみ》に目を凝《こ》らした。

朱音《あかね》だ。ほんとうにそこにいる。急斜面《きゅうしゃめん》になったブロックに寄りかかり、片膝《かたひざ》をたてて闇《やみ》と同じ色に沈《しず》んだギターを太腿《ふともも》にのせ、目を伏《ふ》せてまるで赤《あか》ん坊《ぼう》をあやすような手つきで弦《げん》をなでている。なんの曲だろう。シンプルなコードの移ろいだけなのに歌心に満ちている。暗がりの中で音の一粒《つぶ》一粒《つぶ》が光になって見える。

やがて旋律《せんりつ》が染《し》み出《で》てくる。

鼻唄《はなうた》だ。朱音《あかね》の声。金属弦《げん》のきらめきを優《やさ》しく包む。僕《ぼく》はそのとき不思議な感触《かんしょく》を味わう。僕《ぼく》らのまわりだけ時間がゆっくりと巻《ま》き戻《もど》り、暗い西の空が徐々《じょじょ》に血の色に染まり、とろりとした夕陽《ゆうひ》が鉄橋の影《かげ》を長く長く僕《ぼく》の後ろの方へと押《お》し伸《の》ばし――

幻視《げんし》はいきなり消えた。

曲が途切《とぎ》れていたからだ。暗がりで草がこすれる音がする。

「……え、あれ」

声がした。僕《ぼく》は身をこわばらせた。

「真琴《まこと》ちゃん？」

朱音《あかね》がギターを膝《ひざ》から下ろして腰《こし》を浮《う》かせたのが気配でわかる。僕《ぼく》は一瞬《いっしゅん》逃《に》げだそうかと思ってしまった自分を胸の内で叱《しか》る。逃《に》げてどうする。捜《さが》しにきて、望み通り見つけたんだろうが。ちゃんと向き合え。

「……えー、ああ、うん」

再会できると思っていなかったので心の準備がまったくできていなかった。なにを話したらいいのかわからない。草の上を滑《すべ》って下りてくる音がする。鉄橋のつくる影《かげ》の下からわずかな明かりの下へと朱音《あかね》が出てくる。

「奇遇《きぐう》だね！　どうしたの？　あっ」朱音《あかね》は僕《ぼく》の肩《かた》のギターケースを指さす。「ひょっとして真琴《まこと》ちゃんもここで練習してた？　あたし邪魔《じゃま》だね？」

「いや、べつに邪魔《じゃま》じゃ――」

「ほんとに？」と朱音《あかね》は切なげな上目遣《うわめづか》いになる。「隣《となり》で体育座《ずわ》りして聴《き》いてていいの？」

体育座《ずわ》り好きだな。その、惜《お》しげもなく脚《あし》が出ているホットパンツ姿で間近に座《すわ》っていられるのはちょっと落ち着かないというか、いやいやそんなこと考えている場合じゃなくて。

僕《ぼく》はギターケースを肩《かた》からおろした。からっぽの中に詰《つ》まった嘘《うそ》の重みが消えて、ほっとしてしまった。

「これは、ええと、ポーズのために持ってきたんだ」

朱音《あかね》は不思議そうに首をかしげる。自分でも自分の言葉が意味わからないと思いつつ僕《ぼく》は続けた。

「逢《あ》えたときに偶然《ぐうぜん》のふりができるだろ。ギターの練習でたまたま河原に来ただけですよ、べつに捜《さが》してたわけじゃないんですよ、って……ほら、あの、捜《さが》してたの知られると気恥《きは》ずかしいから……」

「へっ？　……つまりあたしを捜《さが》してたの？　ていうかそれ言っちゃっていいの？　恥《は》ずかしいんじゃないの？　あたし今けっこう恥《は》ずかしいけど？」

「ああ、うん……」

言わないでおくれよ。僕《ぼく》も三倍くらい恥《は》ずかしいよ。

「どうもそういう演技するの苦手で」

「なら最初からギターなんて持ってこなきゃいいのに」と朱音《あかね》は身体《からだ》を揺《ゆ》らして笑った。まったくその通りだった。

「いや、でも、河原で練習してみたいと前から思ってたのはほんとなんだよ」と僕《ぼく》は見苦しく言い訳した。「ここ、色んな人が練習してたし、外で楽器弾《ひ》くのって新鮮《しんせん》だし」

「野外プレイが好きなの？」

「もはや誤解を招くとかそういう次元じゃないんだがっ？」

またもや笑い声をあげる朱音《あかね》だけれど、そのしぐさはどこかわざとらしく、無理をしているふうだった。それからだらりと斜面《しゃめん》に寝転《ねころ》がる。

「でも、ええと、とにかく、あたしを捜《さが》してたの？　なんで？」

「いや、その……最近スタジオに来なくなっちゃったから、どうしたのかなって。黒川《くろかわ》さんも心配してたし」

「え、そうなの？　あはは。うん、まあ、そうか。なんでだろ、あたしいつも人のお金でスタジオ入ってたから売り上げにはべつに響《ひび》かないはずなんだけどな」

いや客寄せとして貢献《こうけん》していたんだよ——というか売り上げの話抜《ぬ》きにしたっていつもいた人がいなくなったら心配するのが当たり前で——と言おうとしたけれど言葉がうまく出てこなかった。朱音《あかね》の笑い方があまりにもうつろだったからだ。

「むしろ黒川《くろかわ》さん怒《おこ》ってるかと思った。お店でごたごたやっちゃったし」

「いや、あれは……きみのせいってわけじゃ……」

「あたしのせいだよ。もうバンド何個潰《つぶ》してきたかわかんないもん。ほんと、学ばないよね。自分で自分がいやになるよ。手抜《てぬ》きなんて……ばれるにきまってるのにね。クビで当然だよ」

賭《か》けてもいいが、きみが全力で弾《ひ》いてたらライブがぶっ壊《こわ》れてそれはそれでクビになってたと思うよ。

「まあ、ヘルプだから、バンドが潰《つぶ》れたわけじゃなくてあたしが追い出されただけなんだけど。ヘルプなら大丈夫《だいじょうぶ》って考えが甘《あま》かったのかな……料金もめっちゃ安くしてたんだけど……お金とっちゃだめってことなのかな……ううん……」

しばらく草の上で悶々《もんもん》と寝返《ねがえ》りを打っていた朱音《あかね》は、やがて上半身を起こして僕《ぼく》を見る。

「ええとそれで、真琴《まこと》ちゃんはあたしになんか用があったの？　雇《やと》ってくれる気になった？　あたし今めっちゃ凹《へこ》んでるからつけ込《こ》み時だよ、ちょっとの同情でころっといっちゃう。ほいほい値下げしちゃうんだから」

僕《ぼく》は下唇《したくちびる》を噛《か》んでうつむいた。

同情してるわけじゃない。……いや、やっぱり同情なのか？　とにかく彼女《かのじょ》にそう受け取ってほしくはなかった。でもどう言えばいいのかわからない。説明する言葉が思いつかないということは彼女《かのじょ》の言う通りなのか。

溜《た》まった青臭《あおくさ》い息を足下《あしもと》に吐《は》き出《だ》した。

考えていてもしかたない。とにかく彼女《かのじょ》を見つけられたのだ。今の僕《ぼく》にできる、これがせいいっぱいだ。

「……うん。ヘルプ、お願いしようかと思って」

僕《ぼく》が答えると、朱音《あかね》の顔にはなんとも言いがたい表情が浮《う》かんだ。渇《かわ》き死ぬ寸前で汚《よご》れた泥《どろ》水《みず》の溜《た》まりを見つけたときのような、切ない安堵《あんど》の表情だった。

「明日『ムーン・エコー』に来てくれる？」と僕《ぼく》は訊《たず》ねた。

「わかった。なに演《や》るの？　なんか楽器持ってった方がいい？」

「……ごめん、わからないんだ。僕《ぼく》じゃなくて、あの、一緒《いっしょ》に練習してるドラマーの娘《こ》いるだろ、あの娘《こ》の頼《たの》みなんだ」

朱音《あかね》の表情はまた翳《かげ》ってしまう。

「……そっか」

その夜、自室で夕食代わりのカロリーメイトをかじりながら、僕《ぼく》はPCに向かってブラウザの検索《けんさく》窓にあれこれ打《う》ち込《こ》んで苦闘《くとう》していた。朱音《あかね》が橋の下で爪弾《つまび》いていた曲がなんなのか知りたかったのだ。

でも、ほんの数フレーズ聴《き》いただけだ。コード進行はなんとなくわかるけれど、他にまったく手がかりがない。検索《けんさく》のしようもない。

……いや、鼻唄《はなうた》も聴《き》いている。歌い出しの部分なのか、途中《とちゅう》なのかはわからないけれど、二小節ほど歌っていた。今は鼻唄検索《はなうたけんさく》という便利なものがあるのだ。マイクでメロディを音声入力すると、深海の如《ごと》きデータベースから該当《がいとう》しそうな曲を拾ってきてくれる。

とはいえ、両手で数えられるくらいの音符《おんぷ》だけだし、だいたいプロの作品として発表された曲とも限らないし——と期待せずにマイクに鼻唄《はなうた》を吹《ふ》き込《こ》んだ僕《ぼく》だったけれど、情報技術の極度な発達に目を剝《む》くことになる。すぐにヒットしたのだ。

WANDS "Same Side"

ワンズ。ワンズ？

名前を聞いたことはある。日本のグループだ。僕《ぼく》が生まれる前のバンドで、たしかめっちゃポップなロックで大ヒットを飛ばしまくったんじゃなかったっけ？　さっき耳にした朱音《あかね》の演奏とイメージがあまりにもかけ離《はな》れていて、検索《けんさく》ミスを疑ってしまう。

動画サイトでその曲を再生してみた。

フィードバック音に引きずられて始まる乾《かわ》いたギターストローク。切々とつぶやかれる歌。たしかに朱音《あかね》が演《や》っていた曲だった。

三度繰り返《かえ》して聴《き》いた。四度目を思いとどまるのにずいぶん苦労してタブを切《き》り替《か》え、僕《ぼく》は再び検索《けんさく》エンジンをまさぐった。

一体この曲はなんだ？

バブル末期にドラマやCMとタイアップしまくって売れに売れていた商業ロックの申し子のような彼《かれ》らの、どこをどう切《き》り裂《さ》いたらこんな鮮《あざ》やかな黄昏《たそがれ》色が噴《ふ》き出《だ》すのだろう。

そして朱音《あかね》はどうしてこの歌を口ずさんでいたのだろう？

気づけば僕《ぼく》の指は勝手にiTunesを起動してストアに飛んでいる。WANDSの他の曲には目もくれずに〝Same Side〟だけ購入《こうにゅう》して、オートリピートをONにし、ヘッドフォンをかぶる。目を閉じると眼前に、夕映《ゆうば》えをまだらに塗《ぬ》り広げて流れる川面《かわも》がある。ギターが僕《ぼく》の意識の隅《すみ》っこにやすりをかけ始める。

僕《ぼく》は椅子《いす》の背もたれに身を預け、歌声に聴《き》き入《い》った。

＊

翌日の夕刻、朱音《あかね》は黒いギターケースを背負って『ムーン・エコー』に現れた。かなり幅広《はばひろ》のハードケースだ。ロビーにたまっていた常連客たちは彼女《かのじょ》を見てざわついた。

「あれ……」「最近見なかったけど」「なんかトラブったとかじゃなかったっけ」

自動ドアをくぐって入ってきた朱音《あかね》は、まわりの視線にびくびくしながらロビー内を見回し、カウンターの横で待っていた僕《ぼく》を見つけるとほっとした表情になった。でも僕《ぼく》の隣《となり》にいる詩月《しづき》と凜子《りんこ》の姿に目を移すと、瞳《ひとみ》に不安の色がかすかにさしたのがわかった。

「宮藤朱音《くどうあかね》さんですね。百合坂詩月《ゆりさかしづき》と申します」

詩月《しづき》が優雅《ゆうが》なしぐさで一礼した。それから凜子《りんこ》を手で示す。

「こちらは冴島凛子《さえじまりんこ》さん。ともに華園《はなぞの》先生に師事しております」

「……美沙緒《みさお》さんの教え子……？」

知っている名前が出てきたからか、朱音《あかね》は少し緊張《きんちょう》をほどいた様子だった。まあ詩月《しづき》は教え子ではないのだけれど、そんな細かい指摘《してき》をするべきときではない。

「いわば被害者《ひがいしゃ》の会」凛子《りんこ》がぼそりと言った。「あなたも華園《はなぞの》先生に家庭教師をしてもらっていたそうだけれど、きっとなにかしらこき使われたはずだからわたしたちの同胞《どうほう》」

「こき使われ……？　ううん、そんなことないけど。大学の課題を代わりにやったくらいかな
あ、曲を聴《き》いて採譜《さいふ》するってやつ」

それをこき使われたっていうんだよ。あの女、バイト時代から悪徳教師だったのか。

「朱音《あかね》さん、どうやらあなたは天性のこき使われ体質のようですね！」

詩月《しづき》が無理している感じの居丈高《いたけだか》な態度で言う。

「今日は私がこき使って差し上げます。お代はもちろん前払《まえばら》いでしっかりお渡《わた》ししますからご安心ください」

「……う、うん。ありがと」

「お部屋はもうとってありますから」

予約済みの部屋はD6スタジオ、『ムーン・エコー』でいちばん広い部屋だった。録音機材を納めたコントロールブースが併設《へいせつ》され、ドラムセットに向かって左手の壁《かべ》は全面が鏡張りに

なっている。ダンスの練習にも使えるように、みたいな意図だろうか。正直なところ、なんだか気恥《きは》ずかしい。自分が同年代の女の子三人と一緒《いっしょ》にスタジオ入りしているという白昼夢のような現実を目《ま》の当《あ》たりにさせられるからだ。

この春まで、暗い自室に閉じこもって画面をにらんでマウスをかちかちクリックするのが僕《ぼく》の音楽のほとんどすべてだったのに、ほんの三ヶ月足らずでずいぶん遠くへ来てしまったものだ。一体この先どんな景色が見られるのだろう。

「それで、ええと、なにを演《や》るの」

ギターケースを床《ゆか》におろした朱音《あかね》が僕《ぼく》ら三人を順繰《じゅんぐ》りに上目遣《うわめづか》いで見ながら訊《たず》ねた。

「その前に支払《しはら》いを済ませましょう」詩月《しづき》が遮《さえぎ》るように言う。「お確かめください」

手渡《てわた》された封筒《ふうとう》を受け取った朱音《あかね》は、中身をちらと見て目を剝《む》く。

「だっ、だめだよこんな大金！」

僕《ぼく》にも見えてしまった。万札が束で入っていたのだ。口を半開きにして詩月《しづき》を見つめる。なに考えてるんだ？

「お気になさらず。お花にはとてもお金がかかりますので私は母から毎月遣《つか》いきれないほどの額をもらっております」

「うらやまし――じゃなくて、そういう問題じゃ……」

思わず横から口を出してしまう。詩月《しづき》は僕《ぼく》にかまわず続けた。

「朱音《あかね》さん、これまでにバンドをいくつも潰《つぶ》してきたそうですね」

言われて朱音《あかね》は身を固くした。僕《ぼく》は詩月《しづき》を凝視《ぎょうし》する。こんなに無遠慮《ぶえんりょ》なことを、さほど親しくもない相手に言い放つようなやつだっただろうか。

「ヘルプで入ったバンドもみんな解雇《かいこ》されてしまったと」

「……う、うん」

「朱音《あかね》さんのようなことをやっていたら当然の結果だと思います」

あまりにもひどい言い方なので止めに入ろうかと思った。でも詩月《しづき》のすぐ隣《となり》でシンセサイザーのセッティングをしていた凛子《りんこ》が、絞《し》め殺《ころ》すぞと言わんばかりの目つきでにらんでくるので、僕《ぼく》はおののいて口をつぐむ。

「そっ、そう――だよね」朱音《あかね》はぎこちなく苦笑《くしょう》する。「あたしももっとがんばんなきゃって思ってて、そんで期待に応えられなかったときに申し訳ないから値段もなるべく安くして」

「それがいけないんです」

詩月《しづき》がぴしゃりと言った。朱音《あかね》は困惑《こんわく》顔で目をしばたたいた。

「私の母は、……家元です」

詩月《しづき》は目を伏《ふ》せて語り始める。陰鬱《いんうつ》な声がスタジオの床《ゆか》にとぐろを巻く。

「お花はとてもお金のかかる芸事です。母は道具でも着物でもお金に糸目をつけません。そして自分も、仕事を引き受ける時にはたいへん高額なギャラを要求します。たとえ知り合いからの依頼《いらい》であっても決して手心を加えません。華道家《かどう》としての誇《ほこ》りがあるからです。私にこの分不相応な月額の小遣《こづか》いを渡《わた》すと決めたとき、母は言いました。高く買い、高く売りなさい、と。安く売る者には安い客しか集まらない――と」

朱音《あかね》がはっとして目を見開いた。詩月《しづき》は顔を上げ、封筒《ふうとう》を握《にぎ》らせている朱音《あかね》の手をさらに両手でぎゅうっと包《つつ》み込《こ》んだ。

「これは、私があなたにつけた値段です。あなたの腕《うで》にはこれだけの価値があると、私が自分の誇《ほこ》りをかけて判断しました。ですから、これからその額に見合うだけの演奏をしていただきます」

呆然《ぼうぜん》とうつむく朱音《あかね》の顔を、詩月《しづき》は下からのぞき込《こ》む。

「それとも、自信がありませんか？　それならそれでかまいません。どうぞお帰りください。私も自分の見込《みこ》みちがいを恥《は》じるだけです」

「それから、帰るなら村瀬《むらせ》くんには二度と近づかないように」と凜子《りんこ》が口を挟《はさ》む。

「あっ、そう、そうです！　それもです、ここで逃《に》げるのであれば真琴《まこと》さんには金輪際いやらしい営業をかけないでくださいね！」

……しみるようなシリアスな空気になりかけていたのが台無しだった。

朱音《あかね》はしばらく顔を伏《ふ》せたまま動かなかった。居心地《いごこち》の悪い空気がD6スタジオの室内を漂《ただよ》った。

でもやがて彼女《かのじょ》は膝《ひざ》を折って、床《ゆか》に置いた自分のギターケースを開く。縁《ふち》が黒く深く焦《こ》げたブルーズバースト塗装《とそう》の重厚《じゅうこう》なボディが現れる。ES335だ。ジャズからロックまで幅広《はばひろ》く使われるセミアコースティックギターの名品。きっと、どんな曲を演《や》らされるかわからないから、とにかく多彩《たさい》な音を出せる楽器を持ってきたのだろう。そういう配慮《はいりょ》ができてしまうから、彼女《かのじょ》はどこにも行けずロビーの隅《すみ》で体育座《ずわ》りして客を待つしかなくなっていたのだ。

「……わかった。演《や》るよ」

ギターのネックを指でたどりながら彼女《かのじょ》は言った。

「でも、なにを演《や》ればいいの？」

「朱音《あかね》さんにお任せします」と詩月《しづき》は答えた。物腰《ものごし》の柔《やわ》らかい詩月《しづき》でなければ、もっとずっと冷酷《れいこく》に聞こえただろう。

僕《ぼく》は朱音《あかね》の途方《とほう》に暮れた顔を横目で見やる。いつだったか彼女《かのじょ》は、自分でやりたい音楽が特にない、と言っていた。あれは本音だろう。だから今こうして背を丸めて深海色のギターにすがりついて黙《だま》りこくるしかなくなっている。正直に告白すれば僕《ぼく》は、詩月《しづき》が選曲を朱音《あかね》自身に任せることも、朱音《あかね》がなにも選べず固まってしまうことも予想していた。

いや、ちゃんと書こう。予想じゃない。期待だ。

いやなやつだと自分でも思うけれど、取《と》り繕《つくろ》ったってしかたがない。僕《ぼく》は朱音《あかね》が途方《とほう》に暮れますようにと願っていたのだ。

だって――

リクエストできる。あの歌を。

「じゃあ、さ」

僕《ぼく》は自分のギターケースから楽器を引っぱり出しながら言う。

「昨日、河原で演《や》ってた曲。あれ歌ってよ」

朱音《あかね》がこちらを向く。その眼《め》は雨上がりの迷い猫《ねこ》のようだ。僕《ぼく》が手にしているベースギターを見ても表情は晴れない。

「一夜《いちや》漬《づ》けだけどちょっと練習したんだ。ベース」

僕《ぼく》の弾《ひ》くベースなんぞに、朱音《あかね》の背中を押《お》したり支えたりする力はない。彼女《かのじょ》はまた自分のギターに目を落として黙《だま》り込《こ》んでしまう。

でも、もう一言だけ僕《ぼく》は付け加える。

「こないだのヘルプやってたライヴ聴《き》いててなんとなくわかったんだ。楽器なんでも上手《うま》いけどさ、……本職っていうか、いちばんやりたいのは、ヴォーカルだろ？」

彼女《かのじょ》の肩《かた》がぴくりと震《ふる》えた。反応はそれだけだった。

僕《ぼく》は祈《いの》るような気持ちでベースをアンプにつなぎ、チューニングを始めた。

凛子《りんこ》も僕《ぼく》に同調するように、シンセサイザーを台にのせてサステインペダルを足下《あしもと》にセットし、シールドコードをミキサーまで引っぱっていく。

詩月《しづき》だけは動かず、朱音《あかね》の前で答えを待っている。

朱音《あかね》がようやく顔を上げたのは、僕《ぼく》がマイクをミキサーにつなぎ、胸をふさぐような濃密《のうみつ》なノイズが室内に充満《じゅうまん》したときだった。

言葉はなにもなかったけれど、詩月《しづき》は朱音《あかね》の顔を見てうなずき、ドラムセットの向こう側に回って椅子《いす》に腰《こし》を下ろした。その手にはいつの間にかスティックが握《にぎ》られている。

けっきょくまたセッションだ、と僕《ぼく》は思う。

しかたない。僕《ぼく》らにはこれしかないのだ。言葉は不確かで、不完全で、ときに不実で、ひとの心に伝わるまでに簡単に歪《ゆが》んだりねじ曲がったり壊《こわ》れたり消えたりする。音楽は決してそんなことにならない。音楽にはそもそも意味なんてないからだ。弾《ひ》き手《て》と聴《き》き手の心が空気の波を媒介《ばいかい》としてただ震《ふる》え、共鳴して、思い思いの幻想《げんそう》を作り出すだけ。

チューニングを終えた朱音《あかね》がマイクスタンドの前に立つ。

張《は》り詰《つ》めた空気は電気の味がした。

ピックを握《にぎ》りしめた小さな細い手が弦《げん》に向かって振《ふ》り下ろされる。夕映《ゆうば》えを受けて朱《しゅ》に染まった川の水を、すくいとって指の間からこぼれ落ちるにまかせる——そんな心地《ここち》よく冷たく寂《さび》しげな下降音型。

やがて朱音《あかね》の歌声が、マイクに吐《は》きかけられる。

ほんのワンフレーズで、涙《なみだ》が出そうになった。僕《ぼく》が喪《うしな》ってしまったもの、幼い頃《ころ》から憧《あこが》れていた景色、これから先も喪《うしな》い続けるであろう一瞬《また》きごとの光、決して触《ふ》れることのかなわない遠い星々——そのすべてが含《ふく》まれている声。

……いけない、浸《ひた》ってちゃだめだ。歌の切れ間を見つけると、ベースのネックを握《にぎ》った手に力を込《こ》める。金属弦《げん》のざらりとした感触《かんしょく》が指の腹に食《く》い込《こ》んで、わずかながらも現実感が戻《もど》ってくる。

コードの変わり目にそっと弦《げん》を爪弾《つまび》いた。

静かに添《そ》えられたその低音があまりにもくっきりとしていて、僕《ぼく》は自分で驚《おどろ》く。それからすぐに気づく。僕《ぼく》だけの音じゃなかった。バスドラムとハイハットだけのビートが僕《ぼく》らの背中をそっと支えている。夏の早朝の靄《もや》みたいに薄《うす》く涼《すず》やかなオルガンの音まで聞こえる。示し合わせたわけでもないのに、僕《ぼく》も詩月《しづき》も凛子《りんこ》も、同じ場所から歌の中に踏《ふ》み込《こ》んでいたのだ。幾《いく》筋ものせせらぎが谷の口に集められてひとつの川になるように。

詩月《しづき》も凛子《りんこ》も知らない曲のはずだ。詩月《しづき》はごくシンプルなリズムパターンを、凛子《りんこ》はなるべくコード進行にぶつからないように選んだ空虚《くうきょ》五度の白玉を、それぞれ手探《てさぐ》りで押《お》さえているだけだ。僕《ぼく》が先導しなくちゃいけない。

でも朱音《あかね》は僕《ぼく》の気遣《きづか》いなどおかまいなしにエフェクターのペダルを踏《ふ》み込《こ》みながら六本の弦《げん》を掻《か》きむしり始める。ES335の響《ひび》きがノイズをまといながらひび割れ、ゆがみ、曲が一気に過熱する。細やかな水泡《すいほう》のつぶやきのようだった歌が、ほんの二小節で沸《わ》き立《た》つ熱湯に変わる。詩月《しづき》のドラミングがその温度変化を感じ取り、けたたましいフィルでオルガンの靄《もや》をずたずたに切《き》り裂《さ》く。

その亀裂《きれつ》からほとばしる朱音《あかね》の声。マイクを通じてスタジオ内のありとあらゆるものが帯電する。僕《ぼく》はもう息もできなくなり、コーラスのうねるような長調と短調のせめぎ合いにしがみついてベースのシンコペーションをからませる。空間を貪欲《どんよく》に喰《く》い広げていく息の長い旋律《せんりつ》に、凛子《りんこ》もオブリガートを噛《か》みつかせる。

なんて激情だろう。ほんとうに特別な声で、特別な歌なのだ。

WANDS“Same Side”――。

かつてハードロックを愛する二人の若者が、日本有数のヒットメーカー・プロダクションであるビーイングに見出《みいだ》され、魔法《まほう》の杖《つえ》という名前を与《あた》えられ、バブル経済の爛熟《らんじゅく》のまっただ中に放《ほう》り込《こ》まれた。ビーイングは総力を挙げて流行のデジタルポップソングを次々と杖《つえ》に注《つ》ぎ込《こ》み、ドラマやコマーシャルやアニメとのタイアップできらびやかに飾《かざ》り立《た》てた。彼《かれ》らの歌は目《め》眩《まい》がするほどに売れた。ミリオン、ミリオン、またミリオン――ビーイングの魔法《まほう》が巻き起こす渦《うず》の中で、二人の若者は、けれど縮こまり、疲弊《ひへい》し、ひしゃげていった。

おれたちのやりたい音楽じゃない。おれたちの思《おも》い描《えが》いていた未来とちがう。他人の都合で組まされ、他人の曲を押《お》しつけられ、他人ごとみたいに演《や》る。

もう、うんざりだ。

十枚目のシングル曲を、二人は自分たちだけで作っていった。電話越《ご》しに仮詞を口ずさみ、ギターを爪弾《つまび》き、コード進行を手探《てさぐ》りで編みながら、昔と同じように、憧憬《しょうけい》と衝動《しょうどう》をそのまま音符《おんぷ》に焼きつけていった。

〝Same Side〟……。

彼《かれ》ら二人にとっても特別な曲になった。

そして、売れなかった。

ヒットチャートでは二位だったたし、売り上げ枚数は二十万を超《こ》えた。二十一世紀の現在から見れば望むべくもない数字だけれど、当時吹《ふ》き荒《あ》れていたビーイングの嵐《あらし》の中にあってはきっぱりと失敗作の烙印《らくいん》を捺《お》されてしまう結果だ。一切飾《いっさいかざ》らずに見せた彼《かれ》ら二人の素顔《すがお》への、それが大衆からの答えだった。血を流す彼《かれ》らなんてだれも望んでいなかった。たとえ肌《はだ》に傷をつけてもそこから炭酸飲料が流れ出てくるような、ポップな魔法《まほう》たっぷりのスターだけを人々は欲《ほっ》していたのだ。

二人は魔法《まほう》の杖《つえ》を投げ捨て、バンドを脱《ぬ》けた。

それでも歌は残る。だれかにとって特別である限り、いつまでも歌い継《つ》がれる。彼《かれ》ら二人が苦しんでいたとき、壊《こわ》れそうだったとき、もがきながらも自分たちの音楽を形にしようとしていたとき、僕《ぼく》らはまだ生まれてもいなかった。でも歌は時間の空白を飛《と》び越《こ》え、世紀さえもまたぎ、心をつないで共振《きょうしん》させる。

〝Same Side〟。

朱音《あかね》はどんな想《おも》いを受け取っただろう。どんな身勝手な幻想《げんそう》を描《えが》いただろう？　それは罪でも過《あやま》ちでも誤りでもない。だって音楽は言葉じゃない。言葉を呑《の》み込《こ》んだ昏《くら》い深みに息づくもの、言葉を飛《と》び越《こ》えたはるか高みに消えていくものだから、正しいも間違《まちが》いもない。彼《かれ》らの側には彼《かれ》らの、彼女《かのじょ》の側には彼女《かのじょ》の欲望があるだけだ。

同じ側《Same Side》に、今は僕《ぼく》も寄《よ》り添《そ》って立っている。

朱音《あかね》の獣《けもの》じみた吼《ほ》え声がシンバルの残響《ざんきょう》の中をたなびいていき、歌が一巡《ひとめぐ》りする。彼女《かのじょ》がエフェクターのペダルをゆっくりと戻《もど》し、再びのクリーントーンで語りの旋律《せんりつ》をつぶやき始める。もう詩月《しづき》も凛子《りんこ》も遠慮《えんりょ》はしない。ワンコーラス聴《き》いて曲をつかんだからだ。朱音《あかね》のざらついた歌声を際立《きわだ》たせるオルガンの陰影《いんえい》。ギターの音色が歪《ゆが》みながら闇《やみ》へと墜落《ついらく》していくのにぴったりシンクロするスネアドラムの崩壊音《ほうかいおん》。そのただ中で、ただコードの根っこを手放さないようにと必死にしがみつくだけだった僕《ぼく》は、悔《くや》しさを悦《よろこ》びと一緒《いっしょ》に噛《か》みしめながら二度目のコーラスの狂乱《きょうらん》に呑《の》み込《こ》まれていった。ギターソロの裏で音域が薄《うす》まらないようにと支えたのも、三度目のコーラスに終末の予兆さえ感じさせるうねりを加えたのも、みんな凛子《りんこ》だった。

やがて静けさが還《かえ》ってくる。

他のすべての楽器の響《ひび》きが空気に吸《す》い込《こ》まれてしまったのを確かめてから、朱音《あかね》はギターのアルペッジョだけで最後のフレーズを口ずさんだ。

歌い終えた彼女《かのじょ》が照れくさそうに額の汗《あせ》をぬぐい、ギターをスタンドに置いた後も、部屋の中には変わらない時が流れる。

僕《ぼく》と朱音《あかね》はほとんど同時に、背後のドラムセットに埋《う》もれた詩月《しづき》をうかがった。詩月《しづき》は澄《す》まし顔でドラムスティックのグリップのテープを巻き直している。朱音《あかね》の不安げな視線が僕《ぼく》の顔まで漂《ただよ》ってくる。そんな目をされても困る。どうなんだ、今のでよかったのか？

詩月《しづき》の長いまつげが、とてもわざとらしく動いて、彼女《かのじょ》は目を上げた。

はじめに僕《ぼく》を見て意味ありげに微笑《ほほえ》み、朱音《あかね》に目を移す。

「……１５００円、というところでしょうか」

すぐにはなんのことかわからなかった。でも視界の端《はし》で朱音《あかね》が肩《かた》を落とすのが見える。

つまり今の演奏への評価か。たったの１５００円分だと。先払《さきばら》いした料金にはとても値《あたい》しなかった——と。

「そのうちの５００円くらいは」と凛子《りんこ》がシンセのセッティングを変えながら言う。「わたしが働いた分だと思うけれど」

「……え、えっと……ごめ——」

朱音《あかね》の声は萎《しお》れそうだった。そこで詩月《しづき》が言う。

「今日はこの部屋、二時間借りていますから。しっかり料金分、演《や》ってもらいますからね」

くすぐったいような数秒間の沈黙《ちんもく》の後、朱音《あかね》はぱっと顔を上げた。

「うん！　いっぱいサービスするから！　休ませないからね！」

「わたしはちょくちょく休む。なるべく鍵盤《けんばん》の入ってない曲多めにして」凛子《りんこ》が気だるげに混ぜっ返した。朱音《あかね》はからから笑いながらギターのストラップに再び肩《かた》をくぐらせた。

「それから朱音《あかね》さん」詩月《しづき》があらたまった語調で言った。「演奏中、なにやら真琴《まこと》さんの方をしきりに気になさっていたようですけれど、思っていることは今ここではっきりとおっしゃってください」

「……え……でも……」

朱音《あかね》はもじもじしながら詩月《しづき》と僕《ぼく》の顔を見比べる。たしかに僕《ぼく》の方を何度も盗《ぬす》み見《み》ていたのは気づいていたけれど。

「朱音《あかね》さんのそういう無駄《むだ》な気遣《きづか》いこそが無職生活を招いたんです！　さあ、きっぱりとさっぱりと吐露《とろ》してしまってください！」

「うう……わ、わかった！」朱音《あかね》は両手を握《にぎ》り拳《こぶし》にして僕《ぼく》の方を向いた。「真琴《まこと》ちゃん、ベース下手だよ！」

僕《ぼく》は膝《ひざ》と一緒《いっしょ》にベースを抱《かか》えて床《ゆか》に丸くなった。

「その調子です朱音《あかね》さん、もっと言ってあげてください！」

「あたしがベース弾《ひ》いた方がましだと思うけどそうすると真琴《まこと》ちゃんにギターやってもらわなきゃいけなくなってそれはそれで厳しいからもうどうしようもないよね！」

「すごく正直で清々《すがすが》しくて良い感じです、朱音《あかね》さん！　ポール・マッカートニーもそうやって自分がジョンやジョージよりギター上手《うま》いこともリンゴよりドラムス上手《うま》いことも隠《かく》そうともしなかったからビートルズが潰《つぶ》れたんですよ！」

それはなにかのフォローなのか？

「大丈夫《だいじょうぶ》かな、真琴《まこと》ちゃん亀《かめ》みたいになっちゃったけど」

「大丈夫《だいじょうぶ》です、朱音《あかね》さんにひどいことを言われて傷ついている真琴《まこと》さんを私が優《やさ》しく慰《なぐさ》めて好感度を上げる作戦ですから」「ひどいのはおまえだよ！」「ああっ思わず口に出していました」

詩月《しづき》は両手で顔を覆《おお》って青ざめるが、それも含《ふく》めて演技だろう。

「詩月《しづき》に嫉妬《しっと》する」凜子《りんこ》がぼそっと言った。「わたしよりもうまく村瀬《むらせ》くんをおちょくれるなんて」

「変な対抗《たいこう》心燃やさないでくれ……」「私おちょくっているつもりなんてありません、なにもかも本気ですから！」輪をかけてひどくない？

「あの、でも、真琴《まこと》ちゃんはベースは下手でも口が上手《うま》いから」

「なんの慰《なぐさ》めにもならねえよ！」

朱音《あかね》はまた素焼《すや》きの鈴《すず》みたいに心地《ここち》よい声で笑うと、マイクに向かって、なにもかもを終わらせる魔法《まほう》の言葉を吐《は》きかける。

「――じゃあ次の曲!」

そう言ってギターリフを刻み始めれば、もうすべての呼吸は音楽のために徴収《ちようしゆう》されてしまい、会話なんてできなくなる。疾走《しつそう》するビートの中に、凛子《りんこ》のピアノのグリッサンドが、そして詩《し》月《づき》のフィルインがなだれ込《こ》む。僕《ぼく》も遅《おく》れるわけにはいかなかった。みんな知っている古い古い歌だ。ポール・マッカートニーがリンゴ・スターのドラムスを遠慮《えんりよ》なく腐《くさ》してビートルズをぶち壊《こわ》しかけ、それでも平然と自分でドラムスを叩《たた》いて創りあげた歌。

『バック・イン・ザ・U.S.S.R.』。

もちろん三人の女どももまるで遠慮《えんりよ》しない。僕《ぼく》は超《ちよう》音速で突《つ》き進《すす》むソ連行きのジェット機に振《ふ》り落《お》とされまいとしがみつくだけで精一杯《せいいつぱい》だった。

＊

週明け、月曜日――。

土日に降り続いた雨があがり、梅雨明《つゆあ》けの気配も感じさせるひりひりした陽気だった。校門を入ってすぐ両手の植《う》え込《こ》みに茂《しげ》る紫陽花《あじさい》も、暑さに負けたかのようにだいぶ赤らんでいる。もうすぐ夏だ。

校舎の玄関《げんかん》口で意外な人物から声をかけられた。

「おはよう真琴《まこと》ちゃんっ」

聞き憶《おぼ》えのあるハスキーヴォイスに、見憶《おぼ》えのあるアグレッシブな顔。でも一瞬《いっしゅん》だれだかわからなかった。うちの高校の制服を着ていたからだ。

信じられないが、朱音《あかね》だった。

「……なにその顔。……同じ高校だって言ったよね？」

「……え、あ、う、うん」

登校してきた他の生徒たちが、入り口で立ち止まった僕《ぼく》ら二人をじろじろ見ながら脇《わき》を通《とお》り抜《ぬ》けていく。

「……不登校じゃなかったの？」

「来ちゃだめだった？」と朱音《あかね》は唇《くちびる》をすぼめる。

「いやいや」むしろ来なきゃだめだが。「ただ、びっくりして。なんでいきなり学校来る気になったの」

「しづちゃんに言われたからね、売りはやめろって。そしたら、ほら、もう一日中あそこで膝《ひざ》抱《かか》えて客待ってるわけにもいかないでしょ」

おい、売りって言うな。変な誤解されたらどうする。

「それじゃそろそろ真面目に高校生やるかな、って。学校来れば真琴《まこと》ちゃんもしづちゃんも凛《りん》ちゃんもいるわけだしね。あと美沙緒《みさお》さんも」

「うん、まあ……それはよかった」

そんなところにまで風穴があくのかよ。予想もしていなかった。というかずっと不登校児だったわりには平然としてるけどさほど深刻な理由じゃなかったのか？……と思って朱音《あかね》の様子をよくよく見てみると、顔は少しこわばっているし、スカートから伸《の》びる素脚《すあし》は小刻みに震《ふる》えているし、そういえばさっきから玄関《げんかん》をまたごうとしないでずっと立ち話をしているのがそもそも変だ。

「いやあ、あはは。いざってなると、緊張《きんちょう》するね？」

僕《ぼく》の視線に気づいた朱音《あかね》が不自然な照れ笑いをみせる。

「昨日、学校行くって言ったらお母さん泣いちゃってさ。先生に電話かけたら先生も泣いちゃったみたいで。もう、ハードル上げないでほしいよね。知らない人ばっかりの場所にこれから乗《の》り込《こ》むってのに。ああ、どうしよ」

平気なわけがないのだ。彼女《かのじょ》の側には彼女《かのじょ》の絶望があり暗黒がある。

それでも、僕《ぼく》が——同じ側にいる。

「……音楽室に」

乾《かわ》いた喉《のど》に声が引っかかってうまく言葉が押《お》し出《だ》せなかった。咳《せ》き込《こ》み、続ける。

「いつでも来ればいいよ。だいたい華園《はなぞの》先生か僕《ぼく》か、……だれか知ってるやつがいるから」

そのときようやく見せた表情が、たぶん僕《ぼく》がはじめて見た朱音《あかね》のほんとうの笑顔《えがお》だ。

「……うん！」

4組の下駄箱《げた》の方へと走っていく朱音《あかね》の背中を見送る。と、先にそこで靴《くつ》を脱《ぬ》いでいた二人の姿が目に入る。

「おはようございます、朱音《あかね》さん！　登校するってほんとうだったんですね！」

「信用してなかったのーっ？」

「教室の場所もトイレの場所もクラスメイトの名前も授業の内容も体操着の着方もわからないでしょう。しばらくはわたしがサポートしてあげる」

「体操着くらいは自分で着られるよっ？　でもありがと！」

ああ、凛子《りんこ》は同じクラス、詩月《しづき》も隣《となり》のクラスだっけ。じゃあ心配要《い》らないか。精一杯《せいいっぱい》かっこつけた僕《ぼく》の立場がないけれど。ていうか学校来るってあの二人には前もって教えてたわけ？　なんでそんな急激に仲良くなってんの？　僕《ぼく》には教えてくれなかったのに？

まあいいや。

僕《ぼく》は自分の7組の下駄箱《げた》に向かう。僕《ぼく》の側には僕《ぼく》の、つまらない生活があるのだ。

チャイムが鳴る。大勢の生徒の足音が僕《ぼく》を後ろから追《お》い越《こ》していく。靴《くつ》を脱《ぬ》いだ僕《ぼく》は上履《うわば》きを突《つ》っかけると、階段に向かって駆《か》け出《だ》した。

Paradise NoiSe
Misao Hanazono

8 もう一度の夏

「最近ムサ活してなくない？」

昼休み、音楽室にみんなで集まって合唱練習のスケジュール調整をしているとき、華園《はなぞの》先生がいきなりそんなことを言い出した。

「なんですか、むさかつって」と詩月《しづき》が横から訊《き》いてきたので僕《ぼく》は椅子《いす》を蹴倒《けたお》すほどの勢いで立ち上がり、先生の手をつかんで音楽準備室に引っぱっていった。

「あたし強引《ごういん》な男の子はきらいじゃないけど人の目があるところだと――」

「そういうんじゃなくて！　ムサオのことは詩月《しづき》と朱音《あかね》は知らないんですよ、喋《しゃべ》らないでください よ！」

「ムサ活がムサオ活動の略だなんてよくわかったねえ。そろそろやらなきゃって自分でも思ってたのかな」

「ちがいますよ！　そんな変な語感ほかにないでしょ、すぐわかります！　とにかく学校では秘密にしてるんだから言わないでって前から何度も――」

「な、なにが秘密なのでしょう、先生と二人きりで」「ムサオってなに？」

気づけば準備室の入り口が細く開いて詩月《しづき》と朱音《あかね》の顔が縦に並んでいる。その向こうで凛子《りんこ》があきれて肩《かた》をすくめている。僕《ぼく》は頭を抱《かか》えた。

スマホで動画を観《み》た詩月《しづき》と朱音《あかね》は大興奮だった。

「えーっこれ真琴《まこと》ちゃんなの？　あたしより脚《あし》きれいじゃないっ？」

「真琴《まこと》さんっ、こんな魅力《みりょく》的な女性が身近にずっといたなんて……しかも毎日裸《はだか》を見たり触《さわ》ったりしているわけでしょう、はしたないです！」

自分のを見たり触《さわ》ったりしちゃだめならお風呂《ふろ》とかどうすんだよ？

「まあ隠《かく》し通せるもんでもないんだし、傷が浅い感じでよかったんじゃない？」

ばらした張本人の華園《はなぞの》先生が完全に他人ごとみたいに言うのでいらっとくる。いや、ばらしたのは僕《ぼく》か？　ひとのせいにしちゃだめか……。

「でも再生数すごいねこれ」と朱音《あかね》がスマホの画面に顔を近づけて言う。「曲もちゃんと聴《き》きたいからヘッドフォンつないでいい？」

スマホの持ち主である凛子《りんこ》に許可をとり、ヘッドフォンを接続してかぶる。イヤーパッドを両手で軽く押《お》さえてリズムに合わせて頭を振《ふ》り始める。顔がほころんでいるのでこっちとしても気恥《きは》ずかしい。

「いいよこれ、真琴《まこと》ちゃん！」

一曲聴《き》き終えた朱音《あかね》がヘッドフォンを詩月《しづき》に渡《わた》して言う。

「太ももだけじゃなくて曲もいいよ！　真琴《まこと》ちゃん演奏下手なはずなのに全然そう聞こえないね、編集もうまいのかな！」

ほめられてるはずなのに全然嬉《うれ》しくなかった。

「……これ、私とよくスタジオで練習していた曲ですよね。こんなにいいアレンジだったんですね……」

ヘッドフォンをかぶった詩月《しづき》が陶然《とうぜん》とつぶやく。

「真琴《まこと》ちゃんの曲、みんなで一緒《いっしょ》に演《や》ろうよ。他にもいっぱいあるんでしょ？　四人いたら演《や》れる幅《はば》も広がるし新曲動画作るのもいいよね！」

朱音《あかね》は机に手をついてぴょんぴょん飛《と》び跳《は》ねる。

「え……いや、べつにそんな……」

「とてもいいと思う」意外にも凛子《りんこ》が乗ってきた。「わたしたちが演《や》るための曲となれば村瀬《むらせ》くんもいつもみたいな手抜《てぬ》きの譜面《ふめん》は書かないでしょうし」

「いつも手抜《てぬ》いてるみたいに言うなよ。少なくとも凛子《りんこ》に弾《ひ》かせる伴奏譜《ばんそうふ》はちゃんと書いてるだろ」

「そう、わたしのための譜面《ふめん》ならね。だから言っているでしょう、わたしのために書かせれば大丈夫《だいじょうぶ》って。わたしは村瀬《むらせ》くんにとっては特別な存在だから」

「ちょっ、なにその言い方？　ほら二人がなんか誤解してるし！」

詩月《しづき》は顔を真っ赤にして口を両手で覆《おお》っているし、朱音《あかね》はわくわく顔で身を乗り出してきているし。

「ああ、二人とも誤解しないで。そういう意味じゃないから」と凛子《りんこ》は冷静そのものの口調で言う。「特別な存在というのはなくてはならない存在ということ」

「……誤解助長してない？」ますますそういう意味にしか聞こえないんだが？

「たとえば酢豚《すぶた》のパイナップル、唐揚《からあ》げのレモン、冷《ひ》やし中華《ちゅうか》のみかん……そういった存在。なくてはならないでしょう」

「あってはならないよ！　全部要《い》らねえよ！」

「村瀬《むらせ》くん、いま四十億人くらいを敵に回したけれど」

「キリスト教徒より多いのかよ唐揚《からあ》げレモン派っ？」

「大丈夫《だいじょうぶ》です真琴《まこと》さん、私は全部無し派ですから！」と詩月《しづき》が割って入ってくる。「もし、仮にですよ、そのっ、わ、私と結婚《けっこん》したら、毎日パイナップル抜《ぬ》きの酢豚《すぶた》を作って差し上げますから」

酢豚《すぶた》以外も作ってくれないかな……。

「はいはい！　じゃああたしも無し派！」朱音《あかね》が元気よく挙手する。「あたしをお嫁《よめ》さんにしたら唐揚《からあ》げのレモン以外のところ全部食べてあげるね」

「レモン以外ってそれが唐揚《からあ》げだよ！　唐揚《からあ》げ本体！　そっちを食わせて！」

「ほんとにお嫁《よめ》さんにする気だったの？　しづちゃんはどうするの、重婚《じゅうこん》？」

「いやそれは仮の話でしょ！」

女どもに囲まれて総攻撃《こうげき》を受けていると予鈴《よれい》が鳴った。昼休み終了《しゅうりょう》五分前だ。

「今日の5限、体育ですよねっ？」

詩月《しづき》があわてた様子で腰《こし》を浮《う》かせる。凛子《りんこ》と朱音《あかね》もはっと時計を見て立ち上がった。

「あたし更衣《こうい》室の場所知らない！」「一緒《いっしょ》に行きましょう」

「それじゃ失礼します、また放課後！」

三人はあわただしく音楽室から出ていった。助かった……。

渡《わた》り廊《ろう》下《か》を走っていく三人の後ろ姿が、音楽室の窓から小さく見える。

朱音《あかね》が登校するようになってから二週間。やはり、クラスメイトからの視線を気にしてしまい教室には居づらいようだった。凛子《りんこ》がクラスメイトでなければまた不登校に逆戻《ぎゃくもど》りしていたかもしれない、と朱音《あかね》は言う。その凛子《りんこ》が昼休みも放課後も音楽室に来ることが多いので、朱音《あかね》もくっついて入《い》り浸《びた》りとなっているわけだ。

そして華園《はなぞの》先生も予告（？）どおり、朱音《あかね》をさっそく授業アシスタントとしてこき使っていた。先生の弁によれば学校に慣れさせて他の生徒たちとの交流を深めさせるため、らしいけれどそんな殊勝《しゅしょう》な考えが本意なわけがない。なるべく楽をしたいだけにきまっている。

まあでも、結果としては――と僕《ぼく》はもう一度窓の外を見やる。

渡《わた》り廊下《ろうか》の真ん中あたりで、何人かの一年生女子が朱音《あかね》たちとすれちがう。向こうが笑って朱音《あかね》に手を振《ふ》り、朱音《あかね》も応える。

あいつだって自分からなじもうと努力しているのだ。少しずつ、前に進んでいる。

代わりにといってはなんだけれど、僕《ぼく》はここのところずっとぽっかりした無気力状態だった。季節が春から夏に移り変わる間、あの三人に次々と出逢《であ》い、惹《ひ》かれ、心乱され、悩《なや》まされた。後から考えれば大したことはなにもしていないけれど、無闇《むやみ》に走り回って心身ともにすり減った。色々な物事が落ち着いた今、僕《ぼく》は呆《ほう》けていた。

なにも起きない日々。

ただ登校して、授業を受けて、先生の雑用を片付けて、帰りにスタジオに寄って――そんな穏《おだ》やかな繰《く》り返《かえ》し。

結構な生活だった。満足するべきだった。でも僕《ぼく》が感じていたのは平穏《へいおん》とか安心とかではなく、倦怠《けんたい》、だった。物憂《ものう》くて、退屈《たいくつ》だった。

いけない。きっと色々ありすぎて感覚がおかしくなってるんだ。これが普通《ふつう》の生活なんだから頭を平常モードに早く戻《もど》そう。

さあ、僕《ぼく》もそろそろ教室に帰らないとな。

立ち上がり、筆記用具と弁当箱をバッグにしまおうとしたとき、華園《はなぞの》先生が言った。

「それでムサオ、真面目な話、やってみたら？」

「……なにをですか」

「さっきの、みんなで動画作るって話。すごいの録《と》れそうじゃん」

「えええええ……いや、そりゃ、三人ともめっちゃ上手《うま》いですけど。さすがに僕《ぼく》の動画なんかに使うわけには」

「なんで？　頼《たの》めばみんな喜んで演《や》ってくれると思うけど。同じバンドの一員でしょ」

「バンド……？　……じゃないですよ？」

「はあ？」

華園《はなぞの》先生は素《す》っ頓狂《とんきょう》な声をあげ、先ほど三人が出ていった音楽室の両開きのドアを見やってから僕《ぼく》に目を戻《もど》した。

「休み時間も放課後もいっつも一緒《いっしょ》にいるのに？　何度もスタジオ一緒《いっしょ》に入ってんのに？　バンドじゃないの？」

「組んだ憶《おぼ》えないですし」

「バンドじゃないならスタジオに四人でこもってどんなやらしいことしてんの、黒川《くろかわ》に言いつけて監視《かんし》カメラつけてもらうよ？」

「はいはい」

「うわあ最近ムサオの対応が素っ気ないなあ。女に不自由しなくなったとたんにこれだよ」

「はいはいそうですね」

「……泣いてもいい？」

「ポケットティッシュでよければあげます」

華園《はなぞの》先生はさんざん嘘泣《うそな》きしたうえに僕《ぼく》から奪《うば》ったポケットティッシュを全部使って空袋《ぶくろ》だけ返してきた。おとなげないという形容がここまで似合う人間が他にいるだろうか。

「実際バンドみたいなもんなんでしょ、全パートそろってるし」

いつもながらさらっと話を戻《もど》すので僕《ぼく》はあきれるのを通《とお》り越《こ》して感心する。

「僕《ぼく》とあの三人じゃ全然釣《つ》り合《あ》わないですよ。ギターかベース、どっちか穴になっちゃう」

「えー。でもほら曲作りっていう一番重要なとこで貢献《こうけん》してるし」

「最近は僕《ぼく》の曲やってないですよ。だってヴォーカル入りの曲がないから」

「そういえばそうか。……ねえ、なんで歌もの作らないの？　男だってばれるから？　でも女装する前から歌無しばっかりだったよね。歌えないわけじゃないんでしょ？　詩月《しづき》ちゃんに聞いたよ、けっこう上手《うま》かったって」

「ええ、と……いや……ううん」

僕《ぼく》は視線をさまよわせる。そういえば詩月《しづき》の隣《となり》で一度だけヴォーカルをとったことがあったっけ。『クリープ』のときだ。でもあれは必要に迫《せま》られてというか。

「……自分の声があんまり好きじゃないんですよ」

「ふうん」先生はつまらなそうに唇《くちびる》を尖《とが》らせた。「でも今は朱音《あかね》ちゃんがいるじゃん。遠慮《えんりょ》なく歌もの作りなよ。もったいないでしょ。あんなすごい子たちがそろったのにさ。ヴォーカル曲で動画つくったら再生数もすごいことになりそうじゃない？　一千万とか行きそう」

「いっせ──」

僕《ぼく》は唾《つば》を飲《の》み込《こ》んだ。一千万は高望みにしても、百万は届きそうだ。あの三人なら僕《ぼく》みたいな偽物《にせもの》女子高生じゃなく正真正銘《しょうしんしょうめい》だし、なにからなにまでハイレベルだし。……って、いやいや落ち着いて考え直せ。

「そういうのに頼《たよ》って再生数稼《かせ》ぐってのはどうかと……」

「えぇー。再生数伸《の》ばすために女装までした男が今さらそんなこと言っちゃうの？」

ぐうの音も出ない正論だった。

「まあムサオがいつもやってるみたいにあの三人が太もも出したりすれば確実に一桁《けた》アップだろうけど、そうでなくてもね。曲だけでもかなりのもんでしょ」

「ううん……」

僕《ぼく》はしばらく、自分がなにに引っかかっているのか考えた。あの三人とは最近しょっちゅうスタジオに入ったり、この音楽室で音合わせをしたりしている。でも『Ｍｕｓａ男』の曲に参加してもらうとなると話はべつだ。なんというか、そう──

「僕《ぼく》の個人的趣味《しゅみ》にあいつらの才能を使わせてもらうってのは、その、もったいないというかおこがましいというか」

華園《はなぞの》先生は僕《ぼく》の顔をじっと見つめた後で、小さく嘆息《たんそく》した。

「村瀬《むらせ》君、きみねえ、ほんとに……」

名字で呼ばれるのが久しぶりすぎて僕《ぼく》はびっくりして先生の顔を見つめ返した。でもその言葉の先はなかった。先生は壁《かべ》の時計に目を移す。昼休みが終わるまであと二分だ。いけない、僕《ぼく》もぐずぐずしていられない。

音楽室を出しなに先生が言った。

「せっかくあたしの人徳であんなすごいメンツが集まったんだからさ、めいっぱいエンジョイしてほしいわけよ」

「先生が集めたわけじゃないでしょ！」

僕《ぼく》のつっこみに先生はウィンクだけ返してドアを閉めた。

ほんとにもう、てきとうなことしか言わない人だ。凛子《りんこ》も詩月《しづき》も朱音《あかね》も、僕《ぼく》と巡《めぐ》り逢《あ》ったのはただの偶然《ぐうぜん》で先生はなんの関係もないだろうに。

階段の方に向かいかけて、ふと足を止め、音楽室のドアを振《ふ》り返《かえ》る。

なんの関係もない――のか？

凛子《りんこ》は、ともに華園《はなぞの》先生に便利遣《づか》いされていた仲で、先生によって引き合わされて共同作業するようになったのがお互《たが》いを詳《くわ》しく知るきっかけだった。

詩月《しづき》は、もともと華園《はなぞの》先生と親しくしていて、僕《ぼく》の倉庫整理を手伝うようにと先生に言われてやってきたのが最初だ。やっぱり先生によって引き合わされたようなものだ。

朱音《あかね》は、先生の友だちである黒川《くろかわ》さんのスタジオの常連で、僕《ぼく》があのスタジオに通うようになったのはそもそも先生に雑用を頼《たの》まれたからだ。

三人とも、先生を通じて僕《ぼく》と巡《めぐ》り逢《あ》っている。

先生が意図して僕《ぼく》と接触《せっしょく》を持たせた？

まさか。考えすぎだ。偶然《ぐうぜん》にきまっている。

でも——

そのときチャイムの音が僕《ぼく》の頭をぶん殴《なぐ》った。僕《ぼく》は我に返り、走り出す。本鈴《ほんれい》だ。完全に遅刻《ちこく》だった。

＊

華園《はなぞの》先生の提案はともかくとして、そろそろ次の動画を上げないとまずいなとは自分でも思っていた。動画のコメントやダイレクトメッセージには新作を待ち望む声があふれかえっていたし、チャンネル登録者の伸《の》びも衰《おとろ》えていない。

シンセサイザーの前に陣取《じんど》り、どんな曲にしようかと考えていると、どうしてもあの三人のセッションが浮《う》かんでくる。

特に、朱音《あかね》だ。

あいつは僕《ぼく》の理想の歌声の持ち主なのだ。

実は、動画サイトにアップした最初の五曲くらいはすべてヴォーカル曲のつもりで作曲して詞もつけていた。けっきょくインストゥルメンタルにしてしまったのは、華園《はなぞの》先生にも言った通り、自分の声に自分で満足できないからだった。

今は朱音《あかね》がいる。

鍵盤《けんばん》に置いた手でコードを探《さぐ》りながら、何語なのかもよくわからない節回しを口ずさみ、気に入ったフレーズを譜面《ふめん》に書き留めていく。久しぶりに、100パーセント自分のためだけに音楽に浸《ひた》れた。鉛筆《えんぴつ》が五線譜《ごせんふ》の上を滑《すべ》る手応えが、ヘッドフォンの中にこもる熱が、まぶたの裏を駆《か》け巡《めぐ》る旋律《せんりつ》のかすかな痛みが、心地《ここち》よい。

旋律《せんりつ》に合わせてほとんど勝手に言葉が出てきてぴたりぴたりと嵌《は》まっていく。僕《ぼく》はこれまで、ライナーノートなどで「曲と詞が同時にできた」なんて書いてあるのを読んで眉唾《まゆつば》だといつも思っていたのだけれど、そういうことってたしかにあるのだ。

徹夜《てつや》でデモテープ用のトラックを作り、押《お》し入《い》れに籠《こ》もって布団《ふとん》を頭からかぶってマイクに仮歌を吹《ふ》き込《こ》んだ。蒸《む》し暑《あつ》さで耳たぶが破裂《はれつ》しそうだった。

ＰＣの前に戻《もど》ってミックスダウンし、できた音源をオートリピートでかけ、音量を最低まで絞《しぼ》ってからベッドに入った。

テーブルスピーカーから流れるかすかな歌声。

暗闇《くらやみ》の中で目を閉じると、なんだか自分の声じゃないみたいに聞こえる。朱音《あかね》の声を想像して重ねているせいだろうか。

デモを早くあの三人に聴《き》かせたい。でも、聴《き》かせるのは怖《こわ》い。矛盾《むじゅん》したふたつの気持ちが僕《ぼく》の中でこすれ合って、机の上から聞こえてくる歌に奇妙《きみょう》なシャッフルビートを添《そ》えていた。僕《ぼく》は目を閉じて短く浅い眠《ねむ》りの中に潜《もぐ》り込《こ》んだ。

＊

「──演《や》りましょう」

翌日の昼休みに音楽室でみんなに聴《き》かせてみると、賛同第一声は意外にも凛子《りんこ》だった。

「ピアノのアレンジがあまりにもひどい。わたしが直す。こんなのじゃ歌う朱音《あかね》に失礼」

隣《となり》の椅子《いす》の朱音《あかね》がそれを聞いて目をしばたたく。

「これ、あたしが歌うの？　真琴《まこと》ちゃんがヴォーカルやりたいから書いた曲じゃないの」

「いや、朱音《あかね》用だけど」

「えーっ。真琴《まこと》ちゃん男の子なのに？」

「キーはデモ用に男声の高さにしてあるだけで、朱音《あかね》の歌いやすいキーに変えるよ」

「そういう意味じゃなくて、ヴォーカルがいちばんモテるのにそんなあっさり他人に譲《ゆず》っちゃっていいの？」

「モテるために曲作ってるわけじゃ……」

「男の子はみんなモテるためにバンドやるもんだって黒川《くろかわ》さんが言ってたよ」

ああはいはい。スタジオなんて経営してれば毎日そういう例ばかり目にしてるだろうな。

「真琴《まこと》さんはもう金輪際モテなくていいんですっ」詩月《しづき》が強弁する。「これ以上増えたら困ります」

増えるってなにが。僕《ぼく》だってモテる権利くらいあってもいいと思うんですが……？

「ヴォーカルが朱音《あかね》だとしたら村瀬《むらせ》くんはなにを演《や》るわけ」

凛子《りんこ》が冷静に話を戻《もど》してくれる。

「そうだそうだ、レコーディングなら真琴《まこと》ちゃん演《や》るパートないじゃん。ギターもベースもあたしの方が上手《うま》いし」

「べつに自分で演《や》らなくてもいいよ。エンジニア必要だし。リハのときはギターかベース演《や》るけど」

「ベース！　ベースにしましょう」

詩月《しづき》がぐいぐい僕《ぼく》に近寄ってきて言う。

「ベースとドラムスはリズム隊、一心同体です。まさに二人のはじめての共同作業です」

「……はじめてじゃなくない？」

「そういう成語なんです、もっとお勉強してください！」

なんで怒《おこ》られてんの、僕《ぼく》。

「まあ、ベースでいいけど」

「じゃ、今日『ムーン・エコー』だね！　四時間くらい予約とっちゃう？」

自分でも驚《おどろ》いたことに、新曲のレコーディングはその日に終わってしまった。

学校帰り、スタジオに入ってまずは曲のコード進行だけを三人に教え、細かいアレンジはすべて個々人に任せて一通り演《や》ってみたのだけれど、はじめて触《さわ》る曲だとは思えないくらい密度の高い演奏がいきなり出てきて僕《ぼく》はおののいた。

「イントロはピアノからの方がよくないかな？　四小節やったらギターをユニゾンで」

「やってみる。でもジャーマンメタルみたいな響《ひび》きになるのはいや。土臭《つちくさ》いエフェクターを使ってほしい」

「それだと四つ打ちは合いませんよね？　こんなパターンで入るのはどうですか」

「すごくいいよ！」「ハイハットだけ最初から鳴らしてて」「じゃあイントロからいきます！」

……みたいな感じでアレンジがどんどん研《と》ぎ澄《す》まされていき、ベース担当の僕《ぼく》としては踏《ふ》み外《はず》さないようにするだけで精一杯《せいいっぱい》だった。

「打《う》ち込《こ》みのオケもあるんでしょ？　ノーパソ持ってきてるし。合わせてみようよ」

朱音《あかね》が部屋の隅《すみ》に置いておいた僕《ぼく》のPCケースを指さして言う。

「うん、まあ一応……」

目の前でアレンジが変更《へんこう》されまくったので、打《う》ち込《こ》みパートもそれに合わせて手を加えなければいけなかった。しかし今この瞬間《しゅんかん》沸《わ》き立《た》っている熱量を一分でも無駄《むだ》にしたくなかった。僕《ぼく》は壁際《かべぎわ》で背を丸めてノートPCにかじりつき、急いでオケを打《う》ち込《こ》み直した。

「詩月《しづき》、クリック音に合わせて叩《たた》いたことある？」

「ないです。でも大丈夫《だいじょうぶ》です、真琴《まこと》さんの作ってくれたオケですから」

どういう理屈《りくつ》で大丈夫《だいじょうぶ》なのかよくわからなかった。打《う》ち込《こ》み音源とバンドサウンドをぴったり同期させるためには、ドラマーがクリック音というテンポをガイドするための音をイヤフォンで聴《き》きながら演奏しなければいけない。慣れていないとかなり難しく、合わせることはできても演奏が機械的になってしまってグルーヴが失われることが多いのだ。

──なんて心配は彼女《かのじょ》には無用だった。リハーサル一発目からまったくパワーの落ちることのないドラミングで、オケに合わせて叩《たた》いているのではなくドラムセットのそこかしこから管《かん》弦楽《げんがく》の音が湧《わ》き出しているかのように錯覚《さっかく》してしまう。

「今録《と》ったやつ、そのままガイドトラックに使おう」と僕《ぼく》は額の汗《あせ》を拭《ぬぐ》いながら言った。

ノートPCを抱《かか》えてコントロールブースに籠《こ》もる。

もうプレイヤーとしての僕《ぼく》は用済みだ。ここからは詩月《しづき》と凛子《りんこ》と朱音《あかね》のパートを一人ずつ録《と》っていく。

今し方リハーサルがてら録音した演奏をヘッドフォンに流し、まずは詩月《しづき》のドラムス、次に朱音《あかね》のベース、そして凛子《りんこ》のピアノを重ね、その上にギターパートを三つ、これも全部朱音《あかね》が弾《ひ》く。最後に朱音《あかね》のメインヴォーカル、そしてコーラス。下描《したが》きに色が次々に塗《ぬ》り重ねられ鮮《あざ》やかな世界が広がっていくような心地《ここち》よさだった。

気づけばレンタル時間終了《しゅうりょう》五分前を告げる赤ランプがドアの上で点滅《てんめつ》していた。僕《ぼく》らは大急ぎで機材を片付け、スタジオを出た。

その足でファミレスに入り、ノートPCで仮ミックスダウンして、できあがった音源を一人ずつヘッドフォンで聴《き》くことにした。みんな早く聴《き》きたくてしょうがなかったのだ。最初に聴《き》く栄誉《えいよ》にあずかったのは当然ながらミックス作業をした僕《ぼく》だった。アプリケーションを操作している間じゅう鳥肌《とりはだ》がおさまらなかった。

「……できたよ。だれから聴《き》く？」

そう言ってヘッドフォンをテーブルの真ん中に置くと、三人が一斉《いっせい》に手を伸《の》ばしかけ、びくりと動きを止めた。凛子《りんこ》は目を細めて首をすくめ、詩月《しづき》は恥《は》ずかしそうに縮こまり、朱音《あかね》は照れ笑いし、それぞれ手を引《ひ》っ込《こ》める。

「ええと」「それじゃ」「んん」

三人とも曖昧《あいまい》な声を漏《も》らす。まさか凛子《りんこ》や朱音《あかね》が遠慮《えんりよ》する場面が見られるとは思わなかった。だれからだっていいだろうに。

「加入順に凛《りん》ちゃんからで」と朱音《あかね》に指さされた凛子《りんこ》が黙《だま》ってうなずき再び手を伸《の》ばす。

「なんだ加入順って」と僕《ぼく》。

「バンドに入った順てこと」

「バンド……じゃないよね？」

思わず華園《はなぞの》先生のときと同じような反応をしてしまう僕《ぼく》。

「バンドじゃなかったのーっ？」朱音《あかね》の素《す》っ頓狂《とんきよう》な声に、ウェイトレスも周囲の席の客もこっちを振《ふ》り向《む》く。「三人でバンド組んでてあたしがそこに入ったんだと思ってたけど」

詩月《しづき》と凛子《りんこ》は顔を見合わせる。

「……そういう事実はない」

「私のドラムスの練習につきあっていただいてただけです。つまり真琴《まこと》さんは私専用です」

どさくさにまぎれて変なこと言わないでくれる？

「まあ、バンドにしたければ三人でやればいいよ。僕《ぼく》は要《い》らないでしょ。今日だって本番じゃなにも弾《ひ》いてないんだし」

「それはレコーディングだから……そうだ、ライヴやるとなったら真琴《まこと》ちゃんもなんか演《や》ることになるじゃん？」

「ライヴ？　いやいや、なに言ってんの？　そんな予定ないだろ。それに、ほら、これ聴《き》いてみればわかるって」僕《ぼく》はヘッドフォンを指さす。「僕《ぼく》が出る幕なんてないよ」

女三人はそれぞれ複雑そうな表情で視線を交《か》わした。なんだよ、そろって不満げだな。みんなそんなにバンドって形にこだわってたの？　そりゃあ、一緒《いっしょ》にスタジオ入りして一曲録《と》ったからにはそういう気分が盛り上がるのもわかるけどさ。

聴《き》けば、僕《ぼく》の言っていることは理解できるはずだ。

まず凛子《りんこ》が手を伸《の》ばし、ヘッドフォンを引き寄せてかぶった。僕《ぼく》はノートPCを操作して音源を再生した。四分間、凛子《りんこ》はじっと目の前の汗《あせ》をかいたアイスティのグラスを見つめていた。指先がリズムを刻んでいる他はまったく動かなかった。

やがて彼女《かのじょ》は黙《だま》ってヘッドフォンを外し、向かいの――僕《ぼく》の隣《となり》の詩月《しづき》に渡《わた》す。

詩月《しづき》もまた四分間、イヤーパッドを両手で支えてうつむき、遠い目をして聴《き》き入《い》っていた。自分の叩《たた》いたビートに合わせて右膝《みぎひざ》が小刻みに揺《ゆ》れていた。彼女《かのじょ》もやはり一言も発することなくヘッドフォンを朱音《あかね》に手渡《てわた》した。

朱音《あかね》さえも、なにも言わなかった。大粒《おおつぶ》の目をさらに見開き、声を出さずに唇《くちびる》だけで自分の歌声をなぞり、両手をまるで愛を交《か》わす鳥のつがいみたいに絡《から》ませたり開いたり羽ばたかせたりした。

沈黙《ちんもく》の続くままヘッドフォンを返された僕《ぼく》は、さすがに不安になってきた。

「……あの、仮ミックスだから音がペラいのはしょうがなくて、うん、これから家に帰ってしっかりミックスするし、それで、なかなか悪くない出来じゃないかって自分では思ってるんだけど、……その、だめだった？」

朱音《あかね》はぎょっとした顔になった。詩月《しづき》ははっとなった後でものすごく申し訳なさそうに目を伏《ふ》せた。

「だめではない。凛子《りんこ》がため息をついて口を開いた。

「……はあ。ええと」……悪くない、どころではない」

「ごめんなさい真琴《まこと》さん」詩月《しづき》が上目遣《うわめづか》いで言う。「変な反応をしてしまって。つまり、言葉を失ってしまうことってありますよね？」

僕《ぼく》は唾《つば》を飲《の》み込《こ》み、うなずいた。

「ねえ、これ、これってどこかに出すの？　ネットにあげるの？」

朱音《あかね》が落ち着かない様子で腰《こし》を浮《う》かせて僕《ぼく》に顔を寄せてきて言う。

「真琴《まこと》ちゃんのチャンネルに動画で出すんだよね？　絶対すっごい話題になるよこれ、色んな人にカヴァーされちゃうかも」

「ええ……いや……だって僕《ぼく》はなんにも演奏してないよ」

「作詞作曲真琴《まこと》ちゃんじゃん！」「プロデュースも真琴《まこと》さんですよ！　プロデューサーって呼んでもいいですかっ？」やだよ。なんか無駄《むだ》にえらそうだし。

「この曲のいちばんすごいところは」と凜子《りんこ》がノートPCを指さして言う。「村瀬《むらせ》くんがまったく演奏していないし、朱音《あかね》のヴォーカルがとにかく目立つはずなのに、どこをどう聴《き》いても村瀬《むらせ》くんの曲だとすぐにわかるというところ」

凜子《りんこ》の言葉に朱音《あかね》も詩月《しづき》もうなずく。

「あたしも真琴《まこと》ちゃんが歌えばいいのにって思いながら歌ってたよ」

「叩《たた》いているときの感触《かんしょく》が、真琴《まこと》さんとしょっちゅうセッションしていたときと同じだったんです。だから同期も全然苦になりませんでした」

「それは……僕《ぼく》の曲だって最初から知ってるからじゃないの……？」

「そんなことない」凜子《りんこ》はちょっと不機嫌《ふきげん》そうになった。「そう思うなら試《ため》してみればいい。あなたのチャンネルにこの曲を特になんの説明もなくあげる。もしあなたの曲らしさがないならリスナーがなにかしら違和感《いわかん》を表明するはず」

「そ……そうかなあ」

なんか上手《うま》いこと言いくるめてMusa男チャンネルにあげさせようとしているだけに思えてきた。

「でも、アップするとなったら画もつけなきゃいけないし……」

「こんなこともあろうかと、さっきのリハーサルをスマホで撮《と》ってあります！」

詩月《しづき》は大いばりでスマホを取り出す。どんなことがあると思ってたんだよ？

「真琴《まこと》さんがアップで映るようにとベースアンプのすぐそばに設置しておきました！」

僕《ぼく》はまったく画面内に入っていなかった。そりゃそうだ。近すぎて写角外だ。詩月《しづき》は青ざめてファミレスの床《ゆか》に崩《くず》れ落《お》ちた。

「ちょうどいい」凛子《りんこ》が冷ややかに言う。「わたしたち三人はよく映っている。これに音源を合わせられるでしょう、同期演奏だからテンポもずれないはず」

「パソコンあるし今ここでできるんでしょっ？」

気軽に言ってくれる。でも僕《ぼく》は応えてやった。動画に音源の頭を合わせるだけだ。すぐできる。画つきになった曲を、三人はまた順繰《じゅんぐ》りにヘッドフォンで聴《き》いた。

今度は感想がすぐ言葉で出てきてくれた。

「……なんというか、すごく、……それっぽいですね」

「ね！　ミュージックビデオだよ、これ」

「微妙《びみょう》に写りが悪いのがいい味になっている」

たしかに、それっぽい。自分でも驚《おどろ》いていた。ちょっと傾《かたむ》いた固定カメラ、背中しか映っていないキーボーディスト、遠くぼやけているドラムセットに埋《う》もれたドラマーの制服姿、とき

り画面に入《はい》り込《こ》むギターヴォーカルの腕《うで》と横顔。ちょっと編集すればこのままMVとして使えそうな雰囲気《ふんいき》だった。

「これ、このままあげようよ！　世界中に聴《き》かせたいよ、ね！」

興奮しっぱなしの朱音《あかね》はもうほとんど僕《ぼく》に組み付きそうなくらい接近してくる。

「いや、みんなネットに顔出しとかまずいでしょ……？」「わたしもべつにいい」「真琴《まこと》さんがはっきり映ってないし！」「大丈夫《だいじょうぶ》、はっきり映っていてほしかったです……」

三人ともまるで問題にしていなかった。僕《ぼく》はなんとかその場をごまかし、楽器とノートPCを抱《かか》えて家に逃《に》げ帰《かえ》った。

自室に籠《こ》もり、あらためてちゃんとミックスダウンし、動画に合わせて何度もループして聴《き》き込《こ》む。これはたしかに相当なできばえだ。試《ため》しに録《と》ってみて自分たちだけで聴《き》いて満足、はもったいない。

でもなあ。

凛子《りんこ》も朱音《あかね》もあんなことを言っていたけれど、やっぱりこれ僕《ぼく》の曲じゃないだろ。自分の作品でございという顔して発表するのはどうにも気が引ける。

通知音が鳴った。ノートPCの画面の光だけが浮《う》かぶ暗い部屋の中、もうひとつスマホの明かりがぽつりと机の端《はし》にうずくまっている。

取り上げると、華園《はなぞの》先生からのＬＩＮＥだった。

『新曲できたんだって？　聴《き》かせてよ。早くアップして』

僕《ぼく》は真っ暗な天井《てんじょう》を仰《あお》いだ。朱音《あかね》あたりから聞いたのだろう。

既読《きどく》をつけてしまった以上はすぐ返信しないと後でなにを言われるかわからない。

『できましたけど僕《ぼく》が全然貢献《こうけん》してなくてチャンネルにあげるのはどうかと思うんで。聴《き》きたいなら学校に持っていきますよ』

二十秒とたたないうちに返信があった。

『そんなん気にしなくていいからアップしなって。あたし明日から二週間くらい休暇《きゅうか》とるからしばらく学校行けない』

二週間？　それもうほとんど音楽の授業やらないまま夏休みに入っちゃうんじゃないのか。この人真剣《しんけん》になんでクビにならないんだろう？

『アップしないならＭｕｓａ男コミュに「新曲できたけど性転換《てんかん》手術のために時間かかってる」ってデマを書《か》き込《こ》むよ』

僕《ぼく》はスマホをベッドに投げつけた。

そのまま枕《まくら》に顔を押《お》しつけ、華園《はなぞの》先生の脅迫《きょうはく》をかわす方法をあれこれ考えた。でもめんどうくさくなってくる。べつにいいか、アップしちゃっても。減るもんでもないし。

凛子《りんこ》と詩月《しづき》と朱音《あかね》にそれぞれ許諾《きょだく》のためのＬＩＮＥメッセージを送る。

三人ともからあっという間に返事が来た。けっこう夜遅《よるおそ》くなのに。

『いいって言ってるでしょう』『楽しみです！』『世界デビューだね！』

ため息をつき、再びPCに向かった。入念な最終ミックスダウンをして、動画にも控《ひか》えめなエフェクトで演出を入れ、キャプションをつける。日付が変わる頃《ころ》、ようやく作業を終えた。

アップロードのボタンをクリックする寸前、もはや僕《ぼく》は認めるしかなかった。

僕《ぼく》だって発表したかったのだ。口ではあれこれ言っていたけれど、こんなすごいやつを世間に出さずにおくなんてできない。ほんとうは華園《はなぞの》先生に脅《おど》されたとき、これで口実ができたと心の底で安堵《あんど》していたのだ。

まったく、情けない。

凛子《りんこ》の提案通り、動画にはまったく説明文をつけなかった。アップロード中を示す回転する輪のアイコンを見つめている間、胃の底が熱くなるのを感じた。もう止められない。新曲をあげるときにはいつも興奮と期待と不安のない交ぜになったこの熱を味わっていたものだけれど、今回は格別だった。

アップロードした動画を、確認《かくにん》のためにサイトで再生してみる。

再生数、1。はじめの足跡《あしあと》。

デモテープ段階から数えればもう何百回聴《き》いたか知れないその歌を、シークバーが赤く染まる最後まで通して聴《き》く。問題なし。

僕《ぼく》はノートPCを乱暴に閉じて、パジャマと下着をタンスから取り出し、部屋を出た。

シャワーを浴びても、動悸《どうき》はまるで収まってくれなかった。浴室を出てからもずっと全身が火照《ほて》っていて、冷蔵庫の麦茶を1リットルまるまる飲み干す。

今頃《いまごろ》、世界中の何人か——何十人か、何百人かはもうあの曲を聴《き》いているだろう。彼《かれ》ら彼女《かのじょ》らはなにを受け取るだろう。心動かされてくれるだろうか。ほんとうにあの歌は特別なんだろうか？　僕《ぼく》らが自意識過剰《かじょう》で盛り上がっているだけじゃないのか。

もう考えるのはよそう、と空のペットボトルを潰《つぶ》してゴミ袋《ぶくろ》に放《ほう》り込《こ》んだ。

部屋に戻《もど》り、毛布に潜《もぐ》り込《こ》んで目を閉じた。耳の中ではまだ朱音《あかね》の歌が響《ひび》き続けていた。

＊

翌朝、起きてみると、とんでもないことになっていた。

カーテン越《ご》しでも部屋にえぐり込《こ》んでくる真夏のきつい朝陽《あさひ》に顔をしかめながらベッドを下りてノートPCを開く。

再生数を見て、なにかの間違《まちが》いではないかとページを再読込《よみこみ》して、それでも信じられなくて一度ブラウザを閉じてからまた起動してみた。

すでに60万再生を超《こ》えていた。コメントもいくらスクロールしても果てが見えないくらいいつけられている。熱気が画面から漂《ただよ》い出てきそうだった。内容もいつもと雰囲気《ふんいき》ががらりとちがう。映っている女子高生が三人に増えている（そして全員本物である）にもかかわらず、そっち方面に言及《げんきゅう》しているコメントは十に一つもなかった。

『泣ける』『朝からずっとリピートしてます』『鳥肌《とりはだ》』『プロの曲かと思った』――。

ストレートな讃辞《さんじ》の連続に僕《ぼく》はめまいをおぼえる。

これ、たぶんほとんどチャンネル登録者のコメントじゃないな。一見さんたちだ。うちの常連はこんなこと書かないはず。そう思って検索《けんさく》してみると、どうやらあちこちのSNSで拡散されているらしいことがわかる。

登校してからも、授業は上の空だった。休み時間にスマホで再生数やコメントの伸《の》びを確認《かくにん》しては震《ふる》えていた。嬉《うれ》しさは二割ほどで、残りの八割の感情は恐怖《きょうふ》に近いなにかだった。クラスメイト女子たちがたむろして「これ聴《き》いた？」「なんかめっちゃ回ってくる」とか言い合いながらスマホで見ている動画がまさに僕《ぼく》の曲だったので教室を逃《に》げだそうかと思った。とにかくひとりで抱《かか》え込《こ》んでいたくなかった。早く昼休みになってくれ、と祈《いの》った。凛子《りんこ》でも詩月《しづき》でも朱音《あかね》でも、華園《はなぞの》先生でもいい。いま巻き起こっているこの現象を共有して、心の負担を少しでも分け持ってほしかった。

四時限目の終わるチャイムと同時に教室を飛び出し、音楽室に走った。

「ああ村瀬《むらせ》くん、かなり伸《の》びているみたいだけれどこれ再生数に応じてお金が入るのでしょう、いくらぐらい？　わたしにも分け前があるべきだと思わない？」

音楽室の前でばったり遭遇《そうぐう》した凛子《りんこ》がスマホ片手にいきなりそんな話をしてきたので、皮肉なことながら熱が一気に引いて落ち着くことができた。

「……え？　ああ、うん、いやその」

「真琴《まこと》ちゃーんッ！　すっごいよ、もう百万超《こ》えてるよ！」

廊下《ろうか》いっぱいに響《ひび》く声と足音。振《ふ》り向《む》くまでもなく朱音《あかね》だとわかる。

詩月《しづき》は先に音楽室で待っていた。僕《ぼく》らが入っていったのにも気づかず自分のスマホにかじりついてなにかやっている。

「……普通《ふつう》のコメントばかりですね、こうなったら私が……『ムサオをもっと映せ』『ムサオの太ももを見せろ』これでコメントの流れを誘導《ゆうどう》して」

「なにしてんの……」

「ひやうっ？」

詩月《しづき》は椅子《いす》から飛び上がった。スマホが机から転がり落ちかける。

「い、いえ、その、こ、これは、ちがうんです」

真っ赤になって弁明を始める詩月《しづき》はかなり哀《あわ》れを誘《さそ》った。

「べつにコメント欄《らん》を操作して真琴《まこと》さんの女装姿を早くアップさせようなどという意図ではなく、ええ、それに、これとこれとこれとこれは私のコメントではありませんし」

他は全部おまえのってことかよ？　ていうか太もも関連のコメントだけピックアップするのやめてくれる？　どんだけ暇《ひま》なの。

「すごい、村瀬《むらせ》くん」凛子《りんこ》が詩月《しづき》のスマホをのぞきこんで嘆息《たんそく》する。「ムサオが三人に増えたとかどれがムサオかわからないとか書《か》き込《こ》まれてる。だれもムサオがいないことに気づいていない。普段《ふだん》の女装がよほど完璧《かんぺき》だったということ。素晴《すば》らしい」

「全然嬉《うれ》しくないんだが……」

「歌ってるのあたしなのに声も可愛《かわい》いとか書かれてるよ真琴《まこと》ちゃん！」

なんでそっちは嬉《うれ》しそうなの？

「昨日の今日でこんなに話題になるなんてね。ダイレクトメッセージの方にはもっといっぱい熱いのが押《お》し寄《よ》せてるんじゃないの？」

「ああ、うん、そうかもね……」

僕《ぼく》は自分のスマホを取り出した。チャンネル宛《あて》のＤＭを確認《かくにん》してみると新作動画アップからわずか十二時間で百以上のメッセージが送られてきていてトレイがぱんぱんだった。僕《ぼく》に直接読んでもらうための文章なのでコメント欄《らん》のそれよりも長くて暑苦しいものばかりだ。一件ずつ開いていくけれど、とてもお腹《なか》いっぱいで読めない。

でも、僕《ぼく》の手は最後から三番目くらいのメッセージを開封《かいふう》したところで止まった。

こんな文章だった。

『はじめまして、株式会社ネイキッドエッグの柿崎《かきざき》と申します。ムーン・エコー・スタジオの黒川《くろかわ》さんよりご紹介《しょうかい》いただきまして、今回ご連絡《れんらく》さしあげました。突然《とつぜん》のことで申し訳ございません。

弊社《へいしゃ》は音楽関連のイベントの企画《きかく》運営を行っており、来る8月の28・29・30日に著名なウェブアーティストを多数招いてのライヴを開催《かいさい》する予定です。このたびMusa男様が発表された新曲を拝聴《はいちょう》し、他の曲もすべて聴《き》かせていただきました。次世代を担《にな》うアーティストだと確信しております。つきましては私どものイベントにぜひ出演していただきたく――』

二度読み返したが、あまりのことに頭が真っ白になっていた。ほとんど無意識に、凛子《りんこ》たちにスマホを見せる。

「……このライヴというのは、営利企業《きぎょう》が主催《しゅさい》する有料イベント？」

「これ真琴《まこと》ちゃんに来た話だよね？　演《や》ってるのあたしらだけど、そのへんどうなの」

「黒川《くろかわ》さんのお知り合いみたいですし……華園《はなぞの》先生がなにかご存じかも」

詩月《しづき》に言われて僕《ぼく》は音楽準備室のドアを見た。

「そういえば先生は？」と朱音《あかね》。

「……あ、今日から二週間休暇《きゅうか》だって言ってた」と僕《ぼく》は思い出して言う。

「ええー、また休み？　あたし不登校やめてから先生の授業ほとんど受けてないよ、いつも凛《りん》ちゃんの代理授業だよ、あたしも手伝わされるし」

「そういう人なんだよ、不良教師だから……」

僕《ぼく》はため息をつき、スマホの電源を切った。

「それで、どうするの？」

凛子《りんこ》が真正面から見つめてきて訊《たず》ねる。

「どうする、って」

「出演依頼《いらい》。受けるの？　断るの？」

「受けるもなにも、出られないだろ。僕《ぼく》が演《や》ってるわけじゃないんだし。向こうはなにも知らなくてこっちのことをバンドだと思ってるのかもしれないけど」

「バンドにすればいい。わたしはべつに出てもいい」

「あたしも！　出たい！」朱音《あかね》が目をぎらぎらさせて何度も椅子《いす》を鳴らす。

「真琴《まこと》さんと同じステージ……素敵《すてき》です」詩月《しづき》はうっとりした目になる。

「ライヴなら真琴《まこと》ちゃんもギターかベースどっちか演《や》らなきゃね！　あたしの言った通りになっちゃったね」

いやいやお前らなんでそんなに乗り気なの？　朱音《あかね》はともかくとして。

「凛子《りんこ》は……人前で演《や》るとか、平気なの」

「当たり前でしょう。なに言ってるの。人前で演奏して絶賛の拍手《はくしゅ》をもらった経験なら、この中でわたしが明らかに一番多い」

そう言われればそうだ。コンクール荒《あ》らしだもんな。

「詩月《しづき》は、ほら、お母さんになんか言われるんじゃないの？　このイベント、ネットで配信もするみたいだし、ロックのライヴに出てたなんて知られたら」

「母はあれ以来私が音楽をやることになにも口出ししなくなりました」しれっとした顔で詩月《しづき》は言う。「なぜなら作品で黙《だま》らせたからです」

「黙《だま》らせた、って」

「はい。あれ以来私の作品は、自分で言うのも恐縮《きようしゆく》ですが、ずっと良くなりました。ドラムスは私の立てるお花に生きている、そう理解した母はなにも言わなくなったんです。良くも悪くもお花のことしか考えていない人ですから。そういう面では私はあの人を尊敬しています」

そういうもんなのか……。言われてみれば、けっこう遅《おそ》い時間までスタジオ練習することがしょっちゅうあったけど、特になんの問題にもなってなかったもんな。

ええと、それじゃあ——

引っかかっているのは僕《ぼく》だけなのか。

「……真琴《まこと》ちゃんは出たくないの？」

そうストレートに訊《き》かれると困る。

「依頼《いらい》されたのは村瀬《むらせ》くんだし、村瀬《むらせ》くんが決めること」

ここにきて突《つ》き放《はな》されるのももっと困る。

ライヴなんて考えてもみなかった。僕《ぼく》が？　客の前に出て演奏する？　薄暗《うすぐら》い部屋の中でずっとひとりでPCに張りついて音符《おんぷ》を切《き》り貼《は》りして下手くそなギタープレイを加工しまくってごまかしてだましだまし曲作りしていただけの僕《ぼく》が？

凛子《りんこ》とも詩月《しづき》とも朱音《あかね》とも目が合わないように顔を伏《ふ》せたまま立ち上がった。

「……ごめん。昼飯持ってくるの忘れちゃった。教室戻《もど》るよ」

そう嘘《うそ》をついて僕《ぼく》は音楽室から逃《に》げ出《だ》した。

＊

その日の放課後は、ひとりで『ムーン・エコー』に行った。

カウンターの向こう側の黒川《くろかわ》さんは、僕《ぼく》がロビーに入っていくとすぐに気づいて手招きしてきた。

「例の曲、美沙緒《みさお》に教えてもらったよ。めっちゃブレイクしてんじゃん」

「……え、あ、はあ」

「んで、あれってうちのスタジオで撮《と》った動画だよね？」

「あ……そ、そうです、すみません無許可で」

そういや勝手に使ってしまった。まずかっただろうか。

「べつにいいよ。むしろ宣伝になるから『ムーン・エコー』で撮《と》ったって書いちゃってよ」

「はあ……」

「うちのスタジオが便乗で話題になってもあんたらには特に問題ないでしょ？　顔出してるわけでもないし、野次馬が押《お》しかけてきたとしてもさ」

「まあ、そうなんですけれど」

そこで僕《ぼく》は用件を思い出して、黒川《くろかわ》さんに顔を近づけて小声で訊《たず》ねた。

「それで、あの曲を聴《き》いたイベント会社の社員って名乗る人が僕《ぼく》にダイレクトメッセージを送ってきてですね、黒川《くろかわ》さんの――」

「あ、柿崎《かきざき》？　うん、あたしがバンドやってた頃《ころ》からの知り合い」

ほんとうに知り合いだった。僕《ぼく》の用事は一瞬《いっしゅん》で片付いてしまった。

「もう連絡《れんらく》したんだ、仕事早いなあ。美沙緒《みさお》がね、この曲ほんとすごいからなんかもっと話題にしてやろうぜ、知り合いに業界人いないの、とか言ってきてさ。柿崎《かきざき》がイベントの出演者集めるのに苦労してるって話を思い出したから、ちょうどいいかって。調子の良《い》いことばっかり言うやつだけど悪いやつじゃないよ、信用して大丈夫《だいじょうぶ》」

「そう……ですか……」

華園《はなぞの》先生がそんなお節介《せっかい》を焼いたのか。僕《ぼく》は肩《かた》を落とした。

実のところ、黒川《くろかわ》さんに「そんなやつ知らないけど」と言ってほしくてわざわざここまで来たのだ。黒川《くろかわ》さんの知り合いじゃないというなら、どうにもうさんくさい、ということで断る口実になった。

これじゃかえって断りづらくなってしまったじゃないか。

「出ないの？　けっこうでかい箱でやるし、もう商業デビューしてるやつとかも出る派手なイベントだよ。いい機会じゃん」

そうやってハードル上げられるとますます無理なんですが。

「美沙緒《みさお》もあんたらのプレイをどうしても観《み》たがってたし、出てやりなよ」

「先生のためにそんなわざわざ大げさなこと……。そんなに聴《き》きたければスタジオに遊びに来ればいいんですよ」

黒川《くろかわ》さんは目を見開き、それからふうっと深く息をついた。

「……美沙緒《みさお》、まだ言ってなかったんだ？」

僕《ぼく》は首を傾《かし》げた。黒川《くろかわ》さんの声も表情も、翳《かげ》っていた。

「……なにがですか」

「美沙緒《みさお》もう学校行けないよ。入院してるから」

9　楽園ノイズ（reprise）

翌朝、早めに登校して音楽準備室に行ってみると、鍵《かぎ》が開いていた。嫌《いや》な予感がしてドアを開く。夏の盛《さか》りなのに寒気がした。漫画《まんが》が並んでいた棚《たな》も、ゲーム機や湯沸《ゆわ》かしポットやマグカップがごちゃごちゃ置いてあった机も、楽譜《がくふ》だの書類だのが無造作に積んであった電子ピアノの上も、きれいさっぱり片付いていて空っぽだった。

僕《ぼく》の頭の中もしばらく空っぽになっていた。準備室の入り口に立《た》ち尽《つ》くし、視線だけを漂《ただよ》わせ、部屋の中に華園《はなぞの》先生の痕跡《こんせき》を探した。

まるで、最初からそんな人はいなかったみたいな――

「……ああ、村瀬《むらせ》君、だっけ？」

背後で声がして、僕《ぼく》はぎょっとして振《ふ》り向《む》いた。教頭先生だった。

「きみ、たしか華園《はなぞの》先生に頼《たの》まれて音楽の授業をずっと手伝ってたんだよね。なにか使うものを取りにきたのかな？　昨日色々と片付けちゃったからねえ」

そう言う教頭先生は、両手に全学年分の音楽の教科書を抱《かか》えている。

「後任の先生は二学期からなので、一学期中は自習してもらうしかないですねえ。一応、私が授業を見ますけど、なんにもわかりませんから。村瀬《むらせ》君引き続きよろしく」

口の中が乾《かわ》ききって、唇《くちびる》と舌を必死に動かしてもしばらく声が出てこなかった。

「……後任、って、あの」

ようやくそれだけ言える。教頭先生は少し驚《おどろ》いた顔になる。

「あれ。きみには話してると思ったけど、華園《はなぞの》先生から聞いてない？」

「……はい」

華園《はなぞの》先生の口からは——なにも聞かされていない。

「そうですか。華園《はなぞの》先生、ちょっと難しい病気でね。しょっちゅう休んでいたでしょ、検査入院とかで。膵臓《すいぞう》だったかな。私も詳《くわ》しい病名までは聞いてませんが。それで教職続けながら通院で頑張《がんば》ろうとしてたんだけど、もうそれも厳しいだろうってことで、退職されます。生徒のみなさんには今日伝えようと思ってたんですが……そうですか、きみも聞かされてなかったんですか。ううん、そりゃちょっと水臭《みずくさ》いですねえ」

昨日、黒川《くろかわ》さんも同じようなことを言っていたっけ。

『美沙緒《みさお》、あんたにも教えてなかったの？　あの娘《こ》たちにも？　ひどいな。病人じゃなかったらぶん殴《なぐ》ってやるのに』

僕《ぼく》は怒《おこ》る気にもなれなかった。ただ、呆然《ぼうぜん》としていた。

冷静になって考えてみれば、わかるはずだった。いくら不良教師だろうが、遊びのためにあんなに休めるわけがない。でも。だからって。

教頭先生がさらになにか言っていたけれど、僕《ぼく》は小さく頭を下げて階段に向かった。足は教室ではなく無意識に玄関口《げんかんぐち》へと僕《ぼく》を運んでいった。外靴《そとぐつ》に履《は》き替《か》えている僕《ぼく》を、登校してきたばかりのクラスメイトたちが不思議そうに見た。視線を避《さ》けるように駐車場《ちゅうしゃじょう》側の裏門から学校を出た。

行くあてがあったわけではない。日差しを避《さ》けて商店街のアーケードをくぐりながら駅に向かい、駅前のバスロータリーを無意味に四周くらい回り、冷房《れいぼう》の効いた書店やコンビニを渡《わた》り歩《ある》いた。とっくに授業が始まっている時間だったけれど、学校に戻《もど》る気にはなれなかった。高校入学してはじめてのサボりだった。

自分がここまでショックを受けていることが意外だった。

だって、あの人にはいつもこき使われて、おちょくられて、いじり回されて、笑われて、迷《めい》惑《わく》をかけられてばかりで、いなくなったらせいせいするはずじゃないか。

どうして。

気づくと僕《ぼく》は雑居ビルの非常階段の陰《かげ》にうずくまって、スマホを取り出している。華園《はなぞの》先生にLINEでメッセージを送った。連絡《れんらく》ください、とだけ。それ以上の文章を思いつけなかった。自分から先生に連絡《れんらく》をとろうとするのも考えてみればはじめてだった。じっとスマホを握《にぎ》りしめて待つ。既読《きどく》はつかない。

十五分くらい、なんの変化もない液晶《えきしょう》画面をにらみ続けてから、思い切って電話をかけてみる。呼び出し音がむなしく鳴るばかりだ。

焼けたアスファルトのにおいの立ちこめる街をさまよい歩きながら、一時間に一回、先生に電話をかけた。出てくれることを期待していたわけではない。そうでもしていないと、時間が止まってしまって永遠に続く真夏の昼間に閉《と》じ込《こ》められてしまいそうな気がしたのだ。

五回目にかけたとき、呼び出し音がいきなりぶつりと途切《とぎ》れた。

しばらくはなんの音も聞こえなかった。まわりの車の音がうるさすぎる。僕《ぼく》はすぐ近くにあった銀行に飛《と》び込《こ》んだ。静けさと冷房《れいぼう》された空気とが耳に痛い。

『……あのさあ、村瀬《むらせ》君』

懐《なつ》かしい声。むくれた顔が見えるようだ。

『病院なんだよ？　いつでも電話に出られるわけじゃないの、そのへんわかってくれないかな。あたしがいなくてさみしいのはわかるけどさ』

僕《ぼく》はじっと黙《だま》って、その声が頭のどこか大事な部分に染《し》み込《こ》んでいくのを待った。幻聴《げんちょう》じゃないことを確かめなければいけなかった。

『村瀬《むらせ》君？　どうしたの、聞こえてる？　あれ、ひょっとして村瀬《むらせ》君じゃない？　猫《ねこ》が勝手にタップしちゃったとか？　うっわそれならあたし猫《ねこ》に向かってぶちぶち喋《しゃべ》ってんのめっちゃ恥《は》ずかしいんだけど』

「……いや猫《ねこ》じゃないですよ。聞こえてます」

電話の向こうでなにか激しくぶつかる音がした。驚《おどろ》いて物を倒《たお》してしまったとか、憤慨《ふんがい》して枕《まくら》を壁《かべ》に投げつけたとかだろうか。

『すぐ返事しなよ！　性格悪いよムサオっ』

「せ――」謝《あやま》る気が起きるよりも先に怒《いか》りがこみ上げてきた。「性格が悪いのは先生の方じゃないですかっ、こんな、こんな大事なこと黙《だま》ってるなんて」

すん、と鼻を鳴らすのが聞こえた。……泣いている？　まさか。

『……ごめんね』

指先で触《ふ》れただけで砂になってしまいそうなほど柔《やわ》らかい声で言われ、僕《ぼく》は息を呑《の》む。涙《なみだ》声《ごえ》ではなかったけれど――乾《かわ》いているぶん、いっそう痛かった。

「……どこの病院なんですか？」喉《のど》の痛みを押《お》し殺《ころ》しながら訊《たず》ねる。

『……それも言えない。ごめん。……見られたくないんだよ』

先生の口調からは軽さが完全に失われていた。僕《ぼく》の胸の内側がじくじくと焦《こ》げた。

『ぎりぎりまでね、なんとか仕事続けられないかなあ、通院で済ませられないかなあ、って医者とも相談しててね……まあ自分の身体《からだ》だから、無理そうなのは薄々《うすうす》わかってたんだけど、きみたちには言い出しづらくてさ。だってほんと楽しそうだったから』

昼休みや放課後の音楽室。最初は僕《ぼく》ひとりで、凛子《りんこ》に引き合わされ、詩月《しづき》が通ってくるようになり、朱音《あかね》も登校するようになって居場所を求め、集まってできたあの空気。

『楽しそうっていうか、うん、……楽しかったよ、あたしも。そんな場所で、重たいこと言い出せなくて。言わなきゃ言わなきゃって思ってるうちに、こう、ね、悪化しちゃって。仕事辞《や》めて入院しかなさそうだってことになって』

「……休職、とかじゃだめなんですか。……良くなったら、また学校に」

僕《ぼく》の声は網戸《あみど》を叩《たた》く夕立の先触《さきぶ》れのようだ。不吉《ふきつ》で頼《たよ》りない。

『校長も教頭もそう言ってくれたんだけど……おもてを出歩けるようになるかどうかもわからないからね。迷惑《めいわく》かけられないよ。後任の人にも悪いし』

嫌《いや》な味のするものが僕《ぼく》の喉《のど》を伝い落ちていった。そんなに深刻な病状だったのか。

『あっはは、死ぬわけじゃないからそんなに心配しないで。でも、……せめて今年度いっぱいくらいはがんばりたかったな。音楽祭のカンタータ、言い出したのあたしだからね……』

先生の声はそのまま暗がりに引《ひ》っぱり込《こ》まれて消えてしまいそうで、僕《ぼく》は無意味に虚空《こくう》へと手を伸《の》ばした。指がなまぬるい空気を掻《か》く。

『……それで、もし、……後任の先生がオッケーしてくれたら、カンタータ演《や》ってくれないかな。ほらみんなやる気になって集まってくれたわけだし、きみか凛子《りんこ》ちゃん、これからも練習見てくれれば』

なんだよその弱々しい言い方は、と僕《ぼく》は唇《くちびる》を噛《か》んだ。いつもみたいに顎《あご》で使えよ。

「……演《や》りますよ」と僕《ぼく》は感情を抑《おさ》えた声で答えた。「後任の先生なんて関係なく演《や》ります。夏休みも何回か練習しようって話になってるんです。今さら中止なんてできるわけないでしょう。練習は僕《ぼく》と凛子《りんこ》で全部監督《かんとく》します。なんなら二学期からの授業だって全部自習でもいいですよ、勝手にやるから。ていうかそのために僕《ぼく》らに色々押《お》しつけてやらせてたんでしょ？」

『あははは。そういう目的もちょっとは——いや四割くらい？　ううんもっとかな、八割くらいはそういう理由だったけど。おかげで楽させてもらったよ』

僕《ぼく》は憎《にく》まれ口《ぐち》を叩《たた》こうとしたけれどうまく言葉を組み立てられなかった。

『でもね、村瀬《むらせ》君。残りの理由は、……ほんとうの理由は、きみがなんでもできちゃうから。これはちょっと難しいかなーって思ったことでも、あれこれ苦労して工夫《くふう》して、なんとかこなしちゃう。あの娘《こ》たちもみんな助けてあげたし、……とくに朱音《あかね》ちゃんがね。学校来るようになるなんてほんと信じられないよ』

「……僕《ぼく》がやったんじゃないですよ。いつもだれかに頼《たよ》って——」

『きみがやったんだよ。あたしはちゃんと知ってるよ』

先生が熱を帯びた言葉を僕《ぼく》の心臓の上に直接押《お》し当《あ》ててくる。

『きみがなにかすごいとこ見せてくれるたび、嬉《うれ》しかったよ。なんだかんだ文句言いながらもあたしの言う通りにしてくれるところもね。あ、そうだ、新曲も聴《き》いたよ。アップしてくれてありがと。あたしのお節介《せっかい》なんて必要なかったねえ、あれだけ話題になっちゃったら』

お節介《せっかい》。黒川《くろかわ》さんを通して、音楽業界の人に渡《わた》りをつけた。どうして？

『でも、ね。あれだけすごい曲じゃん？　きみが広い世界に向かって演《や》るところを、一日でも早く見たかったんだよ。ほら……あたしもいつまで自由にネットとか観《み》られるかわからないからさ……』

僕《ぼく》は首を振《ふ》った。声に出さなければなにも伝わらないとわかってはいても、言葉が形になってくれなかった。

『あたしのわがままは多分これで最後だから、これまでみたいに広い心でゆるしてやってよ。じゃあね、村瀬《むらせ》君。ずっと応援《おうえん》してる』

電話は黙《だま》り込《こ》んだ。僕《ぼく》は壁《かべ》に背中をこすりつけながらくずおれ、しゃがみ込《こ》んだ。案内カウンターにいた制服姿の若い女性行員が心配そうな顔でこちらに寄ってくるそぶりをみせ、僕《ぼく》はようやくここが銀行だということを思い出した。すみません、と頭を下げて足早に外へ出る。

陽光に殴《なぐ》りつけられてアスファルトの上に倒《たお》れそうになる。

でも、今度は僕《ぼく》は足を止めなかった。行くべきところもわかっていた。

校門を抜《ぬ》けたとき、ちょうどチャイムが聞こえた。渡《わた》り廊下《ろうか》の外壁《がいへき》に取りつけられた大時計を見やると、昼休みになったところだ。汗《あせ》みずくのまま校舎に駆《か》け込《こ》んで上履《うわば》きをつっかけ、階段を駆け上《あ》がった。

四階にたどり着くと、廊下《ろうか》の向こうから走ってきただれかとぶつかりそうになった。

「ひゃっ」

しがみつかれ、ワルツのステップのように一回転してようやく二人とも停止する。

朱音《あかね》だった。

「――真琴《まこと》ちゃんっ？　学校来てるんじゃん！　捜《さが》しにいくところだったよ！」

憤慨《ふんがい》ぎみに朱音《あかね》が言う。その向こうからもう二つの足音も近づいてくる。

「真琴《まこと》さん、今日は朝からいないと聞いていたので、どこに行ってしまったのかと」と詩月《しづき》。

「電話にも出ないしＬＩＮＥも読まないなんて」凛子《りんこ》も不機嫌《ふきげん》そうだ。

「……あ、ああ、……ごめん」

息が切れるくらい走っていたせいで着信なんて全然気づかなかった。

「それでね真琴《まこと》ちゃん、美沙緒《みさお》さんが――」

説明しかけた朱音《あかね》は、たぶん僕《ぼく》の表情から悟《さと》ったのだろう、口をつぐんだ。

「……ひょっとしてあなただけは聞かされていたの？」

凛子《りんこ》の問いに僕《ぼく》は首を振《ふ》る。

「……昨日、黒川《くろかわ》さんから聞いた」

「そう。……わたしたちも、さっき教頭先生から」

続く言葉はだれの口からも出てこなかった。僕《ぼく》らは四人とも同じ思いを抱《かか》えていた。それぞれ比率は少しずつちがっただろうけれど、いらだちと後悔《こうかい》とやるせなさの入り混じって濁《にご》った感情。

音楽準備室に入った。今朝見たときよりもさらに物がなくなっている気がする。空っぽの棚《たな》の隅《すみ》で埃《ほこり》が申し訳なさそうに縮こまってこびりついている。なにものっていない机の上に、マグカップの底の形を映したコーヒー染《じ》みが残っている。

凛子《りんこ》は電子ピアノの蓋《ふた》を開き、鍵盤《けんばん》をひとつひとつ指でなぞった。

詩月《しづき》は戸棚《とだな》にぽつんと取り残された切り子ガラスの花瓶《かびん》をじっと見つめる。

朱音《あかね》は窓のそばまで行ってカーテンに頬《ほお》を押《お》しつけ校庭をぼんやり見下ろす。

なんてことのない小さく絡《から》まり合った糸くずだと思ってちぎりとってみたら、それは実は大切な結び目で、なにもかもばらばらになってしまった。そんな気持ちだった。取り返しがつかない。こうしてありとあらゆる生気と音が奪《うば》われてしまったうつろな部屋で、交《か》わす言葉も見失った者どうし寄り集まってお互《たが》いのなまぬるい無力感を触《ふ》れ合わせることしかできない。

ほんとうに、もう逢《あ》えないのだろうか。

最後だとかどうとか言っていたけれど、もう連絡《れんらく》すらもとれないのだろうか。

僕《ぼく》はスマホを取り出す。着信は――ついさっき、凛子《りんこ》から一回と詩月《しづき》から三回。それだけ。

ＬＩＮＥメッセージも凛子《りんこ》と詩月《しづき》と朱音《あかね》からだけ。

そうだ、動画サイトのチャンネル宛《あて》になにか送ってきていないだろうか。あの人はMusa男のリスナーだし。そう思ってブラウザを開く。再生数は200万を超《こ》えようとしていた。コメント欄《らん》はもうたどる気も失《う》せるくらい膨《ふく》れ上《あ》がっていた。ダイレクトメッセージのトレイにも未読に三桁《けた》の数値が表示されている。

でも、先生からのものはない。

僕《ぼく》はスマホを机に伏《ふ》せて置いた。

窓越《ご》しの蟬時雨《せみしぐれ》が空々しく聞こえ、汗《あせ》ばむ肌《はだ》と裏腹に寒気がやってくる。雨が降ればいいのに、と僕《ぼく》は思った。世界中を灰色に塗《ぬ》りつぶすほどの夕立がやってきて、音という音を踏《ふ》み潰《つぶ》してなにも聞こえなくなって、窓の外の一切《いっさい》を洗い流してしまえばいいのに。

願いはむなしく、とげとげしい雑音ばかりが僕《ぼく》らを押《お》し包む。

でもそのとき、歌が聞こえてくる。

僕《ぼく》ら四人の視線がそこに集まる。机の上のスマホだ。

たぶん置くときに画面をタップしてしまったのだろう。もう何万回も聴《き》いた、コード進行もリフのパターンもフィルインの呼吸もコーラスの副旋律《せんりつ》の絡《から》み合《あ》いもまるで自分の身体《からだ》みたいにすべて知《し》り抜《ぬ》いている、僕《ぼく》らの歌。

指が、そこにない弦《げん》をたぐる。

凜子《りんこ》の指も、骨の感触《かんしょく》を探して歩き始めている。

詩月《しづき》の肘《ひじ》が、膝《ひざ》が、ビートを求めてうずく。

朱音《あかね》の唇《くちびる》が、歌をなぞって虚空《こくう》を食《は》む。

ほんとうはわかっていた。ここで僕《ぼく》が言うべきこと。他にない。ひとつしかない。先生との通話が切れたあの瞬間《しゅんかん》から、わかっていた。

ただ勇気が出せなかっただけだ。

歌が終わらないうちに、僕《ぼく》の声を重ねる。

「──ライヴ、出よう」

三人の少女たちの視線が僕《ぼく》に集まる。みんな受け止め切るには重たすぎて、僕《ぼく》は目を伏《ふ》せ、ささやかな音量で歌い続ける小さな機械に向かって言葉を続けた。

「先生が聴《き》きたがってた。だから、ライヴに出よう」

目を上げた。

凜子《りんこ》は澄《す》ました顔で、詩月《しづき》ははにかんで、朱音《あかね》は満面の笑《え》みで、うなずいてくれた。

＊

イベント会社の柿崎《かきざき》氏には、初対面でめちゃくちゃ驚《おどろ》かれた。

「いやあ、ほんとうに男の方だったんですねえ。いやあ、はあ」

七月終わりの月曜日、新宿のカフェで待ち合わせて自己紹介《しょうかい》後の第一声がそれだった。

「いやもちろんプロフィールは読んでいましたけれど、動画がどれも、ええ、女の子にしか見えなくて、つまりその話題作りのために男性だっていうキャラ付けをしてるだけなのかと、それにほら今までインストの曲ばっかで声が入ってるの新曲がはじめてだったじゃないですか、だからてっきり」

そう思われるのも無理はないか。女装してない頃《ころ》の曲は全削除《さくじょ》しちゃったし。というか同じように考えてる視聴者《しちょうしゃ》もけっこう多いってことになるのかな。

柿崎《かきざき》氏は、黒川《くろかわ》さんが以前言っていたとおりかなり『調子の良《い》い』人だった。三十四、五歳《さい》くらいのよく日焼けしたスポーツマンタイプで、汗《あせ》っかきで暑苦しく、冷房《れいぼう》が効いた店内でもしきりに額をハンドタオルで拭《ぬぐ》いながら、目をぎらぎらさせてまくしたてる。

「いやでも高校生ってところはほんとだったんですね、そこはありがたいですよ最高です、高校生は最高のブランド価値ですからね。それで動画に映ってたあの三人の娘《こ》たちは、え、あ、はい、バンドメンバー？　実際に演《や》ってる！　え、出てくださる？　最高です」

店内の気温が二度くらい上がった気がする。

「それでもうスケジュールが組み上がってましてムサオさんの——ええとムサオさんとお呼びしていいですか？　村瀬《むらせ》さん？　はい、村瀬《むらせ》さんの出番は初日の頭で持ち時間40分ですけど大丈夫《だいじょうぶ》ですよね？　学生さんてことであんまり時間が遅《おそ》くならないように頭にしましたが」

40分も？　しかもヘッドライナー？　想像よりずっと大ごとだったので僕《ぼく》は震《ふる》える。その他大勢の中の一組として呼ばれて一曲か二曲演《や》るだけかと思っていたのだ。僕《ぼく》の心配顔を逆の意味で受け取ったらしい柿崎《かきざき》氏が急いで付け加える。

「ちょっと短いと思われるかもしれませんが申し訳ない、アンコールも無しなんですよ、なにしろ3DAYSで12アーティストもお呼びしますから」

「いやいや短いんじゃなくて……そんなに時間もらっても、演《や》れる曲が――」

言いかけて口をつぐむ。

「……今から作りますね」

「最高です！　MCも込《こ》みで7、8曲って感じですね！　ああそうだギャラの話を先にきちんとしときましょう」

調子は良すぎるが、ちゃんとした社会人という感じで信頼《しんらい》できそうな人だった。リハーサルのことや機材のことまで細かく打ち合わせした後、最後にこう訊《き》いてきた。

「ところで、出演アーティスト名はどうしますか？」

「え？」

「『Musa男』でよければそうしますけど、バンドなんですよね？　うちの社長がですね、動画を観《み》てガールズバンドだと決めつけちゃって、いやまあだいたいその通りだったからよかったんですが、ちゃんとバンドとして出した方がいいだろうと。ぶっちゃけて言いますと社長はムサオって名前が気に入らないらしくてもっと売れそうな名前にしてもらいたくてなんなら自分で名付けるくらいの勢いで、いやもうすみません勝手な人なんです、でもまあそういう社長の意向も一応お伝えしておこうかと」

「はあ……」

「ああいやいや申し訳ない、まったく失礼な話ですよね、Ｍｕｓａ男として有名になったわけだし村瀬《むらせ》さん的にそこは外せないですよね、今のは忘れてください」

「い、いえ、そうじゃないです、すみません」

自分の間の抜《ぬ》けた反応が誤解されて謝《あやま》らせるはめになってしまった。

「たしかにそうかもしれないって思って。出るのはあいつらなんだし、訊《き》いてみます」

＊

翌週のスタジオ練習後のファミレスで、その話を出した。

「……バンド名？　ふむ」

凛子《りんこ》はあまり関心なさそうな反応だった。

「聞くところによるとバンドマンという人種はバンド名を決めるにあたって必ずもめごとになり場合によっては流血沙汰《ざた》になるのだとか」

「どんな偏《かたよ》った知識だよ……たしかにすんなり決まらないことが多いらしいけどさ」

「バンドのもめごとに関してならあたしに任せて！」朱音《あかね》が大いばりで言うが、自慢《じまん》できるようなことでは全然ない。「バンド名決めで解散したことも一回あるよ。そんなあたしの経験上、じゃんけんで勝った人が考えて他のやつは文句言わない、が一番いいと思う！」

「……じゃんけんする前に一応、朱音《あかね》のネーミング案を聞いておきたいんだけど」

「えー、あたしそんなにこだわりないからなあ」

朱音《あかね》はそう言って、眉《まゆ》を寄せてちょっと考える。

「そうだね、『デス』と『ダーク』と『キラー』と『ブラッド』と『マッドネス』のうち二つは絶対入れたいけどあとはなんでもいいかな」

「なんにもよくないよ。じゃんけんはやめよう……」四分の一の確率でそんなバンド名にされるなんてひどすぎる。

詩月《しづき》がおずおずと言った。

「花の名前をバンド名にするのはどうでしょう。実は前々から考えていた案があるんです。バンドを組むの、子供の頃《ころ》からの夢でしたから」

「花の名前。よさそうだね、ガールズバンドだし。どんなの？」

詩月《しづき》だからきっと可憐《かれん》で清楚《せいそ》な感じのにしてくれるだろう、と思いきや彼女《かのじょ》は手帳とペンを取り出してずらずら書き始めた。

『曼陀羅華《まんだらけ》・摩訶曼陀羅華《まかまんだらけ》・曼珠沙華《まんじゆしやげ》・摩訶曼珠沙華《まかまんじゆしやげ》』どうですかっこいいですよね、これは法華経《ほけきよう》に出てくる四種の天上の花の名前で彼岸花《ひがんばな》の別名の由来ともなりました、私たち四人いるからぴったりですよね」

「却下《きやつか》」

「ど、どうしてですかっ」

説明するのもむなしい。書けないし読めないし長すぎるし。

そこで凜子《りんこ》があきれたため息をついて言った。

「じゃあわたしもひとつ要望を言っておく」

「ええ……あの、まともなのにしてほしいな……」

きつくにらまれる。

「バンドなのに『オーケストラ』ってつけているのがよくあるでしょう。あれ、気取っていて好き。わたしたちもつけたい」

「ああ……ELOとか」ほんとうにまともな案だったので失礼ながら安堵《あんど》する。

エレクトリック・ライト・オーケストラ。イエロー・マジック・オーケストラ。ブライアン・セッツァー・オーケストラ。うん、どれもしゃれている。

「やっぱりアルファベット三文字で略せるのがいいよね！」

まるで反省していない朱音《あかね》が話に入ってくる。ダーク・マッドネス・オーケストラとか言い出す前に黙《だま》らせようかと思ったら横から詩月《しづき》も言う。

「オーケストラ、素敵《すてき》です。ジャズバンドにもよくありますよね」「それは国際非政府組織です」

「ううん、なにがいいかなあ。ええと、NGO」「それは国連平和維持《いじ》活動です」

「じゃあPKO」「それはウノです」

「UNO」

朱音《あかね》と詩月《しづき》が不毛なやりとりをしている傍《かたわ》らで、凛子《りんこ》が僕《ぼく》を見る。

「あなたが始めたバンドなんだし、あとはあなたが決めて」

僕《ぼく》だけなんの案も出していないのはたしかに情けない。

オーケストラ。僕《ぼく》らの楽団を飾《かざ》る名前。

これまで僕《ぼく》のオーケストラといえばPCの中にインストールされたシーケンサとシンセサイザーだった。音楽なんてひとりでできるものだと思っていたし、実際にひとりでやっていた。でも、ひとりでできる音楽はひとり分だ。音楽というのは不思議なもので、二人以上が関わると単純な足し算ではなく複雑な掛《か》け算《ざん》になる。だから小数とかマイナスとかのやつが大勢をぶっ壊《こわ》してガラクタに変えてしまうこともあれば、その逆もある。だれも想像できないエネルギーが生まれて宇宙まで飛んでいけることさえもある。

どんな結果になるにしろ、最初にひとりとひとりが出逢《であ》って、触《ふ》れ合《あ》わなければ始まらない。僕《ぼく》らもそうだ。華園《はなぞの》先生が僕《ぼく》と凛子《りんこ》を結びつけて、ようやく始まった。

あの場所で——始まったのだ。

ふと凛子《りんこ》の顔を見つめ返すと、彼女《かのじょ》も僕《ぼく》と同じ場所を思い出しているのに気づいた。始まりの場所。フェンスで区切られた、草と苔《こけ》とアスファルトの国。空がずっと開けていてどこにでも行けそうで、でもどこにも行けないまま通り雨の予感の風がただ僕《ぼく》らのピアノの音を吹《ふ》き散《ち》らしていった午後。

「……パラダイス・ノイズ」

僕《ぼく》はつぶやいた。

今度は、僕《ぼく》に集まる三人ぶんの視線を受け止めることができた。

「パラダイス・ノイズ・オーケストラ」

汗《あせ》をかいた烏龍茶《ウーロンちゃ》のグラスの側面を指でぬぐい、濡《ぬ》れた指先でテーブルの上にアルファベット三つを並べた。PNO。

「いいと思う」と凛子《りんこ》が言い、他の二人は目を見合わせて笑った。

＊

会場は、恵比寿《えびす》にある洒落《しゃれ》た造りの大きなライヴハウスだった。地上階にはカフェやファッション雑貨店、グッズショップなどが入っていて、メインの地下フロアは客席のキャパシティが1000人だというから、ライヴハウスにあまり詳《くわ》しくない僕《ぼく》でもかなりランクの高い箱だとわかる。四桁《けた》収容できるところってそうそうないはずだ。

当日、リハーサルのために昼過ぎに恵比寿駅《えびすえき》に集合した。

凛子《りんこ》も詩月《しづき》も朱音《あかね》も、白を基調にしたホットパンツにぴったりしたチューブトップというたいへん夏満喫《まんきつ》な服装でそろえていて、肩《かた》や脚《あし》がまぶしくて直視できない。衣装合《いしょうあ》わせなんてしてたのかよ？　僕《ぼく》はいつもの冴《さ》えないTシャツとデニムだ。

まあ——僕《ぼく》はソロもないベーシストだし、べつにいいか。どうせみんなこの三人を観《み》にきているのだ。僕《ぼく》の存在なんて気づかれもしないかもしれない。

目的地は駅のすぐ近くで、実際に会場を見るのはそのときがはじめてだった。内装の清潔さと現代っぽさに圧倒《あっとう》されてしまう。『ムーン・エコー』の小汚《こぎたな》くて狭苦《せまくる》しいライヴスペースとはなにもかもちがっていた。PAブースは宇宙船のコックピットみたいだし、花道で張り出したセンターステージまであるし、三面の巨大《きょだい》ディスプレイが天井《てんじょう》から吊《つ》り下《さ》げられているし、舞台袖《ぶたいそで》から舞台裏《ぶたいうら》の空間がちゃんとあって機材を置くことができた。

僕《ぼく》らが階段を下りていったときには会場設営作業中で、スタッフが重たそうな横長の電光掲《けい》示板《じばん》をディスプレイのすぐ下に取りつけているのが見えた。

「テストしまーす！　なんかコメント入れて！」

スタッフの一人がそう叫《さけ》ぶ。電光掲示板《けいじばん》に『うおおおお太ももももももも』という文字列が右端《みぎはし》から現れて左端《ひだりはし》へと流れて消えていった。

「あっはは。スタッフの人、たぶんムサオのファンだね」

朱音《あかね》がその様子を見て笑う。

「あれ、なんのコメントなんですか」と詩月《しづき》。

「ライヴをネット配信するっていうから、たぶん配信サイトに書《か》き込《こ》まれた視聴者《しちょうしゃ》コメントをリアルタイムであそこに表示するんだと思う」やけに詳《くわ》しい凛子《りんこ》だった。

観客はこの場にいる1000人だけじゃない。回線越《ご》しの何万人、何十万人に聴《き》かせるのだ。

緊張《きんちょう》がひたひたと尻《しり》のあたりに寄ってくるのを僕《ぼく》は感じた。

階段を下りきって、会場のぴりぴりした空気の中に身を浸《ひた》す。

いよいよ、本番なのだ。気づくと足が止まって、膝《ひざ》が震《ふる》えている。しかも僕《ぼく》以外の三人は平然と談笑《だんしょう》しながらスタッフたちの間を抜《ぬ》けてステージの方へとさっさと行こうとしているのだ。

詩月《しづき》が気づいて振《ふ》り向《む》く。

「真琴《まこと》さん？」

「……あ、ごめん、なんでもない」

自分の太ももを殴《なぐ》りつけて活を入れ、三人に追いつく。

「ふうん。緊張《きんちょう》してるんでしょう」と凛子《りんこ》が意地悪く言う。

「そりゃまあ。ていうかみんな平気そうだよね。こんなでっかい会場でこれからライヴ演《や》ろうってのに」

「ピアノコンクールの会場はこれより大きいのもしょっちゅうだった」

「あたしもこんなおっきい箱ははじめてだけど、場数かなあ。あんま緊張《きんちょう》しない」

「品評会でたくさんのお客様にご挨拶《あいさつ》したりしていたので、わりと慣れているんです」

そうか、おたおたしてるのは僕《ぼく》だけか。情けないな。しっかりしないと。

「でも、三人とも村瀬《むらせ》くんにはまったくかなわない」

「……え？」僕《ぼく》は凛子《りんこ》の顔を見つめる。

「だって、村瀬《むらせ》くんは百万人を相手にしてきたんでしょう」

「そうですね。そのままの意味で、桁違《けたちが》いですものね」

「うんまあ……リアルタイムじゃないしネット越《ご》しだけど……」

「しかも女装してだから輪をかけてすごいよね！」朱音《あかね》さんそれは言わないでおいて。

しかし、だいぶ気が楽になった。もう腹をくくるしかない。夏休みのほとんどを練習漬《づ》けで過ごしてきたんだ。

僕《ぼく》はこの一ヶ月半のことをひとつずつ思い出す。

ライヴで演《や》る曲がまったく足りないので、必死に新曲を書いた。すべてレコーディングしてＭｕｓａ男チャンネルに動画をアップした。絵面はすべて同じ、スタジオリハーサル中のもの。毎回僕《ぼく》は映っていない。三人のうちどれがＭｕｓａ男なのかという論争はもうほとんど見られなくなっていた。チャンネル名を『Ｍｕｓａ男』から『パラダイス・ノイズ・オーケストラ』に変更《へんこう》したからだ。そして今やバンド活動開始後に獲得《かくとく》した視聴者《しちょうしゃ》の方が圧倒的《あっとうてき》に多く、女装してひとりでせこせことインストゥルメンタルを発表していたやつのことなんて知らない人がほとんどだった。そうだ、僕《ぼく》のことなんてだれも注目してないぞ、大丈夫《だいじょうぶ》。みんなが夢中になってるのは朱音《あかね》と凛子《りんこ》と詩月《しづき》だ。僕《ぼく》は練習した通りにベースをこなせばいい。

「あっ、おつかれさまです！」

声がして、駆《か》け寄《よ》ってきたのはイベント会社の柿崎《かきざき》氏だった。

「着替《きが》えとかします？　あっ、このままで？　ですよね、いやみなさん最高ですよめっちゃ可愛《かわい》いです、はい、はい、すぐにもリハなんで荷物とか控《ひか》え室《しつ》に」

僕《ぼく》以外の三人とは今日が初対面なのだけれど前々から何度も一緒《いっしょ》に仕事をしているみたいなあいかわらずの調子の良さだった。

ところがそんな柿崎《かきざき》氏、僕《ぼく》らが控《ひか》え室《しつ》に荷物を置いて出てくると一転して真っ暗な顔で出迎《でむか》える。なにがあったんだろう。

「申し訳ない！」

柿崎《かきざき》氏は廊下《ろうか》の真ん中でいきなりがばと土下座してきた。

「……な、なにがですか」

「うちの社長がですね、ＰＮＯはガールズバンドとして演出すると言って聞かず、先ほどお三方を実際に見てますますその気になってしまったらしく、つまりその、いやあの村瀬《むらせ》さんに出るなと言っているわけではないんですが、こう、ステージ上の立ち位置をですね、ドラムセットの脇《わき》のライトがあまり当たらないところに――」

僕《ぼく》はしばらくぽかんとしてしまう。

要するに、目立つな、サポートメンバーみたいなふうを装《よそお》え、ということか。

「当日いきなりでほんとうにほんとうに申し訳ないですが、どうかご検討願えないかと」

頭を下げ続ける柿崎《かきざき》氏を見ながら、妙《みょう》に冷静になっていく自分がいた。そりゃあ画面に余計な男を入れず、女子高生三人のバンドってことにした方が主催《しゅさい》者としては美味《おい》しいだろうな。ファンがついているのは彼女《かのじょ》たちにであって僕《ぼく》にではないし。柿崎《かきざき》氏はしきりに社長の要請《ようせい》であって自分は申し訳なく思いつつも従うしかない――という言い方をするけれど、それも怪《あや》しいものだ。実際は柿崎《かきざき》氏も僕《ぼく》を排除《はいじょ》する気満々で、角が立たないようにこの場にいない社長を悪者役にしてるのかも。そんな勘繰《かんぐ》りができるくらい冷静になっていたのだ。

「でも真琴《まこと》ちゃんだってうちのメンバーだし……ていうかリーダーだよ？　真琴《まこと》ちゃんがいなきゃこのバンドなかったんだよ」

朱音《あかね》が不満げに横から言う。

「はい、それは重々承知してるんですが、なにぶん……社長は言い出したら聞かない人でして、今後を考えて絶対その方がいいと、村瀬《むらせ》さんはこうプロデューサー的な立場にいてもらって裏から支えるといいますか」

なんだかだんだん面倒《めんどう》になってきた。

ステージの方をちらと見やり、気づく。凛子《りんこ》の弾《ひ》くキーボードの配置がかなり中央に近い。そして朱音《あかね》の立ち位置であるメインヴォーカルのマイクスタンドがだいぶ右にずれている。なんだよ、と僕《ぼく》は胸中で苦笑《くしょう》した。もうスリーピースバンド用の配置にしてあるんじゃないか。僕《ぼく》らの意見なんて聞くまでもなく。とすると僕《ぼく》はドラムセットの右隣《みぎどなり》、モニタアンプに囲まれたあの暗がりか。

「……まあ、べつにいいかなって僕《ぼく》は思うんだけど。ベースだし、ソロとかもないわけだし」

「ええー真琴《まこと》ちゃんまでそんな」

「村瀬《むらせ》くんがいいなら、問題ないんじゃ」と凛子《りんこ》は冷ややかに言う。

「真琴《まこと》さんがずっと私の隣《となり》に密着していたいということですから私も問題ないと思います」

詩月《しづき》は詩月《しづき》で意味わからん理由で許諾《きょだく》する。密着したらベースもドラムスも演奏できないだろうが。

「ありがとうございます、助かります！」

柿崎《かきざき》氏は廊下《ろうか》の床《ゆか》を頭突《ずつ》きで割りそうな勢いで一礼した。

「あっ、もうリハ準備できたみたいで、んじゃ具体的な立ち位置とかライティングとか確認《かくにん》しますのでお願いします！」

やかましい足音をたてて柿崎氏《かきざき》が走り去った後で凛子《りんこ》が僕《ぼく》をにらんでくる。

「……なに？」と僕《ぼく》は不安になって訊《たず》ねる。

「ほんとうにいいの？　このライヴに出るって決めたのはスポットライト浴びるためでしょ」

「ええ？　なんで。べつに僕《ぼく》が目立たなくたっていいんだよ。ていうかベースは目立っちゃだめだろ。バンドが目立てばそれでいいんだよ」

「……そういうことじゃない。あなたは結局なにも成長してない……」

「ちょっ、な、なに今さら？　なんとかベースこなせるようになっただろ、あんだけ練習したんだから！　そりゃレコーディングじゃ朱音《あかね》が演《や》った方がいいにきまってるけどライヴなら僕《ぼく》がやるしかないんだし」

「そういうことじゃないってば真琴《まこと》ちゃん」

「はい。そういうことではないんです」

朱音《あかね》と詩月《しづき》まで、なんなんだよ？

「でも私が真琴《まこと》さんを独《ひと》り占めできるということですから全然かまいません」

「しづちゃん！　そうやって甘《あま》やかすから！」

女たちはそう言い合いながらステージの方へと足早に遠ざかっていった。意味がわからない。そんなに僕《ぼく》を目立たせたいのかよ？　僕《ぼく》のベースの腕《うで》にこれまでさんざん文句をつけてもっと練習するようにと言ってきたのはお前らじゃないか？

「PNOさーん！」スタッフが大声で呼ぶのが聞こえた。「セッティングお願いします！」

僕《ぼく》もあわててステージへと走った。


開演時間が近づくにつれ、控《ひか》え室《しつ》に地響《じひび》きのようなものが伝わってくるようになった。僕《ぼく》はスマホを握《にぎ》りしめてSNSを見て回った。このライヴの来場客たちの会場入り報告が続々とアップされている。

あらためて、そうっと控《ひか》え室《しつ》を見回した。今日の出演者は僕《ぼく》らを含《ふく》めて合計四組。といってもバンドという形態なのは僕《ぼく》らだけで、他はソロが二人とデュオ一組だから、室内にいるのは全部で八人。共演者たちはみんな年上の男性で、先ほどが初対面だったのだけれど、さっそく朱音《あかね》と詩月《しづき》と凛子《りんこ》に近寄ってきてなれなれしく話しかけている。

「新曲全部聴《き》いてるよ、きみがムサオでしょ？　やっぱ女の子だったんじゃん、あんなに身体《からだ》きれいな男なんていないよなぁ」

「あたしじゃないですよ。あたしヴォーカルやってるだけ。あたしも作詞作曲できればなーってていつも思ってるけど！」

「えーマジで？　いやいや信じらんないって、今ちょっと時間ないけど後でそのへんじっくり聞かせてよ、みんな打ち上げ来るんだよね？　俺《おれ》の知り合いのやってる良《い》いバーが」

「いえ、私たちは全員高校生ですからお酒は飲めませんし門限がありますから」

男たちに対して、朱音《あかね》は体《てい》よくあしらい、詩月《しづき》はご令嬢《れいじょう》然として遠ざけ、凛子《りんこ》に至っては完全無視。三人それぞれのやり方で応じている。そして控《ひか》え室《しつ》の隅《すみ》っこの僕《ぼく》にはだれも話しかけてこない。ひょっとすると荷物運びのアシスタントかなにかだと思われてるのかも。まあそんなもんだ。おかげで緊張《きんちょう》を抑《おさ》え込《こ》んでいられる。だれも僕《ぼく》なんて見ていないんだ、と何度となく自分に言い聞かせる。

控《ひか》え室《しつ》のドアが乱暴に開き、スタッフが顔を見せる。

「PNOさん、出番です！」

朱音《あかね》と詩月《しづき》と凛子《りんこ》は一斉《いっせい》に立ち上がった。僕《ぼく》はパイプ椅子《いす》から転げ落ちそうになった。

「じゃ、客席あっためてきまーす！」

控《ひか》え室《しつ》を出しなに朱音《あかね》は共演者たちに手を振《ふ》ってそう言った。どこまでもライヴ慣れしているやつだった。心強い。僕《ぼく》は詩月《しづき》の脇《わき》の暗がりに息をひそめて、朱音《あかね》という光にただついていけばいいのだ。

でも実際にステージに出ていくと、そんな甘《あま》い考えは吹《ふ》き飛《と》ばされそうになる。客席から吹《ふ》き付《つ》ける分厚い歓声《かんせい》と、天井《てんじょう》からも足下《あしもと》からも圧《お》し寄せてくる暴力的な照明。なにもかもが鋭《するど》いコントラストで彩《いろど》られ、闇《やみ》は光でえぐりとられ、声と拍手《はくしゅ》と踏《ふ》みならされる足音とが空気をばらばらに斬《き》り刻んでいる。リハーサルのときと同じセッティング、同じライティングなのに、まるで別の場所みたいだ。

朱音《あかね》は客席に手を振り、ギタースタンドから自分のPRSカスタム24をとりあげる。ストラップに肩《かた》をくぐらせるとき、ごく自然に僕《ぼく》らを振《ふ》り返《かえ》った。最初からぶちかますよ？　とでも言いたげな雄弁《ゆうべん》な笑《え》み。詩月《しづき》は微笑《ほほえ》みを返してドラムセットの中に身を沈《しず》め、凛子《りんこ》は目配せだけを返して二段重ねのキーボードスタンドの高い椅子《いす》に腰掛《こしか》ける。僕《ぼく》は肺にわだかまっていた固い空気を残らず吐《は》き出《だ》し、ドラムセットの隣《となり》の薄闇《うすやみ》に立ってプレシジョンベースを持ち上げた。ネックの無骨な太さ、ストラップをかけた肩《かた》にずぶりと食らいついてくる重みが、不思議と身体《からだ》になじむ。

4カウントが鳴った。

限界まで音色をぎらつかせたピアノのリフが走り出す。内声部に複雑なシンコペーションを二重に孕《はら》んだ痺《しび》れるほど外連味たっぷりのコードステップは凛子《りんこ》の指が紡《つむ》ぎ出す超絶技巧《ちょうぜつぎこう》だ。ハイハットのビートがその表面を毛羽立たせる。一巡《いちじゅん》したフレーズにギターのアルペッジョがからみつき、和声の隙間《すきま》に9thや11thの音をナイフ遊びのようにこじいれていく。歓声《かんせい》は一《いっ》瞬《しゅん》だけ退いたあと、津波《つなみ》のようにふくれあがって返ってくる。ぞくりと背筋が震《ふる》える。音楽の力学において不安と期待と昂揚《こうよう》は区別できない同質のエネルギーだ。それが僕《ぼく》を引っぱる。千人の来場客を、そしてネット回線の向こう側にいる百万のリスナーたちをも引《ひ》きずり込《こ》む。

朱音《あかね》の唇《くちびる》から歌がほとばしった。

僕《ぼく》は本番前最後のスタジオ練習で彼女《かのじょ》が言ったことをまざまざと思い出す。ステージは生き物なんだよ。演《や》ってみなきゃ、なにが起きるかわからない。生きて動いているんだからね。だからライヴっていうんだよ。ほんとうにそのとおりだった。僕《ぼく》らの掌《てのひら》の中で、僕《ぼく》らの足下《あしもと》で、僕《ぼく》らを取り巻く烈《はげ》しい光の奥《おく》で、音は呼吸し、鼓動《こどう》し、広がろうとしていた。奏《かな》でているなんていうなまやさしいものではない。僕自身《ぼくじしん》が削《けず》り取《と》られてばらばらになって大気に溶《と》けて濃《こ》く甘《あま》い嵐《あらし》になるような感触《かんしょく》。

むちゃくちゃ気持ちいい。

全身の血が一瞬《いっしゅん》でシャンパンに変わってしまったみたいだ。僕《ぼく》は自分に残された唯一《ゆいいつ》の現実感を、つまり左手の中でのたうち回る太い金属弦《げん》を必死に握《にぎ》りしめる。押《お》し流《なが》されないように、呑《の》み込《こ》まれないように、音の奔流《ほんりゅう》の中から詩月《しづき》の刻むビートをより分けてつかみ、綱渡《つなわた》りのステップを続ける。逆光の中で朱音《あかね》のシルエットが高く跳《と》び上がる。ギターソロが電光の蛇《へび》になってステージ上のなにもかもを切《き》り裂《さ》き客席に飛《と》び込《こ》んで人々の合間を搔《か》きむしりながら走り回り天井《てんじょう》に乱雑な傷を縦横に残して弾《はじ》け飛んだ。

降りしきる光の粒《つぶ》の中で朱音《あかね》が両手をマイクに添《そ》えて再び歌い始める。

2コーラス目のこのわずか8小節の間、歌を支えるのはベースとドラムスだけになる。大《だい》丈夫《じょうぶ》、と僕《ぼく》は自分に何度も言い聞かせてオブリガートを声の切れ間に添《そ》える。大丈夫《だいじょうぶ》、詩月《しづき》が隣《となり》にいて僕《ぼく》を守ってくれる。朱音《あかね》のヴォーカルがクリアに聞こえるせいで、自然と口が動き、ハーモニーを併《あわ》せている。でも僕《ぼく》にマイクは与《あた》えられていないのでその声を聴《き》く人はだれもいない。バンドサウンドに埋《う》もれて僕自身《ぼくじしん》にさえ聞こえないのだ。行き所を失った歌は僕《ぼく》の喉《のど》の奥《おく》で苦しそうにのたくった。

朱音《あかね》の小柄《こがら》な体躯《たいく》がスピンしながら跳《は》ね、振《ふ》り上《あ》げた手がピックとともにギターの腹に叩《たた》きつけられる。着地と同時のフィニッシュに歓声《かんせい》が四倍くらいにふくれあがる。汗《あせ》の粒《つぶ》が視界で散って光る。息は切れ、喉《のど》は嗄《か》れてひりひり痛んだ。でも詩月《しづき》はバンドメンバーにも観客にも休むひまを与《あた》えない。すぐにスネア四つの昂揚《こうよう》感を煽《あお》るビートが会場を揺《ゆ》らし始める。

振《ふ》り落《お》とされるわけにはいかない。

僕《ぼく》はごりっとした唾《つば》を飲《の》み込《こ》み、リズムに意識をねじ込《こ》み、バスドラムのシンコペーションの上にぴったり重ねて下降音型を刻み入れた。凛子《りんこ》のピアノのグリッサンドが観客の渦《うず》巻《ま》く声を引き連れて容赦《ようしゃ》なく襲《おそ》いかかってくる。目も開けていられないほど激しい光と音の雨の中で、僕《ぼく》は溺《おぼ》れかけていた。

もっと、もっと降りしきれ。僕《ぼく》を塗《ぬ》りつぶせ。このわだかまりともどかしさと悔《くや》しさをみんな一緒《いっしょ》くたに洗い流してしまえ。僕《ぼく》はそう願った。

でもやがて雨上がりがやってくる。

「──イス・ノイズ・オーケストラでした、ありがとうございましたーっ！」

朱音《あかね》の声で我に返る。顔を上げると水の膜《まく》の向こうで天井灯《てんじょうとう》の光がぐにゃぐにゃに溶《と》けて歪《ゆが》んでいる。僕《ぼく》は額とまぶたにへばりついた汗《あせ》を手《て》の甲《こう》で払《はら》った。

さっきから続いているこのジェット機の爆音《ばくおん》みたいなのはなんだ？　酔《よ》った頭を巡《めぐ》らせてあたりを見回す。そうだ、ステージの上だ。寄りかかっているざらざらした黒い大きな箱はベースアンプか。じゃあ乱暴に照りつけてくる光の向こう側から吹《ふ》き寄せるこの音は──

観客の拍手《はくしゅ》、口笛、言葉も定《さだ》かではない叫《さけ》び。

ああ、終わってしまったのだ。

7曲演《や》りきった。ほぼMCもなくぶっ続けで走《はし》り抜《ぬ》けた。手足の先が心地《ここち》よく痺《しび》れている。このまま全身が溶《と》けてステージの床《ゆか》の染《し》みになってしまいそうだ。歩けるだろうか。ちゃんと自分の足で舞台裏《ぶたいうら》に退がれるだろうか？　ベースを肩《かた》から抜《ぬ》いてスタンドに置き、背中を機材にこすりつけるようにして暗がりから暗がりへと渡《わた》り、熱のこもったアンプ類の裏側に転《ころ》がり込《こ》む。ようやく息をつける。まだ身体《からだ》の大事な液体が耳の穴からとめどなく漏《も》れ続けているような錯覚《さっかく》がある。

身を包む闇《やみ》からとげとげしさが薄《うす》れる。舞台裏《ぶたいうら》に戻《もど》ってきたのだ。

「お疲《つか》れさまです！」「超《ちょう》よかった！」

「まじやば！」「泣きそうです！」

「ありがとうございました！」「楽しかったです！」

スタッフとバンドメンバーたちの弾《はず》む声が僕《ぼく》の頭上でやりとりされる。僕《ぼく》は床《ゆか》にずるずると滑《すべ》り落《お》ちそうになる。

機材の隙間《すきま》からステージを見やった。照明が落とされ、逆に客席には薄《うす》明かりが戻《もど》り、スタッフたちが次の出演者のセッティングのために走り回っているのが見える。

これで——終わりか。僕《ぼく》はちゃんとやれていただろうか。大丈夫《だいじょうぶ》だよな。練習どおりの演奏ができた。悪目立ちもしなかった。一夏かけた甲斐《かい》はあった。

でも、と思う。

ほんとうにこれで終わりでいいのだろうか？ なにか大切なことを見落としている気がする。そもそもどうして僕《ぼく》はこのステージに立とうと思ったんだっけ。

そうだ。歌を聴《き》かせたかったんだ。あの人に届けたかった。届いただろうか。

ざわつく僕《ぼく》の心をだれかが蹴《け》りつける。何度も執拗《しつよう》にキックしてくる。なんだよ。痛いよ。だれだよ？

顔を上げ、気づく。

客席の方からだ。千人分の足を踏《ふ》みならす音と拍手《はくしゅ》とがぴったりシンクロして原始的なリズムを沸《わ》き立《た》たせている。

「……アンコールみたいですよ」

スタッフの一人がつぶやいた。

ステージで作業をしていたべつのスタッフ三人が、手を止め、下げようとしていたギターやベースを元の位置に戻《もど》して舞台袖《ぶたいそで》に駆《か》け込《こ》んでくる。

「どうしますか、アンコール。めっちゃ盛り上がっちゃってますけど」

響《ひび》いてくるリズムは今や、ビルの基礎《きそ》工事に使うパイルドライバーのような強烈《きょうれつ》で確固たる打突音《だとつおん》の連続になっていた。人間の手と足だけでこんな音が出せるのか、と思う。

「アンコール無しって話じゃ」とだれかが言った。

「まだちょっと時間余ってますが」こっちは柿崎《かきざき》氏の声だろうか。

「ちょっとぐらい俺《おれ》の持ち時間に食《く》い込《こ》んでもべつにいいよ。こんだけ沸《わ》いてんだからアゲてこうぜ」これはたしか、次の出演者の声だ。

「……どうしよ、真琴《まこと》ちゃん」朱音《あかね》がこっちを見る。

「なにかやる？」凛子《りんこ》が涼《すず》しい顔で言う。

「でも、もう演《や》れる曲全部演《や》っちゃいましたよ」と詩月《しづき》。

そう、レパートリーがもうない。オリジナル曲はすべて使い果たした。やりきったってことじゃないのか？　もうこれで十分だろ？　僕《ぼく》はざわめき続ける自分にそう言い聞かせる。まつげにはりついた汗《あせ》の粒《つぶ》を指先で払《はら》い落《お》とし、荒《あら》い息をつく。

そのとき、ステージ背面に高く掲《かか》げられた電光掲示板《けいじばん》が目に入る。

配信サイトに書き込《こ》まれたコメントをリアルタイムにスクロール表示する画面だ。今はそこに鉄砲水《てっぽうみず》みたいな勢いで大量の文章が流れている。

でも僕《ぼく》はその濁流《だくりゅう》の中からひとつのメッセージを見つけ出す。


『きみを聴《き》かせてよムサオ』


幻《まぼろし》だろうかと僕《ぼく》は疑う。だってそんな偶然《ぐうぜん》あるわけない。ウェブを介《かい》して寄せられている何千何万ものコメントの中から、僕《ぼく》がちょうど電光掲示板《けいじばん》を見上げたそのタイミングで、目に飛《と》び込《こ》んできたのが——あの人からの言葉だなんて。

そんな奇蹟《きせき》が起きるわけがない。

けれど。

アンコールを求める地響《じひび》きに、ぴったり重なって僕《ぼく》を内側からノックする音がある。

心音だ。鼓動《こどう》が肋骨《ろっこつ》を叩《たた》いて痛いくらいだ。

奇蹟《きせき》というなら、僕《ぼく》が凛子《りんこ》に巡《めぐ》り逢《あ》い、詩月《しづき》を助け、朱音《あかね》を引っぱり上げ、こうして同じステージの上にたどり着いたことは奇蹟《きせき》の連続だ。そのはじまりに、あの人がいた。

だから、信じられる。

光景さえ目に浮《う》かぶ。病室のベッドの上にだらしなくあぐらをかき、タブレットを膝《ひざ》の上にのせてイヤフォンを耳に挿《さ》し、僕《ぼく》らを見下ろして微笑《ほほえ》んでいる。

あの人は最後の通話で言っていた。

——きみが広い世界に向かって演《や》るところを——

あの人にはとてもふさわしくない、か細くて頼《たよ》りない声で。これまで何度も僕《ぼく》にあれこれと横暴に言いつけてきたくせに、あのときだけはためらいがちで断片《だんぺん》的で儚《はかな》げな、祈《いの》りにも似た言葉で。

——見たかったんだよ。

僕《ぼく》はまだあの約束を、果たしていない。

……ムサオ。ムサオ！

声がして、我に返る。

電光掲示板《けいじばん》のそのメッセージは、すでに他の数千の言葉に押《お》し流《なが》されて画面外へと消えてしまった後だ。でも代わりに同じ言葉をなぞる声が聞こえる。聴《き》かせろよムサオ。そうだ、ムサオどうしたんだよ。出てこいよ。ムサオ！

たしかに聞こえた。現実の声だ。若い男たちの声。観客席の手前側あたり。

「ムサオ出てきてくれよ！　来てないの？」

アンコールの手拍子《てびょうし》が戸惑《とまど》うようにわずかに弱まる。

「ムサオって」「バンドの人でしょ？」「さっきの娘《こ》じゃないの？」

客席のあちこちから声がふつふつと浮《う》かび上《あ》がってくる。

「ちがうよ」「ムサオは男だし」「せっかくムサオ見れるかと思って来たのに」

ぞくりとした。汗《あせ》が冷えて凍《こお》ってしまったのかと思った。

ムサオ。ムサオ。ムサオ！

コールがいつの間にか変わっている。手拍子《てびょうし》とステップに合わせて、千人が僕《ぼく》のかりそめの名前を呼んでいる。おいやめてくれよ、と僕《ぼく》は思う。お前らほとんどここ最近のにわか視《し》聴者《ちょうしゃ》だろ。昔からの僕《ぼく》を知ってるやつなんてさっき話してた二、三人くらいだろ。なんなんだ、のせられてわけもわからずコールして。これがライヴ会場の魔力《まりょく》か。生きているからなにが起きるかわからないってこういうことなのか？　だからって——

視界の端《はし》に映る電光掲示板《けいじばん》にも、いま響《ひび》いているのと同じ名前が何度も何度も繰《く》り返《かえ》し流れている。熱風が背中で膨《ふく》れ上《あ》がるような錯覚《さっかく》がやってきた。僕《ぼく》は吹《ふ》き飛《と》ばされようとしている。

放り出され、見知らぬ空へと投げ上げられようとしている。

だれかが僕《ぼく》の腕《うで》を乱暴に引っぱり、立たせた。

振《ふ》り向《む》くと、凛子《りんこ》だ。彼女《かのじょ》は僕《ぼく》の顔をじっと見つめ、それから目で指し示す。

ステージの方を。

詩月《しづき》がくすっと笑って、尻《しり》ポケットに挿《さ》していたスティックをまた引《ひ》き抜《ぬ》いた。

朱音《あかね》が僕《ぼく》の背中をぱんと平手で叩《たた》く。

三人とも、自分からは動こうとしない。僕《ぼく》を待っている。

みんなが——僕《ぼく》を待っている。あの人も。

僕《ぼく》はぎこちなくうなずき、踵《きびす》を返《かえ》し、たくさんの機材がつくるぎざぎざの影《かげ》の向こうから射《さ》す強い光へと足を向ける。床《ゆか》でのたくるコードを踏《ふ》み越《こ》え、少しずつ過熱を始めている暗闇《くらやみ》を通《とお》り抜《ぬ》け、シンバルスタンドの下をくぐり——

光の中へと出た。

灼《や》けるような歓声《かんせい》が僕《ぼく》を押《お》し包んだ。名前を呼ぶ声が一斉《いっせい》に砕《くだ》けて熱情のほとばしりとなって飛び散ったみたいだ。僕《ぼく》を見つめる二千の目のどこにも困惑《こんわく》の色がないのが不思議だった。

僕《ぼく》でいいのか？　あれだけ熱くアンコールを叫《さけ》んでいたお前らが求めていたのは朱音《あかね》や凛子《りんこ》や詩月《しづき》じゃないのか？　こんなよくわからない男子高校生になんで変わらない興奮の視線と声を投げつけてくるんだ？　ライヴの熱にのぼせてもう騒《さわ》げればなんでもいいのか？

それとも――

ほんとうに、僕《ぼく》が求められているのか。

マイクスタンドに歩み寄った。声を出そうとすると、まるでかさぶたをはがそうとするときみたいに喉《のど》がみりみりと痛んだ。唾《つば》を飲《の》み込《こ》んで痛みをごまかし、吐《は》き出《だ》す。

「……すみません。……僕《ぼく》が、Ｍｕｓａ男です」

出てきたのは自分でもあきれるくらいろくでもない言葉だった。でも返ってくるのはさっきの四倍くらいの歓喜《かんき》の声だ。僕《ぼく》はもうなにを言えばいいのかわからなくなる。こんなまばゆい孤独《こどく》の中に朱音《あかね》はずっと立っていたのか。

「……あー、ええと」唇《くちびる》を何度も舌で湿《しめ》らせた。「すみません、ほんとに男で弾《はじ》ける笑い声にさえ僕《ぼく》は怯《おび》える。どうしよう。どうすればいい？

「あの、……アンコールありがとうございます、でももう演《や》れる曲がないので……」

なんでもいいぞ、なんかやれ、という声が飛ぶ。

そうだ、僕《ぼく》に求められているのは喋《しゃべ》ることなんかじゃないのだ。

この光の下に立ったからには、歌わなければ。

傍《かたわ》らのスタンドに立ててある朱音《あかね》のギターを取り上げた。鋭《するど》くソリッドなＰＲＳカスタム24の重みと冷たさ。ストラップを肩《かた》にかけると身を締《し》めつけてくるような感触《かんしょく》がある。

「……じゃあ、……僕《ぼく》がはじめてネットにアップした曲を演《や》ります。ギター一本ですみません、あの、インストなんですけどもともとヴォーカル曲で……ああいや、とにかく――」

胡乱《うろん》な僕《ぼく》の言葉を、ピアノの音が断《た》ち切《き》った。

限界まで歪《ゆが》ませ、ぼやけさせたローズピアノ。夢の中の夢の、そのまた夢で響《ひび》いているような鈍《にぶ》く眠《ねむ》たげで危険な音色。

僕《ぼく》は息を詰《つ》めて舞台《ぶたい》の下手を見やる。いつの間にそこにいたのだろう、凜子《りんこ》がキーボードスタンドの前に腰掛《こしか》け、繊細《せんさい》な指を鍵盤《けんばん》に優《やさ》しく沈《しず》め、うつろなコードで波の残響《ざんきょう》にも似たリズムをつくっている。僕《ぼく》の曲だ。まだMusa男と名乗ってすらいなかった頃《ころ》、作りたての動画チャンネルに、焼けつくような不安と一緒《いっしょ》にアップロードした、はじまりの曲。

次のループで忍《しの》び足《あし》のリズムパターンが入る。僕《ぼく》の背中からバスドラムとハイハットの形づくる硬質《こうしつ》なビートが聞こえてくる。これも現実の音だ。僕《ぼく》はちらと振《ふ》り向《む》く。光を散らばらせるシンバルとタムタムの合間で詩月《しづき》が微笑《ほほえ》んでみせる。

三巡目《じゅんめ》にはベースの歩みがそっとビートに寄《よ》り添《そ》う。すぐ背後に体温と息づかいを感じる。背中合わせに立った朱音《あかね》が、僕《ぼく》のプレシジョンベースを優《やさ》しく爪弾《つまび》いているのが見なくてもわかる。

まるで僕《ぼく》の頭の中で思《おも》い描《えが》いていた音楽がそのままステージの上に投影《とうえい》されたみたいだ。これが楽園でなくてなんだろう？　一度も演《や》ったことのない曲なのに、もう削除《さくじょ》してしまった曲なのに、どうして三人とも――

いや、今はそんな疑問なんてどうでもいい。音楽が続いているんだ。観客の手拍子《てびょうし》もいつのまにか詩月《しづき》のドラムスに重ねられ、抑制的《よくせい》なバックビートに変わっている。僕《ぼく》の歌は最初から、あらゆる場所にあって芽吹《めぶ》きを待っていた。やるべきことはひとつだ。

ピックを握《にぎ》り直し、マイクに一歩歩み寄った。

遠い日に捨てたはずの歌が、僕《ぼく》の唇《くちびる》からあふれ出る。涙《なみだ》も出そうになる。あんなにも嫌《きら》っていた自分の声が、凛子《りんこ》と詩月《しづき》と朱音《あかね》のサウンドに彩《いろど》られて、今は灼《や》けつくほど愛おしい。掌《てのひら》でミュートした弦《げん》がピッキングのたびに脈打っている。

そうして僕自身《ぼくじしん》は詩句のひとつごとに優《やさ》しく削《けず》られ、毟《むし》られ、無数のかけらへと砕《くだ》けて散っていく。数万羽《わ》、数億羽《わ》の群れとなって世界中のどこへでも飛んでいける。かけらのひとつひとつは翼《つばさ》も小さく、羽ばたきもか弱く、載《の》せられるものはほんのわずかな想《おも》いだけだ。それでも雲を抜《ぬ》け海を越《こ》え夜を突《つ》き破《やぶ》って届いた種火はそれぞれの色の灯《ひ》をともし、燃え立たせる。きっと届く。あの人のところにも。

雲の切れ間から海面に射《さ》す陽のようなストリングスの響《ひび》きが僕《ぼく》の歌声に重ねられる。際限なく続くオスティナートは凛子《りんこ》が塗《ぬ》り広げるオーケストレーションによって万華鏡《まんげきょう》のように鮮《あざ》やかに展開していく。コーラスの高まりで朱音《あかね》がこちらに向き直り、まるで口づけのようにマイクに顔を寄せてきてハーモニーを僕《ぼく》の声にからめる。

涙《なみだ》で歌声が埋《う》もれそうになる。もっと。もっと高く、もっと遠くまで。

僕《ぼく》は朱音《あかね》の声に支えられ、手を引かれながら、遮《さえぎ》るもののない暗い空をどこまでも進んでいく。もう昇《のぼ》っているのか墜《お》ちているのかもわからない。視界を埋《う》め尽《つ》くす光の海が星なのか街の灯《ひ》なのかも。

地平線で歌が尽《つ》きる。

僕《ぼく》らのオーケストラは、凪《なぎ》の中を風の余韻《よいん》だけでゆっくり進んでいく。詩月《しづき》の紡《つむ》ぎ出すビートからはスネアが消え、キックも半減を繰《く》り返《かえ》してやがて同じように消え、限りなく澄《す》んだハイハットの残照だけになる。

僕《ぼく》は最後のオープンコードを静かに掻《か》き鳴《な》らすと、響《ひび》きがたなびいていく中で振《ふ》り返《かえ》り、高く手を持ち上げ、凛子《りんこ》、詩月《しづき》、そして朱音《あかね》に順番に目をやり、振《ふ》り下ろした。

汗《あせ》みずくのうなじに、拍手《はくしゅ》が吹《ふ》きつける。ベースを下ろした朱音《あかね》が親指を立ててみせる。詩《し》月《づき》は感極《かんきわ》まって泣き出しそうな目をしている。凛子《りんこ》は僕《ぼく》の腕《うで》をぽんと叩《たた》いて真っ先に舞台袖《ぶたいそで》へと向かう。

僕《ぼく》も機材の間を縫《ぬ》って歩きながら、何度も何度も客席を振《ふ》り返《かえ》った。汗《あせ》か涙《なみだ》かもよくわからない滴《しずく》がまつげにまとわりついて、闇《やみ》の海面に浮《う》かぶ無数の光の粒《つぶ》をぼやけさせていた。

10　空にいちばん近い場所で

八月の残りわずかな日々を、僕《ぼく》は家から一歩も出ずに過ごした。

ライヴ翌日は丸一日爆睡《ばくすい》していたし、その次の日も身体《からだ》中がばきばきに痛んでシャワーを浴びるのも一苦労だった。ひと夏分の体力をあの四十分間で使い果たした気分だった。ベッドでだらしなく寝転《ねころ》がりながら、ライヴの録画を何度も見返した。自分がちゃんと演奏できていたかどうか確認《かくにん》したかったのだ。意外に悪くない。ちゃんと曲を支えられている。そして、ほんとうに客席からまったく姿が見えていない。ドラムセットと詩月《しづき》にはライトがばっちり当てられてきらびやかに浮《う》かび上《あ》がっているというのに、そのすぐ隣《となり》はエアポケットのような暗がりになっていて、おまけにモニタアンプが視界を遮《さえぎ》っており、ときおりちらちらとベースギターのネックの先が映るくらいで、言われなければそこにベーシストがいることさえ気づかないだろう。どこからどう見てもスリーピースの華《はな》やかなガールズバンドだ。

そういえば、けっきょくアンコールで僕《ぼく》が表に出てしまったことについては、主催《しゅさい》者の意向に背《そむ》いた形になったわけだけれど、問題にならなかったのだろうか。ライヴ後も柿崎《かきざき》氏からはお疲《つか》れさまでした最高でしたとしか言われなかったし、その後なんの音沙汰《おとさた》もない。

まあいいか。僕《ぼく》が気に病《や》むことじゃない。

バンドの三人とも、まったく連絡《れんらく》をとっていなかった。ライヴが終わった直後はくたびれきっていてそのまま解散したし、その後とくに用事もないし、どうせ九月になれば学校でまた顔を合わせるのだ。

どうして僕《ぼく》の歌うアンコール曲にあの場で合わせられたのかは——知りたかったけれど、けっきょく訊《き》けないままだった。彼女《かのじょ》たちにたしかめてしまったら、あの日の奇蹟《きせき》が消えてしまいそうな気がしたのだ。

＊

そうして僕《ぼく》の夏休みは燃《も》え尽《つ》き、二学期がやってくる。

登校するのはだいぶ不安だった。あのライヴはネットで配信されていて、僕《ぼく》もしっかりと顔が出ている。ＳＮＳでもそうとう話題になっていたし、あちこちのウェブニュースにも載《の》った。学校の連中にも見たやつがいるかもしれない。

不安は的中した。九月一日の朝、僕《ぼく》が教室に入っていくと、さっそくクラスメイトが何人も寄ってきて僕《ぼく》を取り囲む。

「村瀬《むらせ》、ライヴ観《み》た！」「すげーじゃんおまえ」「バンドやってたのな！」

「あれって4組の冴島《さえじま》さんとかでしょ？」「やっぱり一緒《いっしょ》にやってたんだ」「ねえねえ同じ日に出てたのクワタPとかヒデタケPとかだよねサインもらった？　うらやましいなー、あたしあの人らのファンで」

質問責めにされている間にチャイムが鳴り、僕《ぼく》らは始業式のために体育館に向かった。式を終えて教室に戻《もど》る道すがらもあれこれ訊《き》かれる。

でも、そんな騒《さわ》がしさも一時限目の休み時間までだった。意外なほどあっさりと平穏《へいおん》な日常が戻《もど》ってくる。たまにべつのクラスの女の子がうちの教室にやってきて戸口から中をのぞきこんで僕《ぼく》を見つけ、なにかひそひそと談笑《だんしょう》してから逃《に》げていくという光景があったけれど、あとは静かなものだった。

拍子抜《ひょうしぬ》けしてしまう。

「……なんだよ村瀬《むらせ》、もっときゃーきゃー騒《さわ》がれたかったのか」

「あんなうらやましいバンド組んどいてまだモテたいの？　いいかげんにしろよ」

クラスメイト男子からそんなことを言われる。

「いや、そういうわけじゃなくて」と僕《ぼく》は言い訳する。「もうちょっとこう、驚《おどろ》かれるかと思って。僕《ぼく》が自作曲ネットにあげてるとか、……言ってなかったよね？」

「こないだ知ったけど」「でもまあべつに、そりゃそうだろっていう」

そりゃそうだってどういう意味？

「だって村瀬《むらせ》、楽器なんでも弾《ひ》けるし歌えるし楽譜《がくふ》もさらさら書いてたし」

「な。セミプロだったって言われたってそんなに驚《おどろ》かなかったと思うよ」

「音楽の授業もほとんど一人で教えてたしな」

そういうものなのか。僕《ぼく》は脱力《だつりょく》してため息をつく。

もう動画チャンネルの存在が知られているわけだから、女装についてもみんなにばれているはずなのだけれど、なぜだれも言及《げんきゅう》しないのだろう。まさか女装の方も「そりゃそうだろ」と思われてるんじゃないだろうな？

少し考えてから推論を立てる。Ｍｕｓａ男という名前も、男ですという説明書きも、もう載《の》せていないのだ。つまり予備知識のない人が女装動画を見たら、凛子《りんこ》か詩月《しづき》か朱音《あかね》が出演しているのだと思《おも》い込《こ》むにちがいない！　うん、この推測で合っているはずだ。やった、僕《ぼく》の人生は救われた……。

安堵《あんど》で溶《と》けそうになって机に突《つ》っ伏《ぷ》している僕《ぼく》に、クラスメイトがさらに訊《き》いてくる。

「ああそうだ村瀬《むらせ》、華《はな》ちゃん先生と連絡《れんらく》とってるか？」

「具合どうなの」「お見舞《みま》い行きたいけど病院知ってる？」

「いや、全然……」

僕《ぼく》が首を振《ふ》ると、クラスメイトたちはみんなしょんぼりする。

僕《ぼく》だって同じ気分だ。ライヴが終わってから、先生からなにかコンタクトがあるものだと思っていた。LINEなりメールなりチャンネルのダイレクトメッセージなり。でも、なにもないまま二学期になってしまった。連絡《れんらく》する余裕《よゆう》もないくらい病状が深刻なのかもしれない、と考えると暗い気持ちになる。

それでも放課後になれば、僕《ぼく》の足はほとんど無意識のうちに音楽室へ向かっている。

ねっとりした午後の陽で焼かれた渡《わた》り廊下《ろうか》を通り、階段で四階まであがると、ちょうど音楽準備室から出てきた人影《ひとかげ》が見えた。

「……あっ、村瀬《むらせ》君？　村瀬《むらせ》真琴《まこと》君ですよね？」

小走りに駆《か》け寄《よ》ってくる若い女性は、この二学期から新しく音楽教員になった小森《こもり》先生だった。音大卒業したてらしく、女子大生どころか服装によっては女子高生でも通用しちゃいそうで、スーツ姿が全然似合っていない。先ほどの始業式で校長から全校生徒へ紹介《しょうかい》されたのが初顔見せだったのだけれど、その初々《ういうい》しさと頼《たよ》りなさがさっそくクラスでも話題になっていた。しかし、なんで僕《ぼく》の名前をもう知っているのだろう。

「新任の小森《こもり》です、これからよろしくお願いしますっ」

深々と頭を下げられる。

「華園先輩《はなぞのせんぱい》からよく話を聞いていました、授業のことはなんでも7組の村瀬《むらせ》君に教えてもらえ、って。お世話になります」

「え、あ、はい……」いいのかそれで。あんた教師だろ。「……って、先輩《せんぱい》？」

「あ、わたし音大の後輩《こうはい》なんです。就職先見つからなくてバイトしてたんですけど、春くらいに先輩《せんぱい》から、後任頼《たの》むかもって言われて色々話聞いてて」

ああ、なるほど。華園《はなぞの》先生の後輩《こうはい》ね。

後任のことも含《ふく》めてしっかり手回ししていたわけか。そして教員経験もないこの人がいきなり生徒の前に放り出されても困らないように、僕《ぼく》や凛子《りんこ》にあれこれ教《おし》え込《こ》んだ。託《たく》されたこっちとしてはいい迷惑《めいわく》だけれど。

そうだ、この人なら華園《はなぞの》先生の入院先とか知っているんじゃないのか。あるいは先生から僕《ぼく》らへなにか言付かっているとか。

「あの」

「はい！」

「華園《はなぞの》先生、今どうしてるかわかりますか？　僕《ぼく》、どこの病院かも知らなくて」

「わたしも知らないんです、ごめんなさい」と小森《こもり》先生は目を伏《ふ》せる。「お見舞《みま》いとかされたくないらしくて」

「……それじゃ、……なにか言ってませんでしたか。僕《ぼく》に、言づてとか……」

小森《こもり》先生は首を振《ふ》った。

「夏休みになってからは連絡《れんらく》もなくて」

僕《ぼく》は肩《かた》を落とす。

「あ、でも、二学期の授業の準備は村瀬《むらせ》君に手伝ってもらえって。なにか渡《わた》すものがあるとかで、村瀬《むらせ》君に言えばわかるって」

そう言って小森《こもり》先生が手渡《てわた》してきたのは、プラスチックのタグがついた一本の鍵《かぎ》だった。タグには『北校舎　屋上』と書いてある。


屋上に出ると、陽射《ひざ》しが容赦《ようしゃ》なく斬《き》りつけてくる。草と砂のにおいがして、フェンスの向こうには目に痛いほどの青がずっと広がっている。コンクリートブロックの切れ間にしがみついた名も知れぬ花たちも今は夏枯《が》れて黄色くくすんでいる。

風が強まり、僕《ぼく》の肌《はだ》にまとわりついた熱を剝《は》ぎ取《と》って空へと運び去っていった。

屋上に出るのなんて、凛子《りんこ》と勝負した日以来だ。あのときは華園《はなぞの》先生が職員室から鍵《かぎ》を借りてきてくれたんだっけ。

渡《わた》すもの、って一体なんだろう。

さっぱり心当たりがない。事前になにか言われていたわけでもない。

手でひさしをつくって屋上を見渡《みわた》す。草とコンクリートの床《ゆか》とフェンス以外に目につくものはなにもない。

まさか新任の先生を巻《ま》き込《こ》んでまで、僕《ぼく》をおちょくるいたずらを仕掛《しか》けたのか？　あきれてため息をつき、踵《きびす》を返《かえ》して階段室に戻《もど》ろうとしたとき、それに気づいた。

ドアの、ちょうど目の高さに白い小さな正方形のものが貼《は》り付《つ》けられている。シールだ。黒く粗《あら》いドットで構成された幾何学模様《きかがくもよう》が印刷されている。

QRコード……？

僕《ぼく》は息を詰《つ》めてスマホを取り出し、コードをカメラで読み取った。

ブラウザが立ち上がり、もどかしい接続ラグの後、サイトが表示される。僕《ぼく》が使っているのと同じ動画投稿《とうこう》サイトだ。似たようなサムネイルのリストが並んでいる。

最初の動画をタップした。

見憶《おぼ》えのある部屋が画面いっぱいに表示される。視界の半分以上を埋《う》めるグランドピアノの黒い光沢《こうたく》と、その向こうの五線譜《ごせんふ》が入った黒板。手前に見えるのは机のクリーム色の天板だ。見間違《みまちが》いようもない。黒板の木枠《わく》の傷も、床《ゆか》のカーペットのあざも、毎日見ている。この学校の音楽室だ。

鍵盤《けんばん》に影《かげ》が差す。

ピアノの椅子《いす》に座《すわ》ったその人物の顔は画面外に見切れている。でも、だれなのかは手を見るだけでわかる。僕《ぼく》をいつも小突《こづ》き回《まわ》し、翻弄《ほんろう》し、ときに背中を押《お》してくれた手。

その手が膝《ひざ》の上からふと飛び立ち、白鍵《はっけん》の上に舞《ま》い降《お》りる。

間断なく打ち鳴らされるD音の上に展開されていく水しぶきの分散和音。かすかな強調によって空気の中に鮮《あざ》やかに浮《う》かび上《あ》がる伸《の》びやかな旋律《せんりつ》。僕《ぼく》は息を呑《の》む。知っている曲だ。だれよりもよく知っている曲だ。僕《ぼく》がチャンネルを開設してから三番目にアップロードした曲。まだMusa男とさえ名乗っていなかった頃《ころ》の——拙《つたな》さを恥《は》じて消してしまった曲。ピアノソロのためにほとんど跡形《あとかた》もなく編曲されていたけれど、それでも聴《き》けばわかる。

液晶《えきしよう》画面に指を滑《すべ》らせ、他の動画も再生する。どれも、僕《ぼく》の昔の曲だ。一度は広い世界に産み落とし、けれど殺してしまったかけらたち。真新しくて懐《なつ》かしくて透明《とうめい》なピアノの響《ひび》きで、こうして再び息づいている。

そうだ、あの人は——あのとき、言っていたっけ。

アレンジができたら弾《ひ》いてみせるよ、約束する——と。

僕《ぼく》も今の今まで忘れていた、約束。

ほんとうにあの人は僕《ぼく》をずっと昔から見ていたのだ。僕《ぼく》を聴《き》いていた。僕《ぼく》に触《ふ》れていた。あるいは僕自身《ぼくじしん》よりも僕《ぼく》を知っていた。だから、そう——ライヴのアンコールで凛子《りんこ》や詩月《しづき》や朱音《あかね》が僕《ぼく》の歌をなんとなく支えられたのも、たぶん、聴《き》かされていたからだ。僕《ぼく》のいない、眠《ねむ》たげな午後の陽だまりの音楽室で。僕《ぼく》はその場面を不思議なほどくっきりと思《おも》い浮《う》かべられる。あの人は言っただろう。あたしはムサオのことをよく知ってるんだよ。あんたらのだれよりもよく知ってる。あんたらが知らないムサオも知ってる。自慢《じまん》げに言って、ピアノに向かったのだろう。こんなふうに優《やさ》しく、僕《ぼく》のはじまりの歌たちを鍵盤《けんばん》の上によみがえらせてみせただろう。そしてまた今もこうして——。

胸《むね》の奥《おく》に熱の塊《かたまり》がぽつりと灯《とも》り、喉《のど》のあたりまで浮《う》かび上《あ》がってきた。僕《ぼく》はぐっと息を殺して抑《おさ》え、動画を一時停止させた。

ポケットからイヤフォンを引っぱり出してスマホにつなぎ、耳に差し入れる。

もう一度再生ボタンをタップする。耳の中で鳴り始めるのは、海の果てから季節と風と雲を越《こ》えて戻《もど》ってきた渡《わた》り鳥《どり》の歌。僕《ぼく》のものであって、僕《ぼく》のものではない歌。

動画チャンネルの紹介《しょうかい》文に、こう書いてある。残りの曲も順次録《と》ります。チャンネル登録よろしくお願いします。

今さらながらチャンネル名を見ると、『Ｍｉｓａ男』だ。こらえようとしても笑いがこぼれる。美沙緒《みさお》か。そういえば名前がたった一文字ちがいだったのか。

フェンスに近づき、額を押《お》しつけるようにして寄りかかる。陽を浴びた校舎の壁《かべ》のクリーム色、中庭の銀杏《いちょう》の梢《こずえ》に燃える緑。校門のすぐ外の道を走る車たちのルーフが照り返しで目に痛い。寺を囲む竹林と、その向こうの家々の屋根は陽炎《かげろう》で揺《ゆ》らめいている。そのまま目でたどっていくと、街はいつの間にか夏空に溶《と》け込《こ》んでいて境目がわからない。耳の中で響《ひび》くピアノは、まるで足下《あしもと》の音楽室からほんとうに聞こえてくるみたいだ。

声がした。

僕《ぼく》の名前を呼ぶ声だ。目を向けると、渡《わた》り廊下《ろうか》をこちらにやってくる三人の少女の姿が見える。そろって手を振《ふ》ってくるので僕《ぼく》も小さく手を振《ふ》り返す。

スマホの電源を切り、イヤフォンを外した。それでもピアノはまだ鳴り続けている気がした。遠い春の日の音楽室で、同じ夏の日のどこかの病室で。

それからフェンスに背中を預け、目を閉じてまぶたに陽の光を感じながら、僕《ぼく》は耳を澄《す》ます。彼女《かのじょ》たちがここにやってくるまでの束《つか》の間《ま》、風や機械や人々の息づく音の中に、楽園の泉の調べを探す。それは懐《なつ》かしい声、忘れられてしまった歌、名づけられていない花の囁《ささや》き、そしてたぶん、僕自身《ぼくじしん》の鼓動《こどう》だ。


〈了〉

あとがき

僕《ぼく》がはじめて音楽を題材にした小説を書いたのは、もう十年以上前のことになります。本書と同じく電撃文庫に収められている『さよならピアノソナタ』という作品です。いえいえ、べつにそちらも買って読んでくれという意図でレーベルもタイトルもわざわざ書いたわけではありません。合わせて読めば何倍も楽しめるでしょうが合わせて買ってくれなどという図々《ずうずう》しいお願いをあとがきの少ない紙幅《しふく》で書くわけにはまいりません。まいりませんとも。お買い上げありがとうございます。

今回、久しぶりに音楽青春ものを書くということで初心《しょしん》に戻《もど》ろうと自分でも『さよならピアノソナタ』を読み返してみたのですが、時流の隔絶《かくぜつ》を感じずにはいられませんでした。なにしろ主人公がCDウォークマンで音楽を聴《き》いているのです！　奥付《おくづけ》を確認《かくにん》してみたところ、出版が2007年でした。iPhone元年ですね。思えば我々も遠くまで来たものです。読者の中にはもはやCDというものを見たことがないという方もいるのではないでしょうか。かくいう僕《ぼく》も、所持していたCDのほとんどは処分してしまい、最近では曲を「買う」ことすらしなくなり、音楽はもっぱらサブスクリプションで楽しんでいます。

しかし一方で変わらないものもあります。

せっかくのサブスクリプションなので、聴《き》きまくらねば損だと考えて、「一日一アーティスト開拓《かいたく》」というのを一時期やってみたのですが、痛感したのは自分の趣味《しゅみ》の狭《せま》さです。二ヶ月ほど続けましたが結局いまも聴《き》き続けている新規アーティストはデイヴィッド・クックとライフハウスくらいでしょうか。

音楽の好みは多感な十代の時期に完全に形成され、以降変化しない、あとは感性がゆっくり摩滅《まめつ》していくだけ——という哀《かな》しい説がありあります。趣味《しゅみ》嗜好《しこう》の面でくらいは老化したくないものですが、どうやら図《はか》らずも説を実証してしまったようで泣けます。

時の流れといえばもうひとつ、大きな変化として、本書から電撃文庫における担当編集が変わりました。湯浅《ゆあさ》氏は僕《ぼく》が新人賞をとったときからの担当であり、いわばこの業界において僕《ぼく》の親代わりのような人物です。十五年間、お世話になりました。その湯浅《ゆあさ》氏、最後にものすごいイラストレーターを連れてきてくださいました。春夏冬《あきなし》ゆう様、『恋《こい》チョコ』のときから大注目の方でした。拙作《せっさく》にイラストをつけていただくとは、大感激です。そして新担当の森《もり》さま、今後ともよろしくお願いいします。

二〇二〇年三月　杉井《すぎい》　光《ひかる》

◉杉井　光著作リスト

「火目の巫女 巻ノ一〜三」（電撃文庫）
「神様のメモ帳1〜9」（同）
「さよならピアノソナタ」シリーズ計5冊（同）
「楽聖少女1〜4」（同）
「東池袋ストレイキャッツ」（同）
「夜桜ヴァンパネルラ1、2」（同）

「恋してるひまがあるならガチャ回せ！1、2」（同）
「楽園ノイズ」（同）
「すべての愛がゆるされる島」（メディアワークス文庫）
「終わる世界のアルバム」（同）
「終わる世界のアルバム」（単行本　アスキー・メディアワークス刊）
「死図眼のイタカ」（一迅社文庫）
「さくらファミリア！1〜3」（同）
「シオンの血族1〜3」（同）
「ばけらの！1、2」（GA文庫）
「剣の女王と烙印の仔Ⅰ〜Ⅷ」（MF文庫J）
「ブックマートの金狼」（NOVEL 0）
「花咲けるエリアルフォース」（ガガガ文庫）
「生徒会探偵キリカ」シリーズ計7冊（講談社ラノベ文庫）
蓮見律子の推理交響楽　比翼のバルカローレ」（講談社タイガ）
「放課後アポカリプス1、2」（ダッシュエックス文庫）
「電脳格技メガフィストガールズ」（同）
「神曲プロデューサー」（単行本　集英社刊）
「六秒間の永遠」（単行本　幻冬舎刊）

本書に対するご意見、ご感想をお寄せください。

ファンレターあて先
〒 102-8177　東京都千代田区富士見 2-13-3
電撃文庫編集部
「杉井 光先生」係
「春夏冬ゆう先生」係

読者アンケートにご協力ください!!

アンケートにご回答いただいた方の中から毎月抽選で10名様に「図書カードネットギフト1000円分」をプレゼント!!

二次元コードまたはURLよりアクセスし、
本書専用のパスワードを入力してご回答ください。

https://kdq.jp/dbn/　パスワード　gnhld

●当選者の発表は賞品の発送をもって代えさせていただきます。
●アンケートプレゼントにご応募いただける期間は、対象商品の初版発行日より12ヶ月間です。
●アンケートプレゼントは、都合により予告なく中止または内容が変更されることがあります。
●サイトにアクセスする際や、登録・メール送信時にかかる通信費はお客様のご負担になります。
●一部対応していない機種があります。
●中学生以下の方は、保護者の方の了承を得てから回答してください。

本書は書き下ろしです。

この物語はフィクションです。実在の人物・団体等とは一切関係ありません。

JASRAC 出 2003749-102

本文P9掲載
PARADISE
Words & Music by Brian Eno, Chris Martin, Jonny Buckland, Guy Berryman and Will Champion
© Copyright by UNIVERSAL MUSIC PUBL. MGB LTD./ OPAL MUSIC
All Rights Reserved. International Copyright Secured.
Print rights for Japan controlled by Shinko Music Entertainment Co., Ltd.

CREEP
Words and Music by Thomas Yorke, Jonathan Greenwood, Philip Selway, Colin Greenwood, Edward O'brien, Albert Hammond and Mike Hazlewood
©1992,1993 WARNER/CHAPPELL MUSIC LTD. and CONCORD SONGS LIMITED
All rights reserved. Used by permission.
Print rights for Japan administered by Yamaha Music Entertainment Holdings, Inc.

QRコードは(株)デンソーウェーブの登録商標です。

電撃文庫

楽園《らくえん》ノイズ

杉井《すぎい》 光《ひかる》

2020年5月9日　初版発行
2021年2月25日　再版発行

発行者　青柳昌行
発行　株式会社KADOKAWA
〒102-8177　東京都千代田区富士見2-13-3
0570-002-301（ナビダイヤル）
装丁者　荻窪裕司（META＋MANIERA）
印刷　株式会社暁印刷
製本　株式会社暁印刷
※本書の無断複製（コピー、スキャン、デジタル化等）並びに無断複製物の譲渡および配信は、著作権法上での例外を除き禁じられています。また、本書を代行業者等の第三者に依頼して複製する行為は、たとえ個人や家庭内での利用であっても一切認められておりません。
●お問い合わせ
https://www.kadokawa.co.jp/（「お問い合わせ」へお進みください）
※内容によっては、お答えできない場合があります。
※サポートは日本国内のみとさせていただきます。
※ Japanese text only

※定価はカバーに表示してあります。

©Hikaru Sugii 2020
ISBN978-4-04-913157-4　C0193　Printed in Japan

電撃文庫　https://dengekibunko.jp/

電撃文庫創刊に際して

文庫は、我が国にとどまらず、世界の書籍の流れのなかで〝小さな巨人〟としての地位を築いてきた。古今東西の名著を、廉価で手に入りやすい形で提供してきたからこそ、人は文庫を自分の師として、また青春の想い出として、語りついできたのである。

その源を、文化的にはドイツのレクラム文庫に求めるにせよ、規模の上でイギリスのペンギンブックスに求めるにせよ、いま文庫は知識人の層の多様化に従って、ますますその意義を大きくしていると言ってよい。

文庫出版の意味するものは、激動の現代のみならず将来にわたって、大きくなることはあっても、小さくなることはないだろう。

「電撃文庫」は、そのように多様化した対象に応え、歴史に耐えうる作品を収録するのはもちろん、新しい世紀を迎えるにあたって、既成の枠をこえる新鮮で強烈なアイ・オープナーたりたい。

その特異さ故に、この存在は、かつて文庫がはじめて出版世界に登場したときと、同じ戸惑いを読書人に与えるかもしれない。

しかし、〈Changing Times,Changing Publishing〉時代は変わって、出版も変わる。時を重ねるなかで、精神の糧として、心の一隅を占めるものとして、次なる文化の担い手の若者たちに確かな評価を得られると信じて、ここに「電撃文庫」を出版する。

1993年6月10日
角川歴彦

電撃文庫DIGEST　5月の新刊

発売日2020年5月9日

ソードアート・オンライン24 **ユナイタル・リングⅢ** 【著】川原 礫　【イラスト】abec	二百年後の《アンダーワールド》へ舞い戻ったキリトを待っていたのは、運命の邂逅だった。「これが《星王》を名乗る男の心意か」《整合機士団》団長を名乗るその男は、かつてキリトが失った《彼》と同じ目をしていて——。
86—エイティシックス—Ep.8 **—ガンスモーク・オン・ザ・ウォーター—** 【著】安里アサト　【イラスト】しらび 【メカニックデザイン】I-IV	終戦。終わりなき戦争に、ふいに見えかけた終わり。もし、戦いがなくなったとき、自分たちは何者になればよいのか——。戦士たちに生まれたその一瞬の迷いが、悲劇という名の魔物を引き寄せる。
新説　狼と香辛料 **狼と羊皮紙Ⅴ** 【著】支倉凍砂　【イラスト】文倉 十	絆を形にした二人だけの紋章を作るため、コルとミューリは歴史に詳しい黄金羊ハスキンズを訪ねることに。 その道中、行き倒れの少年騎士に出くわすが、彼は"薄明の枢機卿"であるコルを目の敵にしていて!?
三角の距離は限りないゼロ5 【著】岬 鷺宮　【イラスト】Hiten	「秋玻」と「春珂」。どちらへの想いも選べない僕に、彼女たちは「取引」を申し出る。二人と過ごす甘い日々がいっとき痛みを忘れさせても、終わりはいつかやってくる……今一番愛しく切ない、三角関係恋物語。
リベリオ・マキナ4 **—《白檀式改》紫陽花の永遠性—** 【著】ミサキナギ　【イラスト】れい亜	水無月、桜花、全てを失ったその夜。リタの導きで、カノンは密かにイエッセルを脱出。アルプスの山村で二人が合流したのは、吸血鬼王・ローゼンベルクだった。そこでカノンは、吸血鬼たちから驚愕の提案を受け——。
吸血鬼に天国はない③ 【著】周藤 蓮　【イラスト】ニリツ	恋人として結ばれたルーミーとシーモア。運び屋の仕事を正式に会社として立ち上げて、日々の苦労の中でも幸福を享受していた二人。だが監獄から『死神』が抜け出したというニュースとともに、彼らの平穏に影が走る。
ぽけっと・えーす!② 【著】蒼山サグ　【イラスト】てぃんくる	ポーカー全国大会に向け、パワーアップを目指すお嬢様たちとドキドキ(=即逮捕の)沖縄合宿を決行。そして、大事なスタメンを巡る選抜は——なぜか小学生たちの脱ぎたて"利きパンツ対決"に発展して!?
新作 **楽園ノイズ** 【著】杉井 光　【イラスト】春夏冬ゆう	女装した演奏動画がネットで話題となっていたら、学校の音楽教師に正体がバレてしまい!?　口止めとしてこき使われるうちに、先生を通じ個性的な三人の少女と出会い、僕の無味無臭だった高校生活が彩られていく——
新作 **日和ちゃんのお願いは絶対** 【著】岬 鷺宮　【イラスト】堀泉インコ	「わたしのお願いは、絶対なの」どんな「お願い」でも叶えられる葉群日和。始まるはずじゃなかった彼女との恋は、俺の人生を、世界すべてを、決定的に変えていく——終われないセカイの、もしかして、終わりの恋物語。
新作 **魔力を統べる、** **破壊の王と全能少女** **~魔術を扱えないハズレ特性の俺は無刀流で無双する~** 【著】手水鉢直樹　【イラスト】あるみっく	一度も魔術を使用したことがない学園の落ちこぼれ、天神円四郎。彼は何でも破壊する特異体質を研究対象に差し出すことで退学を免れていた。そんなある日、あらゆる魔術を扱える少女が空から降ってきて——!?
新作 **アンフィニシュトの書** **悲劇の物語に幸せの結末を** 【著】浅白深也　【イラスト】日下コウ	ごく平凡な高校生・輝馬が『"主人公" 募集』の文言につられて応募したアルバイト。謎の美女が主を務める館で行われるそれは、主人公として本の中に赴き、その物語をハッピーエンドへ導く仕事だった——。
新作 **僕をこっぴどく嫌うS級美少女はゲーム世界で僕の信者** 【著】相原あきら　【イラスト】小林ちさと	神部真澄——将来、官房長官になる男。不登校のクラスメイト・音琴美加を説得するため、ゲームにログインしたんだが……。どうやら勝手に使った従妹のアカウントは人気の実況者らしく、しかも彼女は熱狂的信者だった!?

第26回電撃小説大賞受賞作好評発売中!!

《大賞》

声優ラジオのウラオモテ
#01 夕陽とやすみは隠しきれない?

著／二月 公　イラスト／さばみぞれ

「夕陽と～」「やすみの!」「「コーコーセーラジオ～!」」
　偶然にも同じ高校に通う仲良し声優コンビがお届けする、ほんわかラジオ番組がスタート!　でもその素顔は、相性最悪なギャル×陰キャで!?
　前途多難な声優ラジオ、どこまで続く!?

《金賞》

豚のレバーは加熱しろ

著／逆井卓馬　イラスト／遠坂あさぎ

　異世界に転生したら、ただの豚だった!
　そんな俺をお世話するのは、人の心を読めるという心優しい少女ジェス。
　これは俺たちのブヒブヒな大冒険……のはずだったんだが、なあジェス、なんでお前、命を狙われているんだ?

《銀賞》

こわれたせかいの　むこうがわ
～少女たちのディストピア生存術～

著／陸道烈夏　イラスト／カーミン@よどみない

　知ろう、この世界の真実を。行こう。この世界の“むこうがわ”へ ——。
　天涯孤独の少女・フウと、彼女が出会った不思議な少女・カザクラ。独裁国家・チオウの裏側を知った二人は、国からの《脱出》を決意する。

《銀賞》

少女願うに、この世界は壊すべき　～桃源郷崩落～

著／小林湖底　イラスト／ろるあ

「世界の破壊」、それが人と妖魔に虐げられた少女かがりの願い。最強の聖仙の力を宿す彩紀は少女の願いに呼応して、千年の眠りから目を覚ます。世界にはびこる悪鬼を、悲劇を蹴散らす超痛快バトルファンタジー、ここに開幕!

《選考委員奨励賞》

オーバーライト
——ブリストルのゴースト

著／池田明季哉　イラスト／みれあ

　——グラフィティ、それは儚い絵の魔法。ブリストルに留学中のヨシはバイト先の店頭に落書きを発見する。普段は気怠げだけど絵には詳しい同僚のブーディシアと犯人を捜索していく中、グラフィティを巡る騒動に巻き込まれることに……

第26回電撃小説大賞受賞作特設サイト公開中　http://dengekitaisho.jp/special/26/

二月 公
イラスト／さばみぞれ
声優ラジオのウラオモテ
#01 夕陽とやすみは隠しきれない？
オモテは元気&清楚なアイドル声優／
ウラはギャル&根暗地味子な女子高生!?
プロ根性で世界をダマせ!
バレたらアウトの声優ラジオ
Now On Air!!
第26回
電撃小説大賞
大賞
受賞
電撃文庫

グラフィティの聖地《ブリストル》で、
俺は"翼をもがれた天才"と
出会う――!
池田明季哉
[illustration] みれあ
オーバーライト
――ブリストルのゴースト
Overwrite
The ghost of Bristol
第26回
電撃小説大賞
選考委員
奨励賞
グラフィティの聖地を脅かす陰謀に
巻き込まれた訳ありコンビ「落書き探偵《グラフィティ・ディテクティブ》」。
立ち向かう若者たちの
挫折と再生を描いた感動の物語!
電撃文庫

「私は、そうちゃんに、幸せになってほしいの。だから、私じゃ駄目」

高校一年の夏。ようやく自覚した恋心を告げた日、最愛の幼馴染はそう答えた。自分は3年後には植物状態になる運命だ。だから俺には自分以外の誰かと幸せになってほしいのだと。

運命を変えるため、タイムリープというチャンスを手に入れた俺。けれど、それは失敗の度に彼女にすべての痛みの記憶が蘇るという、あまりに残酷な試練で。

何度も苦い結末を繰り返す中、それでも諦められない切ない恋の行方は――。

ごめんな、一陽。お前が隣にいてくれるなら、俺は何度だってお前を助けるよ。

電撃文庫

おもしろいこと、あなたから。

電撃大賞

自由奔放で刺激的。そんな作品を募集しています。受賞作品は「電撃文庫」「メディアワークス文庫」「電撃コミック各誌」等からデビュー！

上遠野浩平（ブギーポップは笑わない）、高橋弥七郎（灼眼のシャナ）、
成田良悟（デュラララ!!）、支倉凍砂（狼と香辛料）、
有川 浩（図書館戦争）、川原 礫（ソードアート・オンライン）、
和ヶ原聡司（はたらく魔王さま！）、安里アサト（86－エイティシックス－）、
佐野徹夜（君は月夜に光り輝く）、北川恵海（ちょっと今から仕事やめてくる）など、
常に時代の一線を疾るクリエイターを生み出してきた「電撃大賞」。
新時代を切り開く才能を毎年募集中!!!

電撃小説大賞・電撃イラスト大賞・電撃コミック大賞

賞（共通）
大賞……………正賞＋副賞300万円
金賞……………正賞＋副賞100万円
銀賞……………正賞＋副賞50万円

（小説賞のみ）
メディアワークス文庫賞
正賞＋副賞100万円

編集部から選評をお送りします！
小説部門、イラスト部門、コミック部門とも1次選考以上を通過した人全員に選評をお送りします！

各部門（小説、イラスト、コミック）郵送でもWEBでも受付中！

最新情報や詳細は電撃大賞公式ホームページをご覧ください。

http://dengekitaisho.jp/

主催:株式会社KADOKAWA